얼마나 이상하든

얼
마
나
이상
하든

김희진 장편소설

자음과모음

차
례

1장

창문 모양을 한 햇빛 그림자가 발끝에 닿았다. 늦은 아침이면 내 방에 소리 없이 스며드는 하얀색 그림자. 직사각형 모양의 그것은 계절과 시간에 따라 길어졌다가 짧아졌다. 마름모꼴로 비틀어지기도 하고 막대 모양으로 가늘어지기도 했다. 그러다 오후가 되면 조금씩 멀어지다가 창문 밖으로 사라졌다. 언제나 나타남은 은근하고 사라짐은 고요했다.

　나는 저 햇빛 그림자의 허락 없는 방문을 좋아했다. 그것이 10년 전, 이층집이 지어졌을 당시 이 방을 내 방으로 정한 이유였다. 다섯 개의 방 중 오직 내 방에만 나타나는 햇빛. 그 그림자가 다녀간 후에는 늘 아쉬움이 남아 매일 햇빛 그림자의 방문을 기다렸다. 그래서일까. 혹여 누군가가 햇빛은 무슨 모양인지 알아? 하고 물어온다면 직사각형이라고 대답할 거란 생각이 들었다. 왜냐하면 햇빛은 이 방에서만큼은 매일 직사각형 모양을 하고 있기 때문이다. 그러니까 내 방은 또렷한 자기 정체성을 가진 햇빛이 머무는 곳이었다.

발끝에 닿은 햇빛 그림자의 감촉이 잠을 깨웠다. 나는 눈을 뜨자마자 바닐라에게 뽀뽀부터 했다. 그것은 일종의 규칙인 동시에 주문(呪文)이었다. 아무 일도 일어나지 않길 바라는 나만의 의식 같은 것이다.

나는 그날 이후 내가 정한 어떤 질서 안에서만 안정과 안도를 느꼈다. 정해진 테두리를 벗어나면 뭔가 께름칙하고 불안해졌다. 그것을 하지 않으면 무슨 일이 일어날 거야! 라는 강박적 사고와 불길한 암시가 따라다니는 것이다. 그런데 정해진 테두리라니? 무슨 운명처럼 거기에서 내 이름을 발견하고 만다. 그것은 내 이름이기 전에, 한없이 그리워지는 누군가의 이름이기도 했다. 타인에게 이름이 불릴 때마다 그 누군가를 떠올려야 해서일까. 이제 내 이름은 가혹한 무엇이 된 것만 같았다.

바닐라한테서는 뭉실뭉실한 뭉게구름 냄새가 났다. 어떤 섬유유연제를 넣고 빨아도 일주일이 지나면 결국 이 향만 남았다. 그게 녀석의 살냄새라는 걸 깨달았을 때 떠오른 건 여름 하늘의 구름이었다.

바닐라는 그날 이후 내 침대 한쪽을 차지하고 있는 대형 곰 인형이다. 녀석은 나와 같은 160센티미터의 키와, 나와 다른 6킬로그램의 몸무게를 가졌다. 상앗빛 털은 몹시 부드러워서 만지면 마냥 기분이 좋아졌다. 녀석을 껴안고 쓰다듬을 때마다 그 품에서 위안을 받았다. 부드러운 것들은 항상 나를 안심시켰다. 불안과는 아주 먼, 위로의 감촉이니 어쩌면 당연했다.

구름 같기도, 바닐라 아이스크림 같기도 한 녀석과의 뽀뽀를 마치고 아래층으로 내려갔다. 몇몇 목조계단에서는 밟을 때마다 삐거덕 소리가 났다. 그래서 웬만하면 계단 가장자리를 디뎠다. 그래야 소리가 나지 않기 때문이다. 하지만 이 집에서 나 말고는 누구도 계단의 삐거덕거림 따윈 신경 쓰지 않았다. 식구들에게 그건 불운이나 행운과는 관련 없는 사소한 소음일 뿐이었다. 그저 낡아가는 집이 신경통을 앓는 소리니까.

나만의 규칙과 질서로 계단을 내려왔다. 부엌으로 들어가 냉장고를 열었다. 간편하게 먹을 수 있는 건 역시 만두와 초밥밖에 없었다. 그 두 가지는 집에 넘쳐나는 유일한 음식이었다. 그 말인즉슨, 그것을 의무적으로 먹어치워야 한다는 뜻이기도 했다. 다행히 나는 그것들을 싫어하지 않았다. 접시에 야채만두 세 개와 고기만두 세 개 그리고 새우와 오징어, 연어와 참치 초밥을 하나씩 올렸다.

늦은 아침을 챙겨 먹는 이 시간, 집에는 나 혼자뿐이다. 가족은 아침 8시쯤에 모두 출근했다. 성실을 강요하는 시대에 부합

하는 가족이었다. 하지만 나는 그 근면의 영역에 감히 접근조차 못 했다. 고작 편의점에서 하루 다섯 시간의 시간제 아르바이트를 하고, 엄마의 표현을 빌리자면 아무도 들어주지 않는 별 시답잖은 음악을 만들었다. 아직은 거기까지가 내 근면과 성실의 범주였다.

나는 이 집에서 뭐든 가장 나중인 사람이었다. 늦둥이로 태어난 탓에 가장 나중에 걸음마를 뗐고 가장 나중에 생리를 시작했다. 그리고 가장 나중에 연애 감정을 느껴봤으며, 가장 나중에 부모의 존재가 귀찮아질 수도 있다는 걸 깨달았다. 라면에 들어간 파 맛과 커피의 쓴맛을 알게 된 것도 가장 늦었다. 그러니 나는 이 집에서 가장 마지막으로 부지런해져도 괜찮을지 모른다. 그런데 참 이상했다. 뭐든 가장 나중인 내가 2년 전에 제일 먼저 죽을 뻔했으니 말이다. 한 집안에서 가장 어린 사람이 첫 번째로 죽을 수도 있다는 사실은 불합리한 모순처럼 느껴졌다.

어떤 죽음은 그랬다. 반칙 같은 것. 차례를 무시하는 예의 없는 것. 그렇기에 때로 죽음은 그저 황망한 것이다.

내 불성실한 처지를 변호해보려 해도 모두 출근하고 텅 빈 식탁에서 혼자 아침을 챙겨 먹는 짓은 꽤 한심했다. 빨리 식사를 끝낸 나는 접시와 물컵을 씻어 식기건조대에 엎어두고 다시 2층으로 올라갔다. 다행히 목조계단에서는 아무런 소리가 나지 않았다. 가장자리의 힘이었다.

욕실로 들어가 양치질과 세수를 했다. 양치질과 세수를 할 때는 꼭 양치질을 먼저 하고 세수를 나중에 해야 했다. 세수를 하고 난 다음에 양치질을 해서는 안 되었다. 그리고 얼굴에 묻은 비누 거품을 씻어낼 경우에는 물을 열아홉 번—'19'는 내가 가장 좋아하는 숫자였다—끼얹어야 했다. 그보다 많아도, 그보다 적어도 안 되었다. 그냥 그래야만 마음이 편해지는 뭔가가 있었다.

그렇게 오늘도 나는 정해진 규칙과 순서에 따라 양치질과 세수를 하고 외출 준비를 끝냈다.

내가 아르바이트를 하는 편의점은 걸어서 20분 거리에 있다. 나는 주로 그 길을 운동 삼아 걸어갔다. 걷기 귀찮은 날에만 자전거를 타는데, 오늘이 바로 그날이었다.

집을 나서기 전에 잠깐 2층 창가 앞에 섰다. 커튼 뒤로 몸을 숨기고 베란다 너머를 바라봤다. 맞은편 이층집에 사는 여자를 훔쳐보기 위해서다. 여자는 종종 이 시간만 되면 거실 창가에 서서 초슬림 담배를 피웠다. 담뱃재는 재떨이 대용으로 둔 빨간색 머그컵에 털어내는데 그런 행동이며 분위기가 꽤 멋있었다.

앞집 여자는 대개 속옷 차림으로 창가에 나타났다. 팬티와 브래지어는 항상 맞춰 입었다. 엄마도 그렇고 두 언니도 그렇지만 우리 집 여자들은 속옷을 세트로 맞춰 입지 않았다. 내 경우엔 아예 위아래를 한 벌로 사본 적이 없었다. 그런 환경에서 자란 탓일까. 사실 세트로 맞춰 입는 건 잡지 속옷 모델들이나 하는 건 줄 알았다. 그런데 얼마 전에 이사 온 저 여자가 내 고정관념을 깨부쉈다. 세트 속옷 하나로 닮고 싶은 사람이 되어버린 여자. 그런데 속옷뿐만이 아니었다. 엄청나게 예쁜 얼굴과 늘씬하게 잘빠진 몸매도 내 이상형, 그 자체였다.

여자는 예뻤다. 하지만 나는 그렇지 않았다. 못생긴 것까지는 아니라도 내가 예쁘지 않은 건 확실했다. 두 언니들은 고만고만이라도 하지, 나는 그조차 못 되었다. 그래서 우리 집 여자들은 가끔 나를 못난이라고 불렀다. 그 호칭에 화를 낼 수 없다는 게 더 화가 났다. 그건 그렇고 여자의 직업은 뭘까. 출근이 들쑥날쑥한 걸 보면 회사원은 아니었다. 모르긴 몰라도 굉장한 커리어우먼일 것이다. 멋진 프리랜서가 분명했다. 그것까지도 딱 나의 이상형이었다. 그래서일까. 속옷 차림으로 담배 피우는 여자를 보고 나면 대체로 그날 좋은 일이 생겼다. 그것이 외출하기 전에 앞집 여자를 보려는 이유였다. 그런데 오늘은 담배를 피우고 싶지 않은 모양이다. 더 기다릴 수 없어 나는 그만 창가에서 멀어졌다.

자전거를 타고 골목길을 빠져나갔다. 집집의 담장 너머로 봄이 피어났다. 4월의 시작이었다. 거짓말로 시작하는 달이지만 봄은 거짓말을 하지 않았다. 다만 거짓말 같은 짓을 종종 벌일 뿐이다. 그게 봄이 가진 반전이고 의외성이었다. 봄의 흔하디흔한 장난인 것이다.

왼쪽 가슴팍에 '불면증'이라고 박힌 노란색 편의점 조끼를 입었다. 내가 아르바이트를 하는 편의점은 '불면증 1호점'이다. 24시간 깨어 있다는 뜻으로 붙인 상호인데 꼭 그런 의미로 지은 것만은 아니었다.

편의점 '불면증'은 그냥 개인이 운영하는 조금 크고 멀끔한 구멍가게 같은 곳이다. 대기업이 전투적으로 확장하는 프랜차이즈가 아니다 보니 수익 구조가 단순했다. 중간 유통 단계가 없어 '불면증'은 다른 편의점에 비해 물건값이 쌌다. 싸게 많이 팔자는 사장의 전략이 먹힌 것인지 용케 경쟁에서 살아남은 '불면증'은 현재 4호점까지 불어난 상태였다. 사장의 최종 목표는 이 일대에 '불면증'을 세 개 더 늘리는 것이다. 누가 보면 돈 욕심이 많아서 그런 거냐고 오해할 테지만 속사정은 전혀 그렇지 않았다.

마침 사장이 편의점으로 들어왔다. 나는 사장에게 인사 대신

간밤의 잠에 대해 물었다. "어젠 좀 주무셨어요?"

사장이 고개를 가로저었다. 늘 그렇듯 그의 퀭한 두 눈에는 다크서클이 내려와 있었다. 사장은 극심한 불면증 환자다. 어느덧 6년째라고 했다. 예전엔 잠이 너무 많아서 각성제를 복용해가며 일을 했는데 지금은 수면제를 먹어도 잠이 오지 않는다고 했다. 잠이 너무 많아서 회사를 때려치우고 싶었다던 사장은 결국 잠이 너무 안 와서 직장을 관둬야 했다.

"벌써 한 달 넘었지? 레이블에서 연락은 없고?" 잠에 관해 물으면 사장은 꼭 저렇게 되물었다.

나는 시무룩하게 대답했다. "아직이요. 이번에도 아닌가 봐요……."

"좀만 기다려봐. 해진 씨 음악 좋아." 그가 오늘도 나를 다독였다.

사장은 우리 가족도 물어봐주지 않는 걸 꼬박꼬박 물어봐주는 유일한 사람이다. 물론 그래서 그를 존경하고 좋아하는 건 아니었다. 쉰두 살인 그는 착하고 친절했다. 1년 전, 일주일에 나흘, 하루 다섯 시간만 아르바이트하고 싶다는 까다로운 조건의 열아홉 자퇴생인 나를 군말 없이 받아준 편의점 점주는 그가 유일했다. 나중에야 나는 나를 고용함으로써 '불면증 1호점'에 애매하게 남아버린 자투리 시간을 사장이 직접 메꿔왔다는 걸 알게 되었다. 내가 뒤늦게 사과했을 때 그가 한 대답은 이랬다. "괜찮아. 내가 원래 잠이 좀 없거든. 일거리가 생겨 오히려 내가 더 고마운걸." 당시엔 그게 무슨 뜻인지 몰라 그를 그저 워커홀릭쯤으로 이해했었다.

사장이 휴대용 단말기를 들고 재고 확인을 했다. 점점 앙상해지는 사장의 등을 볼 때마다 나는 그의 불면증을 치료할 방법에 대해 의무적으로 생각하게 됐다. 아이디어가 바닥났기 때문인지 요즘엔 생각이 자꾸 엉뚱한 방향으로 튀는 게 문제였다. 그래도 어떤 방법이 통할지 알 수 없으니 생각을 게을리해서는 안 되었다.

나는 우선 각성제와 수면제의 차이에 대해 생각했다. 고통이 되는 건 기면과 불면처럼 잠의 양극단이다. 정상의 범주가 모두 그러하듯 잠 또한 양극단의 중간에 있어야 정상일 것이다. 그렇다면 혹시 각성제와 수면제를 일대일로 섞어 복용하면 그 가운데에 닿지 않을까?

생뚱맞은 상상은 곧바로 질문이 되었다. "사장님, 수면제하고 각성제랑 같이 먹으면 혹시 의외의 효과가 있지 않을까요?"

그가 퀭한 두 눈으로 나를 쳐다봤다. "해진 씨, 나라고 그런 거 안 해봤을까." 잠을 위해 별의별 짓 다 해봤을 사장에게 내 방법은 이번에도 무용지물이다. 내 노력이 소용없는 게 미안했는지 그가 이렇게 덧붙였다. "너무 애쓰지 마."

"그래도 뭐든 해봐야……." 나 역시 내 괜한 노력이 그에게 부담일까 봐 미안해지려는 참이었다.

"이제 나도 방법 같은 거 그만 찾아보려고." 애써 드리워진 그의 미소가 허허로운 웃음으로 바뀌었다.

재고 확인을 끝낸 사장이 유통기한을 갓 넘긴 삼각김밥 하나와 우유 한 팩을 골라 들었다. 김밥과 우유의 조합은 별로였지만 사장의 삼시 세끼는 늘 그런 식이다. 그렇게 편의점 음식으로 식사를 끝내고 나면 그는 남은 우유와 함께 피로회복제를 삼켰다. 잠으로 피로를 풀지 못하니 약에 기댈 수밖에 없었다.

김밥 세 모서리를 모두 베어 먹은 그가 이번 주 토요일에 시간 되느냐고 물어왔다. 미리 알아채고는 사장에게 몇 호점이냐고 되물었다. 가끔 나는 그에게 보답이란 걸 했다. 내 조건에 맞춰 나를 고용해준 것도 그렇고, 여러 가지로 고마워 시작한 일이었다. 보답은 별다른 게 아니다. 갑작스러운 개인 사정으로 편의점을 나오지 못하는 다른 아르바이트생을 대신해 하루나 이틀 정도 매장을 봐주는 거였다.

"3호점 오후 타임인데, 괜찮을까?" 사장이 내 눈치를 살폈다.

나는 눈치 볼 것 없다는 의미로 과장되게 헤헤거리며 대답했다. "사장님, 저 백수인 거 잊었어요?"

그가 나를 나무랐다. "백수는 무슨! 아티스트지."

아직은 작곡가 지망생에 불과하지만 사장은 이렇게 멋진 말로 나를 불러주곤 했다. 내 미래를 믿어주는 사람이 있다는 건 아티스트란 말 못지않게 근사한 일이었다.

어김없이 남은 우유와 함께 피로회복제를 삼키고 난 사장이 자전거를 타고 멀어져갔다. 사장은 '불면증' 네 곳을 관리하는데 자전거를 이용했다. 그렇게 온종일 돌아다니다 자정이 되면 '불면증 4호점'으로 갔다. 4호점 야간 타임을 직접 뛰기 위해서다. 쉬지 않고 일하면서도 사장에겐 아직 일감이 부족한 듯했다. 그가 편의점을 세 개 더 늘리려는 것도 그런 이유였다. 불면의 시간을 몽땅 일로 채우려는 그만의 발버둥인 셈인데, 그 속 사정을 알 리 없는 몇몇 사람들은 사장을 돈독 오른 작자로 오해했다. 하지만 나는 안다. 누가 뭐래도 그의 목적은 '일'이지 '돈'이 아니라는 것을. 불면증 때문에 '불면증'을 늘려야 하는 사장의 남모를 사정은 그래서 더욱 짠하게 느껴졌다.

손님이 뜸해진 틈을 타 물걸레로 바닥을 닦았다. 곳곳에 눌어붙은 라면 국물과 발자국들이 희미해졌다. 그때 편의점 전화가 울렸다. 계산대로 달려가 발신자를 확인했다. 익숙한 핸드폰 번호였다. 나는 전화벨이 일곱 번 울릴 때까지 기다렸다. 이것도 나만의 강박 규칙이었다. 전화를 받으면 상대방은 "해진 씨 맞지?"라고 먼저 물어올 테다.

미리 한숨을 뱉어내고 전화를 받았다. "감사합니다. 편의점 불면증입니다."

극작가 백수진이 막 잠에서 깬 듯한 목소리로 물었다. "해진 씨 맞지?"

처음에 그녀는 나를 '해진 학생'이라고 불렀다. 학교도 안 다니고 학생도 아니라고 하자 그녀는 곧바로 나를 '해진 씨'라고 바꿔 불렀다. 학교를 안 다닌다고 하면 이상하게 어른들은 호칭으로 나를 어른 대접 해줬다. 우리 사장도 그랬다. 아무튼 존중의 느낌이 들어 나는 '해진 씨'로 불리는 걸 은근 즐기는 편이었다.

"네, 오랜만이네요." 손톱을 내려다보며 나는 심드렁하게 대답했다.

"며칠 나가 있다가 어제 들어왔거든. 모나코 좋더라."

또 자랑질이다. 나는 짧게 "네"라고 응대하며 수화기를 왼쪽 어깨로 받쳐 들었다. 그리고 펜과 메모지를 챙긴 다음 받아 적을 준비를 했다.

"집을 오래 비웠더니 오늘은 필요한 게 좀 많네?" 역시나 전혀 미안해하지 않는 말투와 태도였다.

극작가 백수진은 이 근처 오피스텔에 산다. 집에서 가장 가까운 상점이기도 하고, 다른 데 비해 물건값이 싸서 그런지 그녀는 웬만하면 '불면증'에서 필요한 것을 구입했다. 그런데 문제는 제 발로 물건을 사러 나오지 않는다는 점이다. 그녀의 집으로 처음 배달 갔을 때가 떠올랐다. 그러고 보니 그녀와의 첫 만남도 1년 전인 4월 1일이었다. 다짜고짜 전화해서는 다리를 다쳐 깁스를 해서 그런다며 배달 좀 해달라고 했다. 배달 서비스는 제공하지 않을뿐더러, 혼자 일하는 중이라 자리를 비울 수 없다는데도 그녀는 시종 막무가내였다. "요즘은 편의점도 다 배달 해주고 그러던데?" "저희는 대형 프랜차이즈

가 아니라서요. 그럼 배달 가능한 다른 편의점을 알아봐드릴
게요." "아, 됐고. 배달료 드릴 테니까 좀 해주시죠? 바로 요 코
앞이니까." 정말 이상한 여자란 생각이 들었다. 안 되는 걸 기
어코 해달라는 악취미는 뭘까. 어쩌면 남을 괴롭히면서 쾌락
을 느끼는 부류인지도 몰랐다. 짜증이 난 나는 속으로 요 코앞
이니까 당신 발로 기어 나오면 될 거 아냐! 라고 소리쳤다. 하
지만 그녀의 요구는 끈질기게 이어졌고, 구매하고자 하는 목
록을 상세히 불러주는 것으로 막무가내의 끝을 보여줬다. 하
는 수 없이 물건들을 챙겨 그녀의 오피스텔을 찾아갔다. 그런
데 이게 웬일! 문을 열어주는데 다리가 멀쩡한 게 아닌가! 농
락당한 기분을 억누르고 영수증을 건네자 그녀는 깁스를 푼
건 2주 전이니 완전히 거짓말은 아니라고 주장했다. 설령 그
렇다 쳐도 오늘은 만우절이라면서 계속 뻔뻔하게 굴었다. 급
기야 배달료 2천 원을 내 조끼 주머니에 찔러 넣고는 앞으로
도 종종 부탁한다고 말했다. "걱정 마요. 절대 공짜로 부탁하
진 않을 테니까. 근데 이름이 뭐예요?" "이름은 왜……." "이름
을 알아야 빨리 친해지죠. 저는 백수진이라고 해요." 나는 잠
깐 망설이다 대답했다. "정해진이에요. 해바라기 할 때 '해'를
써요." 해바라기는 내 이름의 '해'를 '혜'로 착각하는 사람들을
위한 예시였다. "아, 혜진이 아니라 해진? 수진, 해진…… 우리
둘 다 '진'으로 끝나네?" 어떻게든 엮어보려는 수작에 나는 그
래서 뭐! 뭐! 라고 속으로 쏴붙였다. 그녀의 부탁이 이렇게 자

주 이어질 줄 알았더라면 그때 내 이름을 말해주지 말걸. 그런데 "부탁 좀 들어줄래요?"가 아니라 "해진 씨, 부탁 좀 들어줄래요?"라고 하는데 어떻게 그 부탁을 거절하겠는가. 이상하게 나는 상대방 입에서 내 이름이 나오면 뭐라도 해줘야 할 것 같은 기분이 들었다.

그녀가 구매한 것을 수량에 맞춰 상자에 담았다. 햇반 다섯 개, 컵라면 다섯 개, 던힐 세 갑, 넘버나인 크로이처 와인 한 병, 콘돔 한 팩, 아사히 맥주 한 팩, 나초칩 두 봉지, 돈가스 도시락 하나, 리필용 면도날 한 갑 그리고 1리터짜리 멸균우유 한 팩과 참치삼각김밥 두 개, 생리대 두 팩까지. 상자에 들어가지 못한 것들은 검은 봉지에 담았다. 포스기가 토해낸 영수증을 조끼 주머니에 접어 넣고 상자와 봉지를 들었다.

자전거 바구니와 짐받이에 물품을 나눠 실었다. 오늘 자전거를 끌고 나오길 잘한 것 같았다. 막 자전거 페달을 밟으려는데 저만치에서 마크가 걸어왔다. 편의점으로 들어가려다 말고 마크가 나에게 어디 가냐고 물었다. 나는 그를 향해 손인사를 건네며 배달 가는 길이라고 했다. 잠깐 가게 좀 봐달라는 부탁에 그가 고개를 끄덕이더니 "나 컵라면 먹을 거야"라고 했다. 영국에서 온 마크는 한국의 매콤한 컵라면을 사랑하는 서른 살 청년이다.

자전거를 굴리며 그에게 말했다. "알아. 두 개 먹을 거잖아.

금방 갔다 올 테니까 먹고 있어."

"응." 마크가 염려 말라는 듯 씨익 웃었다.

그녀의 현관문 앞에 상자와 봉지를 내려놓았다. 점심때 짜장면과 탕수육을 시켜 먹은 듯 밖에 빈 그릇이 나와 있었다.

희곡 작가인 그녀는 엄청나게 게으른 여자였다. 평소 청소라곤 안 하고 사는지 집은 늘 엉망이었다. 저 배달 음식과 상자 속 구매품만 봐도 직접 뭘 만들어 먹는 것 같지도 않았다. 몸 움직이는 게 세상에서 제일 싫다던, 그래서 집 앞 편의점으로 담배 한 갑 사러 나오는 것조차 귀찮아죽겠다던 사람이 모나코라니…… 계절이 바뀔 때마다 부지런히 외국으로 나가는 그녀를 상상하면 좀 이상했다. 나는 지금까지 극작가가 가봤다는 여행지―마다가스카르, 벨라루스, 모리셔스, 카보베르데, 뉴칼레도니아, 엘살바도르, 모리타니, 키프로스, 룩셈부르크, 아이티, 몬테네그로, 아일랜드, 라트비아, 시에라리온, 생바르텔르미, 벨리즈 등―를 떠올리며 불만을 터뜨렸다. 칫, 모나코까지 날아갈 기력은 있어도 집 앞으로 뭐 사러 나올 기운은 없나!

초인종을 눌렀다. 문이 열리기 전에 서둘러 이어폰을 끼웠다. 음악 없이는 그녀의 집에 들어갈 수 없었다. 아니, 머무르지 못했다.

극작가가 부스스한 몰골로 문을 열었다. 배달 음식과 편의점 식품으로 매 끼니를 해결함에도 그녀는 군살이라곤 없었다. 타고난 체질인 듯했다. 기름진 음식을 아무리 먹어도 살이 찌지 않으니 게으름에 대한 반성이나 경각심이 생기지 않는 거겠지.

상자와 봉지를 들고 집으로 들어갔다. 침대 옆에는 여행용 트렁크 네 개가 가지런히 놓여 있었다. 트렁크는 색깔만 다를 뿐 모양과 크기는 모두 같았다. 그녀는 봄에 여행을 떠날 때는 분홍색 트렁크를 끌고 가고, 여름에는 파란색 트렁크를, 가을과 겨울에는 각각 빨간색과 하얀색 트렁크를 가지고 간다고 했다. 역시 이번 모나코 여행에는 분홍색을 데리고 간 모양인지 그 트렁크만 유독 깨끗해 보였다.

식탁 위에 짐을 내려놓았다. 그녀가 나에게 뭐라고 말을 건네는 것 같았지만 음악 때문에 무슨 말인지 알아들을 수 없었다. 하는 수 없이 이어폰을 뺐다. 그러자 별로 듣고 싶지 않은 시계 초침 소리가 째깍째깍 들려왔다.

나는 뒤늦게 그녀에게 물었다. "네? 뭐라고요?"

"여기저기 돌아다녔더니 몸이 말이 아니야. 해진 씨가 그것들 좀 냉장고에 넣어줄래? 미리 고마워." 그렇게 말하고 그녀는 침대로 가 누웠다. 늘 이런 식이다. 하지만 미리 고맙다고 말해버리니 부탁을 안 들어줄 수 없었다. "근데 저번에 내가 현관 비밀번호 가르쳐주지 않았던가?"

나는 잠깐 기억을 더듬은 후에 대답했다. "가르쳐줬어요."

"그냥 번호 누르고 들어오라니까." 그녀가 졸린 눈으로 나를 힐끔 쏘아봤다. "나 문 열어주는 것도 귀찮은 사람이거든?"

"그래도 남의 집인데 어떻게…… 아, 알았어요. 다음부턴 누르고 들어올게요." 이유 없이 야단맞는 느낌이라 기분이 좋지 않았다.

냉장고를 열어 와인과 맥주, 도시락과 삼각김밥, 우유를 넣었다. 그리고 문을 닫으려는데 그녀가 콘돔도 냉장고에 넣어달라고 했다.

무슨 상상을 하는지 그녀가 음흉스레 웃고는 말했다. "난 차가운 콘돔이 좋더라. 안쪽 깊숙이 넣어. 그래야 더 차가워지거든."

나는 속으로 아예 냉동실에 넣어두지 왜! 라고 투덜대며 입술을 실룩거렸다. 그건 그렇고 저놈의 시계 소리는 도저히 참아낼 수가 없었다. 사방에서 들려오는 째깍째깍 소리에 정신이 다 혼미해질 지경이다.

극작가의 오피스텔 사방 벽면에는 크기와 모양이 다른 벽시계가 빼곡히 걸려 있다. 한 백여 개쯤 되는 것 같았다. 시계 가게도 이보다 많지는 않을 터였다. 제각각 움직이는 시계들은 모두 다 조금씩 다른 시간을 나타냈다. 그녀는 초침 시계로 넘쳐나는 이 집에서만 오직 고요를 느꼈다.

그녀는 극심한 이명을 앓고 있었다. 처음엔 '삐이익 —' 하는 금속성 기계음으로 시작된 소리는 '위잉~ 위잉~' 하는 매미 울음소리로 바뀌더니, 다음엔 모스부호의 수신음처럼 변했다고 했다. 그러다 점점 소리가 커지면서 최종적으로 그녀의 귀에 안착한 이명은 저 시계 초침 소리였다. 시도 때도 없이 째깍째깍. 밥을 먹을 때도, 설거지를 하고, 책을 읽고, 섹스를 할 때도 째깍째깍 그녀를 따라다녔다. 귀울림은 특히 잠자리에 드는 순간 가장 뚜렷해지는 탓에 그녀는 점점 밤을 참을 수 없어졌다. 희곡을 쓸 때도 마찬가지였다. 조용한 작업 환경을 위해 바깥 소음을 차단하고 나면 그녀의 귀에는 어김없이 선명한 시계 소리만이 남았다. 치료를 안 해본 건 아니라고 했다. 양방과 한방을 오가며 온갖 방법을 써봤지만 별 소용이 없었다. 의사는 스트레스를 좀 줄여보라는 하나 마나 한 소리를 처방으로 내놓았을 뿐이다. 그러다 그녀는 알게 되었다. 귓속 소음은 더 큰 소음을 만나야만 상쇄되어 잠잠해진다는 걸. 반대로 주위가 고요해지면 그녀의 귓속 세상은 더욱 시끄러워지는 것이다. 그래서 모으기 시작한 게 시계 초침 소리라고 했다. 그러니까 그녀의 저 많은 시계들은 듣기 위한 용도이지 보기 위한 게 아니었다.

극작가가 수많은 시계 중 하나를 가리키더니 자랑하듯 말했다. "저 시계 예쁘지?" 그녀가 시계를 가리키고 난 손가락으로 자신의 귓구멍을 후벼 팠다. 그러고는 다시 말을 이었다. "모나코 갔다가 데려온 건데 초침 소리가 아주 우렁차고 좋아."

예의상 나는 그녀가 가리킨 벽시계를 쳐다봤다. 모나코에서 사 온 시계라지만 내 눈엔 그냥 한국에서 산 것처럼 보였다. 그녀는 엘살바도르에 가면 엘살바도르의 시계를 사 오고, 아일랜드에 가면 아일랜드의 시계를 사 왔다. 하지만 어느 나라에서 온 것이든 시계의 초침 소리는 모두 비슷했다. 북유럽이든 아시아든 다 마찬가지였다.

"시계에 그 나라만의 특색은 없는 거 같네요." 나는 다소 퉁명스레 말했다.

"모두 다 같은 시간을 쓰고, 같은 시간 안에 살고 있으니까." 그녀의 표정이 왠지 철학적으로 보였다. "난 시계 소리가 세계 공용어 같아. 어디든 같잖아?"

그만 돌아가야 해서 극작가에게 영수증을 건넸다. 금액을 확인하고 난 그녀가 나에게 지폐를 건네며 "나머진 해진 씨 배달료"라고 했다. 거슬러줘야 할 돈이 3천 원이니 오늘 내 배달료는 무려 3천 원이나 되는 셈이다. 이럴 땐 또 그녀에게 미안해졌다.

현관으로 나가 신발을 신으려는데 그녀가 나를 붙들었다. "잠깐, 해진 씨! 티켓도 가져가." 그러고는 연극 표 두 장을 내 조끼 주머니에 찔러 넣었다. 〈호텔 방에 코끼리가 산다〉라는 제목의 연극이었다.

극작가는 가끔 나에게 자신이 극본을 쓴 연극의 티켓을 줬다. 부조리극인지 뭔지 하는 그 연극은 난해하고 지루할 때가 많았다. 그녀의 공짜 표가 썩 달갑지 않은 이유였다.

흠, 또 잠자러 가봐야 하나⋯⋯. 하지만 입 밖으로는 나도 모르게 예의를 차린 말이 나왔다. "재밌겠네요."

빈 상자를 들고 그녀의 정신 사나운 집을 겨우 빠져나왔다. 나는 고개를 절레절레 흔들며 언제나처럼 의문을 드러냈다. 저렇게 시끄러운 집에서 어떻게 살지? 시간이 들리는 그녀의 집엔 너무 많은 시간이 존재하고 흘러갔다. 그래서 그 집에 있으면 왠지 빨리 늙어버릴 것만 같았다.

자전거에 올라탔다. 짐이 사라져 한결 가뿐했다. 곧장 편의점으로 돌아가려던 나는 길가에 핀 봄꽃을 구경하고픈 마음에 둘러 가는 길을 택했다. 모퉁이 두 개를 돌자 목련 향으로 넘쳐나는 빨간 벽돌집이 나왔다. '목련나무 집'으로 불리는 집인데 봄이 되면 가장 아름다워지는 곳이었다.

담장 밖으로 뻗어 나온 목련나무 아래에 자전거를 세웠다. 숨을 들이마실 때마다 목련 꽃향이 맡아졌다. 만개한 꽃이 탐스러워 보여 한 송이를 꺾었다. 집주인에게 들킬세라 얼른 새하얀 봄을 훔쳐 달아났다.

다시 모퉁이 두 개를 돌아 좁고 경사진 골목길로 들어섰다. 머리카락이 흩날리도록 쌩쌩 달렸다. 봄바람이 좋았다. 내리막길에서는 양쪽 발을 페달에서 뗐다. 알아서 속도를 키워낸 자전거가 바람을 세게 갈랐다. 자전거가 좁은 골목으로 들어섰을 때였다. 어두컴컴한 실루엣 하나가 앞을 가로막고 걸어가는 게 보였다. 비켜달라고 자전거 벨을 울렸다. 하지만 들리지 않는지 길을 비켜주기는커녕 뒤도 돌아보지 않았다. 좁은 골목길에서 일부러 저러나 싶어 불끈 화가 났다.

나는 어디 누가 이기나 보자, 하는 심보로 계속 벨을 울렸다. 순간 그 꺼뭇한 실루엣이 갑자기 방향을 틀더니 내 쪽으로 달려오는 게 아닌가! 자전거와 곧 충돌할 기세였다.

나는 겁에 질려 소리쳤다. "엄마야! 비켜요, 비켜!"

브레이크 손잡이를 있는 힘껏 움켜쥐었다. 그러나 미처 속도를 줄이지 못한 자전거는 골목 갓길에 처박히고 말았다. 자전거와 함께 몸이 바닥으로 내팽개쳐졌다. 목련꽃이 시멘트 바닥에 짓뭉개지고, 온몸에 모호하게 퍼져 있던 통증이 팔꿈치와 무릎 쪽으로 모여들었다. 고개를 들어 주위를 살폈다. 내 옆을 스쳐 지나간 묵직하고 차가운 기운이 모퉁이로 휙 사라지는 게 보였다. 돋아난 소름에 온몸이 부르르 떨렸다. 뭔가에 홀린 듯한 기분이 들었다.

"방금 뭐야?" 자리에서 일어나 자전거를 일으켜 세웠다.

얼마나 세게 넘어졌는지 자전거 바구니가 찌그러져 있었다. 팔꿈치와 무릎에 난 상처 위로 피가 배어났다. 그렇게 생각하지 않으려 해도 지금의 사고는 아침에 앞집 여자를 보지 못해서 생긴 거라는 느낌이 들었다. 오늘 바닐라에게 뽀뽀를 해주고 목조계단을 소리 없이 오르내리지 않았던가. 그런데 순간

바닥에 짓뭉개진 목련꽃이 눈길을 잡아끌었다. 어쩌면 방금 사고는 아까 꽃을 꺾은 행위와 상관있는지도 몰랐다. 그렇다면 앞으로 꽃 같은 건 절대 꺾지 말아야지. 주인이 있는 꽃은 더더군다나. 이런 식으로 지켜야 할 또 하나의 규칙이 생기고 말았다.

아픈 무릎으로 자전거를 끌고 골목길을 빠져나갔다. 움직일 때마다 다친 팔다리가 욱신거렸다. 께름칙한 마음에 뒤돌아 맞은편 모퉁이를 바라봤다. 그런데 그게 뭐였지? 사람 형상이었던 것만은 분명했다.

편의점에 돌아와보니 마크는 가고 없었다. 계산대에는 컵라면 두 개와 꼬마 김치값이 덩그러니 놓여 있었다.

혼합형 일회용 밴드 한 갑을 집어 들고 계산대에서 바코드를 찍었다. 상처 크기에 맞는 밴드를 골라 낱개 포장을 벗겼다. 팔꿈치와 무릎에 밴드를 붙이자 거즈로 피가 스며들었다. 쓰고 남은 밴드를 정리하는 내내 또 생각했다. 방금 그 사고가 외출 전 앞집 여자를 보지 못해서 생긴 것인지 아니면 꽃을 꺾어서 생긴 것인지, 하고 말이다. 좀 전의 불상사는 분명 그 행위들과 상관이 있었다.

내 불상사를 생각하다 보니 자연스레 마크가 떠올랐다. '그나저나 마크는 언제쯤 영국으로 돌아갈 수 있을까……'

한국의 컵라면이 좋아 한국을 떠나지 못한다던 마크. 그런데 얼마 전에야 마크의 그 오래된 말이 거짓이라는 걸 알게 되었다. 사장을 통해서다. 하긴, 라면이 좋대도 어떻게 자기 고국보다 좋을 수 있겠어. 아무리 장난스럽게 해온 말이라도 그걸 믿은 내가 바보였다.

상처 치료를 끝낸 나는 배달 가기 전에 하던 물걸레질을 다시 시작했다. 근데 아까 달려든 건 정말 뭐였을까? 오싹해진 등골이 또 한 번 부르르 떨렸다.

*

아르바이트를 마치고 집으로 돌아갔다. 페달을 밟으면 무릎 상처가 벌어질까 봐 자전거는 그냥 끌고 가기로 했다. 밴드를 붙인 상처 가장자리에는 시퍼런 멍이 번지는 중이었다.

자전거를 끌며 길을 걷는 것은 꽤 불편했다. 왜냐하면 맨홀이 나타날 때마다 자전거와 한 몸이 되어 피해야 했기 때문이다. 나는 길을 걸을 때 절대 맨홀을 밟지 않았다. 영화 〈이보다 더 좋을 순 없다〉에서 주인공이 보도블록의 갈라진 틈을 밟지 않으려 하는 것과 같은 의도였다. 맨홀을 밟으면 나와 내 가까운 사람들에게 안 좋은 일이 생길 것만 같았다. 누가 들으면 바보 취급할 수도 있지만 내게는 중요한 문제였다.

신호등이 없는 교차로를 건너 후미진 길로 들어섰다. 매일 지나다니는 길인데 오늘은 어째 분위기가 어수선했다. 낡은

기와집 앞에 사람들이 웅성웅성 모여 있었다. 온갖 촬영 장비들도 보였다. 평소 을씨년스레 방치된 낡은 집이라 좀 이상했다. 호기심에 가던 길을 멈추고 사람들 사이를 기웃거렸다. 한눈에 봐도 영화 촬영 현장이라는 걸 알 수 있었다.

혹시 유명 연예인을 볼 수 있을까 싶어 대문 가까이 다가가서 열린 틈으로 고개를 들이밀었다. 연기하고 있는 듯한 사람들이 보였지만 모두 모르는 얼굴이었다. 촬영 규모도 작은 게 저예산 독립영화 같았다. 영화음악을 만드는 것이 내 궁극의 꿈이라 그럴까. 괜스레 가슴이 설렜다. 어떤 장르의 영화인지 궁금해진 나는 상체를 대문 안쪽으로 더 밀어 넣었다. 그런데 갑자기 안에서 수녀복 차림의 웬 여자애가 다급히 뛰쳐나왔다. 나와 어깨를 부딪친 여자애는 미안하다는 말도 없이 주변을 두리번댔다. 뭔가 초조해 보이는 낯빛이었다. 그 애의 불안한 시선이 나를 향했다. 아니, 정확하게는 내 자전거였다.

대뜸 여자애가 나에게 말을 걸었다. "급해서 그러는데 그 자전거 좀 빌릴 수 있을까요?"

"네?" 나한테 묻는 게 맞나 싶어 고개를 돌려봤지만 주변엔 나밖에 없었다. 당황한 나는 말을 얼버무렸다. "어, 그게, 제가 지금 어디 가는 길이라⋯⋯."

내 말이 채 끝나기도 전에 그 애는 자기 가방을 자전거 바구니에 넣었다. 그러고는 허락도 없이 내 자전거에 올라타는 게 아닌가. 여자애가 멀뚱히 서 있는 나를 다그쳤다. "뭐 해요, 빨리 안 타고? 운전은 내가 할 테니까 빨리 타요! 빨리빨리! 안 그럼 다 죽어!" 여자애는 더 말하기 귀찮다는 표정으로 나에게 마지막 충고를 했다. "균형 잡기 힘드니까 옆으로 타지 말고요!"

뭐지 저 뻔뻔함은? 일단 나는 시키는 대로 다리를 벌리고 자전거 뒤에 올라탔다. 다친 팔다리가 욱신거리던 참에 잘됐다 싶으면서도 낯선 사람에게 휩쓸린 이 상황이 어리벙벙하기만 했다.

여자애 머리에 씌워진 수녀 베일이 바람에 펄럭이며 내 얼굴 쪽으로 날아왔다. 그 애는 자꾸 나에게 어느 방향으로 가면 되느냐고 물었다. 애초에 가려던 목적지가 딱히 없었던 게 분명했다.

"오른쪽 길로 빠지세요." 나는 대답과 함께 여자애에게 물었다. "근데 아까 안 그럼 다 죽는다는 게 무슨 뜻이에요?"

여자애가 아무것도 아니라고 했다. "피했으니까 이제 됐어요."

"영화 찍고 있었던 거 맞죠?"

"네."

"그럼 배우세요?" 갑자기 흥미가 일었다.

"뭐, 엑스트라도 배우로 쳐준다면요." 그러나 대답은 좀 심드렁했다.

나는 속으로 배우치고는 별로 예쁘지 않다고 생각했다. 내 행운의 여신인 앞집 여자가 백만 배는 더 예쁜 것 같았다.

"근데 간다는 데가 어디에요?" 여자애가 나에게 또 물었다.
"아까 어디 가는 길이라면서요."

"집이요."

"오, 잘됐네요."

뭐가 잘됐다는 거지? 아무튼 여자애는 처음 만났을 때보다 경
쾌해져 있었다. 그리고 가벼워진 목소리로 내 나이를 물었다.

스물이라 하니까 여자애가 깜짝 놀라며 정말이냐고 했다.
"어머, 나도 스물인데." 말끝이 갑자기 짧아지더니 계속 짧아
진 말투로 말했다. "이것도 인연인데 우리 친구 할래?"

"네?"

"동갑이잖아."

좀 뜬금없는 데다 너무 갑작스러워서 나는 얼른 대답이 나
오지 않았다. 그러자 그 애가 재촉하듯 "왜 싫어?" 하고 다시 물
어왔다.

"아, 아니……" 나는 여전히 당황스러웠다.

"근데 왜 이 시간에 돌아다녀? 오늘 강의 없어?"

"어, 그게……."

"새내기면 한창 벚꽃 캠퍼스 누비고 다닐 때 아니야?"

"……."

"왜 대답이 없어? 아, 재수생이구나?"

"아니."

"혹시 그럼 너도 대학 안 다니니?" 여자애 목소리에서 반가움이 묻어났다.

사실 저 질문은 재작년 가을에 학교를 그만둔 뒤로 수없이 받아서 별로 새삼스럽지는 않았다. 다만 대답해야 하는 내 입장에서는 좀 진절머리가 날 뿐이었다. 그런데 방금은 나한테 "너도?"라고 했다. 그 말은 저 애도 대학을 안 다닌다는 뜻이었다.

일단 나는 여자애 물음에 "응, 안 다녀……"라고 말꼬리를 흐린 채 대답하고는 다시 말을 이었다. "대학도 안 다니고, 고등학교도 도중에 관뒀어."

"진짜? 나돈데. 나도 고등학교 때려치웠거든."

"정말?"

"이거 여러모로 반가운걸? 근데 너는 왜?"

"그냥 좀 아파서……."

"어디가?" 여자애는 생각보다 집요했다.

"어, 그게, 마음이…… 그런 넌?"

"나? 나는……." 여자애가 잠깐 숨을 고른 다음 말을 이었다. "그냥, 꿈에 빨리 닿고 싶어서." 뭔가 쑥스러워졌는지 여자애가 냉큼 자기 이름을 댔다. "아참, 난 안승리야. 이름이 좀 암울하지? 넌?"

어쩔 수 없이 나도 내 이름을 말해줘야 했다. "정해진. 해바라기 할 때 '해'를 써." 그러고는 바로 승리에게 물었다. "근데 네이름이 뭐가 암울하다는 거야? 승리라며……."

"잘 생각해봐." 승리가 그렇게만 말하고는 얄궂게 웃었다.

승리, 좋은 이름인데 뭐가 문제라는 거지? 나는 어리둥절한 표정으로 하늘을 올려다봤다. 바람에 펄럭이는 수녀 베일은 여전히 내 얼굴을 간지럽혔다. 마치 약 올리는 것 같았다. 하필이면 그때 저 앞쪽에 맨홀 두 개가 나타났다. 승리란 아이는 저 맨홀을 피해서 가지 않을 게 분명했다. 왜냐하면 저 아이는 내가 아니니까.

맨홀이 가까이 다가왔다. 역시나 자전거는 두 개의 맨홀을 아무렇지 않게 밟고 지나가버린다. 다급해진 나는 방금 막 친구가 된 승리에게 부탁했다. 나를 이상하게 여긴다 해도 어쩔 수 없었다. "저기, 있잖아…… 맨홀은 좀 피해서 가줄래?"

"뭐?"

"맨홀 말이야. 밟지 말아달라고……." 내 목소리가 점점 작아졌다.

"왜, 맨홀 공포증이라도 있어? 혹시 빠질까 봐?" 승리가 나를 어린애 취급하듯 말했다.

괜한 자격지심에 나는 그런 거 아니라고 했다.

"걱정 마. 절대 안 빠지니까. 자, 봐봐." 그러더니 승리는 나타나는 맨홀마다 일부러 밟고 지나갔다.

알 수 없는 불안감에 나는 막 소리쳤다. "그만! 그만! 뭐 하는 거야!"

"뭐긴 뭐야? 위험하지 않다는 걸 보여주려는 거지, 헤헤."

승리가 장난스레 웃었다.

아, 망했다. 결국 일어나선 안 되는 일이 일어나고 말았다. 2년간 지킨 철칙이 깨져버린 것이다. 하지 말라는데 굳이 하는 걸 보면 저 아이는 청개구리임이 분명했다. 앞집 여자를 보지 못한 오늘 하루가 이렇게 엉망으로 치닫다니.

승리가 보란 듯 나에게 말했다. "봐, 안 빠지지?"

나는 아무런 대꾸도 못 한 채 한숨만 내쉬었다. 승리 말대로 맨홀은 아주 튼튼하고 절대 빠지지 않았다. 그걸 모르는 게 아니었다.

집 앞에 도착해서도 승리는 우리 집을 구경하듯 계속 기웃거렸다. 잘 가란 소리를 몇 번이나 했는데 도통 갈 생각이 없는 듯했다. 승리가 과장된 감탄사를 섞어가며 여기가 너네 집이냐고 했다. 그렇다는 대답에 승리는 위층 아래층 다 쓰느냐는 둥, 방은 몇 개냐는 둥, 계속해서 물어왔다.

"방은 왜?"

"아, 글쎄 몇 개냐니까?"

다섯 개라고 하자 승리가 내 앞으로 바짝 다가오더니 너희 집 부자라면서 덧붙여 물었다. "누구누구랑 사는데?"

"부모님하고 언니 둘. 근데 부자는 아니야." 나는 뒤의 말을 강조했다.

승리의 엉뚱한 질문이 다시 이어졌다. "부모님 사이는 좋아?

그러니까 부모님이 각방을 쓰진 않지?"

나는 "응"이라는 대답과 함께 의심스러운 눈초리를 승리에게 보냈다. "근데 그런 건 왜 묻는데?"

"그럼 방이 하나 남겠네?"

하고 싶은 말이 무엇인지 대충 감이 잡혔다.

이내 승리 입에서 그 말이 나왔다. "저기, 나 며칠만 재워주면 안 될까? 아니, 딱 이틀만. 응?"

만난 지 30분도 안 된 사람에게 이런 부탁을 해올 줄은 몰랐다. 나는 곤란하다는 의미로 목덜미를 긁적였다.

내 눈치를 보던 승리가 자기 사정을 털어놓기 시작했다. "실은 아까 촬영 현장에 사채 새끼들이 들이닥칠 판이었거든. 집 앞에도 죽치고 있다나 봐."

"사채?"

'ㄷ' 자 모양의 복도형 원룸에 사는 승리는 아는 언니가 같은 층 맞은편에 살아서 집 앞 동향을 수시로 보고받는다고 했다.

"그 새끼들한테 이자로 바친 돈만 해도 원금의 두 배야. 어떻게 협상이라도 좀 해볼까 했는데, 어려서 그런지 아니면 여자라 그런지 그것도 안 먹히더라고."

"부모님은 모르셔?"

"응. 돈 못 주겠다고 버티니까 얼마 전에는 우리 엄마 아빠한테 받아내는 수밖에 없다고 협박하더라니까? 나 사채 쓴 거 집에서 모른다는 거 안 뒤로는 걸핏하면 새끼들이 우리 부모부터 걸고넘어져."

"그래서?" 나도 모르게 승리 얘기에 빠져들고 있었다.

"앞으로 부모 들먹이면 경찰에 확 신고해버리겠다고 난리 쳤지."

"그러니까 좀 먹혀?"

"응. 너네 이거 불법 사채인 거 나도 안다, 이런 말도 안 되는 이자가 합법일 리 없잖냐, 근데 우리 엄마 아빠가 알면 나만 아작 나는 게 아니라 니들도 같이 쇠고랑 차게 될 거라고 경고했지, 뭐. 불법이란 말에 지들도 신고당할까 봐 쫄았는지 그 뒤론 좀 잠잠해지긴 했는데……." 승리가 시름 섞인 한숨을 내쉬었다. "아무튼 난 줄 만큼 줬어. 앞으론 절대 돈 안 주려고. 그러려면 피하는 게 상책이거든. 어리고 만만하니까 나만 죽어라 쫓아다니는데, 안 잡히고 오래 버티면 그놈들도 결국 포기한다더라고."

드라마 같은 데서 본 것처럼 진짜로 사채업자들이 막 찾아오는 모양이었다. 그럼 아까 다 죽는다는 말이 그 뜻이었냐니까 승리가 힘없이 고개를 끄덕였다. 저 말이 사실이라면 모른 척할 수가 없었다. 게다가 처음 마주쳤을 때 승리는 정말 무언가에 쫓기는 모양새이긴 했었다.

그래도 확인차 다시 물어보기로 했다. 극작가에게 속아본 경험도 있으니까. "너 오늘 만우절이라고 나한테 거짓말하는 거 아니지?"

승리가 아니라며 펄쩍 뛰었다. "나는 다른 날은 거짓말해도 4월 1일에는 절대 거짓말 안 해." 그러고는 고개를 가로젓기까지 했다. "내가 세상에서 제일 싫어하는 게 뭔지 알아? 남이 시키는 대로 하는 거거든." 그것은 아까 밟지 말라는 맨홀을 밟을 때부터 이미 눈치챘다.

저렇게 온몸으로 항변하는 걸 보니 일단 거짓말은 아닌 듯했다. 그래서 나는 방 상태에 대해 미리 일러두는 것으로 허락의 뜻을 내비쳤다. "근데 거의 창고나 마찬가지인 방이라 엉망일 거야."

승리가 이제 살았다는 표정으로 말했다. "괜찮아, 괜찮아. 난 지금 창고보다 더 못한 방에서 살고 있으니까. 아무튼 고맙다 친구야! 아, 아직 친구는 좀 그런가? 그럼 동갑아!" 승리가 고마움의 표시로 내 손을 덥석 잡았다.

나는 가방에서 열쇠를 꺼내 대문 잠금장치를 풀었다. 자전거를 마당으로 들이는데 아까부터 찜찜하게 내 뒤를 따라다니던 그 수수께끼가 다시 생각났다. 그나저나 승리란 이름이 뭐가 암울하다는 거지? 현관문을 열어젖혔다. 그리고 신발을 벗고 거실로 들어서는 순간 갑자기 머릿속에서 뭔가가 파박, 하고 떠올랐다. 아! 안승리?!

뒤늦은 깨달음에 나는 뒤돌아 승리를 향해 소리쳤다. "이제 알았다! 안 승리! 안, 안! 맞지?"

"참 빠르기도 하다." 못 말리겠다는 듯 승리가 고개를 내저었다.

생각해보니 좀 암울한 이름이긴 한 것 같았다. 성(姓)을 탓해야 하는 건지 이름을 탓해야 하는 건지 애매했다.

승리가 기계적인 한숨과 함께 부탁 조로 말했다. "그러니까 앞으로 내 이름 부를 땐 되도록 성은 빼고 불러줘. 그러잖아도 패배투성이 인생이니까."

그러면 안 되는데 나도 모르게 그만 픕, 웃음이 터지고 말았다.

승리와 2층으로 올라갔다. 나는 소리 나지 않게 목조계단 가장자리를 디뎠다. 승리가 그런 나를 이상하게 쳐다봤다. 그래서 미리 말해두기로 했다. 어차피 이미 내 이상한 모습을 봐버렸으니까.

"이래야 계단에서 삐거덕 소리가 안 나거든." 조금 민망해서 경직되게 웃었다. 승리가 나도 너처럼 그래야 하냐고 묻기에 나는 냉큼 고개를 가로저었다. "아니, 넌 상관없어."

"넌 뭘 밟으면 안 되는 아이구나?" 승리가 나를 한마디로 정리해버렸다.

"응, 내가 좀 그래……." 나는 어색하게 웃었다.

승리가 아무렇지 않게 계단을 밟으며 올라갔다. 그러자 일곱 번째 계단에서 여지없이 삐거덕 소리가 났다. 내가 낸 소리가 아니니까 아마 괜찮겠지.

계단에서 가장 먼 방으로 승리를 안내했다. 그 방은 원래 해영 언니가 쓰던 방이었다. 계단 오르내리는 게 귀찮다며 큰언니는 3년 전에 아래층으로 방을 옮겨버렸다. 나는 먼지 쌓인 커튼을 젖히고 창문을 열어 환기부터 시킨 다음 무질서하게 쌓여 있는 상자를 한쪽 구석으로 치웠다. 다행히 승리는 먼지투성이인 이 방이 꽤 마음에 드는 눈치였다. 승리가 머리에 쓴 수녀 베일을 벗으며 "와, 너무 좋은데!"라고 외쳤다. 방 전체를 훑는 승리의 눈이 반짝반짝 빛났다. 승리는 이렇게 훌륭한 방이 어떻게 창고냐면서, 커튼이 달린 방은 창고가 될 수 없다고 나를 나무라기까지 했다.

방은 3년째 청소를 하지 않은 상태였다. 먼지라도 닦으려고 물걸레를 갖고 오자 승리가 자기가 닦겠다며 걸레를 뺏어 들었다. 그래도 손님인데 싶어 승리에게 "배고플 텐데, 너 뭐 좀 먹을래?" 하고 물었다. 내 선심이 고마웠는지 방을 닦던 승리가 감동 섞인 눈빛으로 나를 올려다봤다.

나는 좋은 사람으로 보이는 게 부담스러워서 우리 집에 넘쳐나는 먹을거리가 있다고 했다. "그러니까 의무적으로 먹어치워야 하는 음식이 있단 얘기지."

"그래? 그게 뭔데?"

"만두하고 초밥."

"헐, 말도 안 돼! 내가 세상에서 제일 좋아하는 음식이 딱 두 가진데……."

나는 승리 말을 가로챘다. "설마 그게 만두하고 초밥?"

승리가 격하게 고개를 끄덕였다. 그럴 리 없다는 생각에 나는 승리를 향해 거짓말하지 말라고 되받아쳤다.

곧바로 승리의 응수가 돌아왔다. "나 다른 날은 몰라도 만우절엔 절대 거짓말 안 한다 했지!"

왠지 나는 승리의 그런 반골 기질이 마음에 들기 시작했다. 그건 그렇고 승리는 정말 만두와 초밥을 제일 좋아하는 걸까? 그렇다면 이 친구와의 만남은 우연을 넘어선 필연이 아닐까? 그러니까 엄마 아빠와 나를 위해 나타나준 지원군이 아니냐는 얘기였다. 사실 우리 집에서 만두와 초밥을 잘 먹어주는 사람은 나뿐이었다. 큰언니는 초밥의 생선 비린내를 싫어했고, 작은언니는 만두의 높은 칼로리를 극도로 꺼렸다. 그래서 엄마는 가끔 나에게 이렇게 말했다. "쯧쯧, 저 못난이 안 낳았으면 어쩔 뻔했을까." 물론 만두와 초밥을 부지런히 먹고 있을 때이긴 했지만.

엄마와 아빠는 역 근처에서 만두와 초밥을 만들어 팔았다. 햇수로 29년째 접어드는 장사는 작은언니와 태어난 해가 같았다. 아무튼 그렇게 팔려나간 만두와 초밥으로 엄마는 두 언니와 나를 키웠고, 아빠는 이 이층집을 지었다. 그리고 매일 팔다 남은 그것들은 내 배를 불렸다. 특히 학교 다닐 때는 남아도는 만두와 초밥을 처리하기 위해 학교에 간식으로 싸 가야 했다. 그래서 나는 친구들 사이에서 '만초'로 불렸다. 신기하게도 그

별명은 학년과 학교가 바뀌고 고등학생이 되어도 내 뒤를 따라다녔다.

승리가 정말로 만두와 초밥 귀신이라면 저 친구는 분명 우리 집에 필요한 존재다. 빨리 확인하고 싶은 마음에 당장 아래층으로 내려갔다.

콜라와 함께 냉장고에 있던 만두와 초밥을 몽땅 꺼내 들고 2층으로 올라갔다. 만두는 전자레인지에 데워서 맞춤하게 따뜻했다. 쟁반을 받아 든 승리 눈이 휘둥그레졌다. 벌써부터 군침을 다시는 게 예사롭지 않았다.

우리는 쟁반을 사이에 두고 마주 보고 앉았다. 얼른 먹어보라며 젓가락을 내밀기도 전에 승리가 만두와 초밥을 맨손으로 집어 먹었다. 아빠 초밥을 먹고 "와!"를 외친 승리가 엄마 만두를 먹고는 "와! 와!"를 외쳤다.

부러움이 담긴 목소리로 승리가 말했다. "세상에, 이렇게 맛있는 걸 넌 매일 먹는단 말이지? 그것도 공짜로?"

나는 괜히 어깨가 으쓱해져서 우리 엄마 만두 중에 해물잡채만두가 진짜 최고라고 했다. 아마 그거 먹으면 "와! 와! 와!"를 외치게 될 거라고 자랑을 보탰더니, 그럼 그 만두는 어떻게 하면 먹을 수 있냐고 승리가 진지하게 물어왔다.

나는 당연하다는 듯 이렇게 대답했다. "그야 장사가 안 되면 먹는 거지. 근데 인기 메뉴라 잘 남질 않아."

승리가 농담조로 그럼 장사 안 되라고 빌어야겠다면서 만두 두 개를 한입에 밀어 넣었다. 씹지도 않고 삼키는지 그새 접시를 비웠다. 본인 말대로 승리는 정말 만두와 초밥 귀신인 것 같았다.

콜라를 단숨에 들이킨 뒤 승리가 물었다. "그럼 넌 학교 안 가는 시간에 뭐 해?"

나는 승리의 빈 컵에 콜라를 따라주며 편의점에서 아르바이트한다고 했다.

"그게 네 꿈은 아닐 거 아니야."

질문이 그거구나. 나는 자신 없는 목소리로 작곡가 지망생이라고 했다. "나중에 영화음악 만드는 게 내 꿈이야……." 그리고 속으로는 해진 선배의 꿈이기도 하고, 라고 덧붙여 말했다.

해진 선배는 나와 성(姓)과 이름까지 같았던 내 음악 멘토이자, 하찮고 부족한 재능을 가진 나를 음악 동지로 여겨준 사람이다. 그리고 누군가를 좋아하는 마음을 처음으로 고백하고 싶었던 사람이기도 하다. 나는 그 고백의 감정을 꾹꾹 참아내다 스무 살이 되는 날 꺼내놓을 생각이었다. 그러니까 해진 선배는 내 감정의 계획이었고, 어른이 되는 지난한 과정을 설레게 해주는 단 하나의 이유였다.

열아홉의 선배와 열일곱의 나는 그러기로 정해진 것처럼 만났다. 나에게는 단짝 친구 은소영이 있었다. 두뇌가 명석했던 소영은 전교 일이 등을 다투는 우등생이었고, 두 살 연상의 남자친구와 오래 사귀었다. 공부가 우선이긴 했어도 소영에게 연애는 다른 세계로 통하는 문처럼 느껴졌다고 했다. 학업 스트레스를 풀어준 유일한 통로 말이다. 그래서인지 소영은 세상에는 우리가 모르는 감정의 세계가 존재한다는 걸 나한테도 가르쳐주고 싶어 했다. 그러던 어느 날 소영이 지나가는 말로, 음악 하는 고3 오빠가 있는데 한번 만나보지 않겠냐고 물어왔다. "너 음악 멘토 하나 있었으면 했잖아." 누구냐니까 남자친구의 학교 친구라고 했다. "공부도 잘하는데 음악은 더 잘하는 모양이더라? 근데 기막힌 게 뭔지 알아? 세상에 너랑 이름이 같은 거 있지?" 소영은 처음 그 선배 이름을 듣는 순간 나를 떠올렸다면서 운명이네 어쩌네 했다. 하지만 호들갑스러운 소영과 달리 내 반응은 시큰둥했다. 왜냐하면 나는 내가 예쁘지 않다는 걸 잘 알고 있었기 때문이다. 물론 실력이 좋기로 유명한 그 학교 록밴드부에서 일렉 기타와 작곡을 맡고 있다는 말에 정해진이란 사람이 궁금해진 건 사실이었다. 그래도 소영에게는 "전공할 것도 아니면서 음악은 무슨, 그냥 겉멋이겠지!"라고 다소 삐딱하게 반응했다. 그 뒤로도 소영은 잊을 만하면 나에게 선배 얘기를 꺼냈다. 대개 이런 식이었다. "정말로 자기랑 똑같은 이름의 여자애가 있냐면서 되게 신기해하더라?" "예고에서 실용음악 한다니까 그 오빠도 너한테 관심 보이던걸?" "사진 보여줬더니 너보고 귀엽대." 그렇게 소영은 싫다는데도 종종 선배가 한 말들을 나에게 전달했고, 내가 한 말 또한 선배

46

에게 고스란히 전해주는 듯했다.

그로부터 얼마 지나지 않아 우리는 만나게 되었다. 홍대 근처를 혼자 걷다가 카페라테가 마시고 싶어 들어간 카페에서였다. 주문한 커피가 나오길 기다리며 멀뚱히 서 있는데 카페 창가가 왁자지껄했다. 무심코 소리 나는 쪽으로 고개를 돌렸더니 그 무리에 낯익은 얼굴이 보였다. 은소영이었다. 나를 알아본 소영은 자리에서 일어나 팔을 흔들었다. 그리고 그 옆에는 선배가 앉아 있었다. 그 사람이 소영이 말한 해진 오빠라는 걸 알아챈 순간 나도 모르게 심장이 쿵쿵 뛰는 게 느껴졌다. 그리고 갑자기 이런 생각이 들었다. 나와 같은 이름으로 살아온 남자를 만난다는 건 어떤 의미일까? 동명이인이 살아온 삶은 나하고 무엇이 다를까? 무엇보다 저 오빠는 이름 가운데 자를 '혜'가 아닌 '해'로 설명해야 할 때 어떤 낱말을 예로 들까? 선배를 향한 나의 호감은 그런 궁금증으로 시작되었다.

이름 덕분인지 몰라도 우리는 누구보다 금방 친해졌고 선배는 점점 내 첫 설렘이 되어갔다. 소영은 그런 우리를 보면서 어차피 만날 사람은 결국 만나게 될 걸 괜히 안달했다며 이렇게 말했다. "역시 둘이 잘 통할 줄 알았어." 그도 그럴 것이 선배와 나 사이에는 언제나 음악이 있었다. 선배는 열아홉이라는 나이가 무색할 정도의 뛰어난 기타 연주 실력과 빼어난 작곡 능력을 갖춘 준비된 뮤지션이었다. 뿐만 아니라 음악에 관한 지식이나 정보라면 모르는 것이 없었다. 선배는 모든 면에서 한 수 위였고, 나보다 앞서갔으며, 궁극적으로는 음악을 하기 위해 태어난 사람 같았다. 겉멋 운운하며 평가절하 했던 것이 후회될 정도였다. 그래서 가끔 나는 선배에게 질투를 느꼈다. 하지만 그 질투라는 것도 그저 동경 섞인 시샘일 뿐이었다. 왜냐하면 선배는 내 음악을 이해해주고 내 작곡 실력을 칭찬해준 유일한 사람이었기 때문이다. 게다가 선배는 자기는 음악을 계속할 수 있을지 모르겠다면서 오히려 나를 부러워했다.

선배 집안에는 할아버지 때부터 해오던 가업이 있었다. 도자기 그릇을 만드는, 작지만 아주 튼실한 사업체였다. 장남인 선배는 그 가업을 물려받아야 했다. 가부장적인 데다 완고한 사업가였던 선배 아버지는 선배 손에 기타가 들려 있으면 "음악이 취미 이상이 되어선 안 된다!"라고 단호하게 말했다. 형제라고는 어린 여동생뿐인 선배는 그럴 때마다 나한테도 형이 있었으면 얼마나 좋았을까, 하고 말했다. 나중에는 이런 농담까지 했다. "왜 우리 아버지한테는 그 흔한 혼외 아들조차 없는 거지?" 선배는 음악을 놓아야 할 자신의 미래를 굉장히 끔찍하게 생각했다. 그런 집안 분위기 탓에 선배는 나와 같이 있는 시간을 유독 좋아했다. 선배는 나를 만날 때면 동유럽과 남미의 마이너한 음악을 두세 곡씩 들려주었다. 그러고는 "어때?" 하고 꼭 의견을 물어왔다. 내가 "좋은데요" 혹은 "별론데요"라는 말로 끝내려 하면 선배는 나에게 좀 더 분석적으로 접근해보라고 요구했다. 차츰차츰 깊어진 내 의견이 어쩌다 자기 생각과 일치하는 순간이 찾아오면 선배는 엉뚱한 말을 했다. "넌 예쁘진 않지만 귀여워. 그리고 난 예쁜 것보다 귀여운 게 좋더라." 자기 이름의 가운데 자를 설명해야 할 때 '해와 달'을 끌어오는 사람. 매운 거 잘 먹을 줄도 모르면서 내가 좋아하는 떡볶이를 끝까지 먹어준 선배가 설레서 해버린 말. "오빠, 선배라고 불러도 돼요? 앞으로도 같이 음악 할 거니까, 특별히요." 그때 대답 대신 수줍게 웃어주던 그 웃음이 아직도 기억에 생생하다. 오른쪽 별 모양 손금에서 예술가의 운명을 기대하려 했지만, 결국 아버지 뜻에 따라 경영학을 선택하고 만 선배는 명문 사립대학 합격 통지서를 받던 날 서럽게 울었더랬다. 음악 동지가 생기면 그 사람에게 아주 큰 곰 인형을 선물해주고 싶었다던 촌스러운 로망을 가진 선배. 그리고 스무 살 대학생이 되자마자 나에게 곰 인형을 선물해준 고집스러운 선배. 그래서 살아남은 그날의 나, 그러기에 목격할 수밖에 없었던 그날의 죽음들…….

"영화음악이라……." 승리가 땅이 꺼져라 한숨을 내쉬었다. "너도 부모 속 터질 일 하고 있구나."

잠깐 해진 선배의 기억에 빠져든 내가 되물었다. "응? 뭐라고?"

"너도 부모 속 터질 일 하고 있다고."

나는 곰곰이 생각하다 "그런가?" 하고는 멍하니 천장을 응시했다.

승리의 시무룩한 시선이 나를 따라 천장으로 향했다. 그러고는 방금 자기가 한 말에 설명을 보탰다. "어른들은 공무원이 최곤지 알잖아."

풀이 죽은 상태로 내가 수긍했다. "그건 그래……."

"우리 엄마 아빠도 나만 보면 헛꿈 그만 꾸고 공무원 준비나 하라고 난리야. 뭐, 공무원은 아무나 되나? 요즘은 공무원 되는 것도 하늘의 별 따기래. 근데 중졸로 그게 되겠어? 그러니 내가 집에 들어가고 싶겠냐고."

갑자기 승리와 나 사이에 울적한 침묵이 끼어들었다. 몇 년 후에 우리 또래의 인생은 크게 보자면 공무원과 비공무원으로 나뉠 것이다. 그 선택에 따라 어떤 어른으로 살지 정해질 테고, 그리고 그 선택은 다시 내가 누구를 만나고, 어떤 일을 겪게 될 것이며, 어떻게 늙어가고 어떤 식으로 죽어갈 것인지까지 간섭할지도 모른다. 그래서 종종 경우의 수를 다 살아볼 수 없기에 어쩔 수 없이 선택해야만 하는 단 하나의 인생이 얄궂게 느껴지곤 했다. 치사하게 연습의 기회조차 주어지지 않는 삶이 말이다. 그러나 한편으로는 삶에 완벽한 준비라는 게 가능할까 싶었다. 완벽한 준비를 마칠 수 있다면 그게 어떻게 시작이고 과정일 수 있을까 싶기도 했다. 세상에 완전무결한 건 끝과 죽음밖에 없었다. 그러니 지금 우리의 시작이 서툴고 불안한 건 너무나 당연했다. 더군다나 지금 승리와 나는 평범한 인생의 레일에서 꽤 벗어난 상태니까.

나는 페트병 바닥에 남아 있는 두어 모금의 콜라를 홀짝이며 말했다. "그래도 세상에는 음악도 필요하고 영화도 필요하잖아?" 동의를 구하고 싶은 마음에 슬쩍 승리를 쳐다봤다. "그러다 보면 언젠가 나 같은 사람도 필요해지고 너 같은 사람도 필요해지겠지, 안 그래?"

승리가 냉철하게 대꾸했다. "그 전에 안정적인 수입도 필요한 거고."

기껏 살려놓은 분위기가 다시 어두워졌다. 그러다 아까 승리가 했던 말이 생각났다. 꿈에 빨리 닿고 싶어서 학교를 때려치웠다는 얘기 말이다. 그 말, 꽤 멋있었다니까 승리가 "정확하게 말하면 그만둔 건 아니고, 퇴학"이라고 솔직하게 털어놓았다. 결석이 너무 잦아서 당한 거라고 했다.

"오디션 보러 다니느라 엄청 바빴어. 근데 나 은근 퇴학당하길 바랐다? 답답한 고3 생활하는 거 죽기보다 싫었거든." 그 말 끝에 승리가 몸서리를 쳤다.

"그랬구나……."

하지만 '다니기 싫은 것'과 '다닐 수 없었던 것'은 엄연한 차이가 났다. 뭐, 그렇다 해도 우리는 같은 결심을 했고, 다수의 선택에 어긋나는 길을 택했으며, 보통의 친구들과 조금 다른 상황에 놓인 것만은 분명했다. 그래서일까. 왠지 동갑이란 나이가 같다는 게 아니라 처지가 같다는 의미일지 모른다는 생각이 들었다. 그러니까 승리와 나는 불안하고 불확실한 내일을 가졌다는 사실 하나로, 친구가 된 지 한 시간도 안 돼 동지가 되어버린 것이다.

접시와 콜라가 비워졌다. 완벽한 식사의 끝이었다.

쟁반을 들고 자리에서 일어나려는데 아래층에서 문소리가 났다. 이 시간에 집에 올 사람은 없었다. 가족 모두 저녁 9시는 돼야 돌아왔다.

"해진이 위에 있냐?" 아래층에서 나를 부르는 엄마 목소리가 들려왔다.

무슨 일이지 싶어 들고 있던 쟁반을 바닥에 내려놨다. 승리도 초조해하며 자리에서 일어났다.

승리를 안심시키기 위해 나는 작은언니 말고는 2층에 올라올 사람은 없다고 했다. "이 방 열어볼 사람도 없을 거야." 그리고 붙박이장을 가리키고는 혹시 들킬 것 같으면 저 안에 숨으면 된다고 일러줬다. "저기는 아무도, 절대, 결코, 진짜로 안 열어보거든."

승리가 알았다는 뜻으로 숨죽여 고개를 끄덕였다. 그런데 그때 장난스러운 발상 하나가 떠올랐다. 아슬아슬한 게임 같은 걸 하고 싶어진 것이다.

나는 망설이다 승리에게 살짝 제안했다. "저기, 그래서 말인데…… 들키기 전까지 몰래 있어보는 건 어때? 뭐, 들켜도 별 상관은 없는데 왠지 재밌을 거 같지 않아?"

"나보고 비밀이 되라는 거야?" 잠깐 고민하는가 싶더니 승리가 흔쾌히 고개를 끄덕였다. "오, 재밌겠는데?"

"정말?"

"난 좋아. 스릴은 언제든 환영이니까." 이번엔 승리가 나에게 역제안을 해왔다. 한술 더 뜨는 제의였다. "그럼 들키지 않으면 나 이 방에서 계속 지내도 돼?"

나는 상관없다면서 이렇게 덧붙였다. "근데 안 들킬 수 없을걸? 우리 작은언니가 눈치가 좀 빠르거든."

"그럼 우리 내기할래? 넌 들킨다에 걸고, 난 내 발로 나가기 전까진 안 들킨다에 거는 거야. 이긴 사람 소원 들어주기. 어때?"

나는 이미 이겼다는 표정을 지어 보이며 승리에게 그럼 소원 들어줄 준비나 하라고 했다. 내가 너무 자신만만해하자 아차 싶었는지 승리가 콧잔등을 찌푸렸다. 그러고는 새침하게 말했다. "칫, 게임은 아직 시작도 안 했거든? 일단 내 신발이나 갖다줘. 이러다 너네 엄마한테 먼저 들키겠다."

"아, 신발! 좋은 지적이야."

엄마의 부름이 계속 이어졌다. 뜻밖의 내기에 기분이 들뜬 나머지 나는 콧노래를 흥얼거리며 아래층으로 내려갔다. 그런데 아빠가 엄마의 부축을 받으며 거실로 들어오고 있었다. 이상하다 싶었는데, 아니나 다를까 아빠 오른쪽 발등에 칭칭 감긴 붕대가 보였다.

"왜 그래? 다쳤어?" 나는 놀라서 달려갔다.

엄마가 혀를 차고는, 얼른 방에 들어가 이불 좀 깔라고 했다. 어쩌다 다친 거냐고 다시 물으니, 입을 꾹 다문 아빠를 대신해 엄마가 대답했다. 회칼을 집다 칼이 미끄러져 바닥으로 떨어졌단다. 그러니까 아빠 발등으로 그 날카로운 회칼이 박혔다는 얘기였다. 평생 손가락 한번 안 베이던 양반이 무슨 난리인지 모르겠다며 엄마는 내내 의문을 드러냈다. 나는 찌푸린 눈으로 아빠 발에 감긴 붕대를 들여다봤다. 병원에서는 뭐랬냐니까 엄마가 "니네 아빠가 병원에 갈 사람이냐? 약국에서 응급처치만 하고 오는 길이다"라고 퉁명스레 말했다. 답답하고 걱정스러운 마음에 큰언니라도 부르겠다고 하자 이불 위에 드러누운 아빠가 관두라고 했다.

아빠가 거듭 손사래를 쳤다. "별거 아니니까 그만 올라가래도. 붕대를 좀 과하게 감은 것뿐이야." 애써 참으려고 해도 아빠의 일그러진 얼굴에는 고통의 기색이 역력했다. 그러면서 입으로는 계속 별거 아니라고 괜찮다고만 했다.

옆에서 보다 못한 엄마가 가자미눈을 하고 끼어들었다. "별거 아니긴. 칼끝에 직통으로 맞았단다. 저러고도 내일 가게에 나가겠다니 내 속이 안 터져?"

엄마의 그 말에 아빠는 손가락을 다친 것도 아닌데 왜 가게

54

를 쉬냐며 되레 더 화를 냈다.

이에 질세라 엄마가 다시 언성을 높였다. "그럼 당신이 내일 내 가게도 봐주시구랴!" 그러고는 아빠를 쩌려봤다. "손도 멀쩡하겠다, 나 대신 만두도 빚고 그러면 되겠네. 덕분에 나도 하루 좀 쉬어봅시다!"

"뭐!" 아빠가 엄마가 덮어준 이불을 걷어찼다.

우리 가족의 위로 방식은 늘 이랬다. 어르고 달래기보다 다그치는 쪽이었다. 지금 엄마와 아빠는 서로에게 엄청 미안해하고 있을 것이다. 단지 그러한 감정을 "괜찮아?"가 아닌 "어쩌다!"로 표현할 뿐이었다. 그렇기에 나는 알고 있었다. 싸움처럼 변해가는 저 서툰 표현은 결국 침묵이 되고 말 거라는 걸. 그리고 나중에서야 그 침묵은 "좀 어때?" 같은 메마른 표현이 되어 돌아올 거라는 걸.

안방에서 나와 거실 소파에 털썩 주저앉았다. 아빠가 다친 건 내 책임이었다. 오늘 그렇게 많은 맨홀을 밟아버렸으니 당연했다. 그날 이후 내 삶은 대개 이런 식이다. 바쁘다는 핑계로 바닐라와의 뽀뽀를 생략하던 날 나는 큰언니한테 생일선물로 받은 루이뷔통 지갑을 택시에서 잃어버렸다. 처음으로 삐거덕 소리를 내지 않고 2층 계단을 밟아 내려온 날에는 몇 주째 답보 상태였던 작곡 작업이 단번에 해결되었다. 그것도 꽤 만족스럽게. 오늘은 또 어떤가. 앞집 여자를 보지 못한 데다 맨홀마저 마구 밟아버린 탓에 나도 다치고 아빠까지 다쳤다.

덮쳐오는 불안감에 당장 두 언니에게 그룹 전화를 걸었다. 밟은 맨홀 개수만큼 안 좋은 일이 생겼을 것만 같았다. 다행히 둘 다 목소리는 멀쩡했다. 되레 무슨 일로 전화했냐는 투여서 어쩔 수 없이 아빠의 사고 소식을 전해야 했다.

"얼마나 다쳤는데?" 큰언니가 놀라 물었다.

"내일 가게에 나가겠다고 고집부리는 거 보면 많이는 아닌 거 같고…… 언니는 괜찮지? 아무 일 없는 거지? 어디 다친 덴?" 나는 시종 마른 입술을 깨물었다.

"오늘 지진이라도 났니? 웬 호들갑이야?" 작은언니의 헛웃음이 나를 안심시켰다.

그제야 내 입에서 안도의 한숨이 새어 나왔다. "내가 사고에 좀 예민하잖아……."

"으이그, 우리 집 못난이. 걱정만 많아서." 두 언니는 집에 빨리 오겠다 하고는 먼저 전화를 끊었다.

어찌 됐든 모두 무사해서 다행이었다. 근데 따지고 보면 오늘 맨홀은 승리 때문에 어쩔 수 없이 밟게 된 것이지 내 의지와는 무관했다. 혹시 이만한 것도 그 때문은 아닐까? 앞으로도 내 강박들을 더 철저하게 지켜야겠다는 생각이 들었다.

나는, 나와 내 주변의 매일이 아무 일 없는 나날이길 빌었다. 아주 건조하고 지루해지길 기원했다. 그래서 매일매일이 하품이 나는, 그저 보통의 시간이기를 바랐다. 너무 별거 없는 날이라 아무것도 기억나지 않는 그런 어제와 내일이기를…….

비로소 고요해진 밤. 하루의 시작과 마찬가지로 끝에도 나는 바닐라에게 뽀뽀를 하고 침대에 누웠다. 창문 모양을 한 가로등 불빛이 천장과 벽을 잇는 모서리 부분에 걸쳐져 있었다. 낮에는 햇빛 그림자가 밤에는 주황빛 가로등 그림자가 내 방을 기웃거렸다.

비밀스레 아빠의 발등을 걱정해주던 승리는 내가 옷을 빌려줄 틈도 없이 수녀복 차림으로 바로 곯아떨어졌다. 다른 날보다 일찍 집에 들어온 두 언니는 나무라는 방식으로 아빠의 통증을 위로했다. 발등에 회칼이 박힌 아빠는 밤새 앓는 소리를 내고 그럴 때마다 엄마는 아빠에게 많이 아프냐고 물을 것이다. 그럼 아빠는 괜찮다는 말 대신 이렇게 대답하겠지. "나 내일 가게에 나가네." "으이그, 앉은 자리에 풀도 안 날 양반." 아빠를 등지고 누운 엄마 입에서는 내내 지겨운 한숨이 터져 나올 것이다.

나는 천장과 벽에 걸쳐진 가로등 그림자를 멍하니 쳐다보며 아까 골목길에서 내게 달려들던 것의 정체에 대해 생각했다. 정말 그건 뭐였을까? 그러나 풀리지 않는 의문은 이내 잠기운과 함께 저 멀리 떠내려갔다. 비밀 손님 한 명을 더해 우리 집 식구 모두에게 그만하길 다행이었던 오늘 하루는 어제라는 이름의 밤이 되어갔다.

2장 _____

집에 혼자 남겨진 금요일 한낮. 나흘간의 편의점 아르바이트를 끝내고 오로지 나다운 내가 될 수 있는 유일한 시간이다.

신시사이저 앞에 앉아 지난주에 완성한 코드에 멜로디를 입혔다. 내 방 한쪽에는 초등학생 때부터 쳐온 업라이트 피아노가 놓여 있었다. 피아노 옆에는 호리병 모양의 통기타가 세워져 있고, 그 옆에는 작곡에 필요한 장비들이 늘어서 있었다. 장비들이라고 했지만 사실 노트북에 연결된 낡은 오디오와 신시사이저와 마이크가 전부였다.

작곡에 빠져 있는 동안 방바닥에 드리워진 직사각형 모양의 햇빛 그림자는 차츰 마름모꼴로 변해갔다. 나는 하던 작업을 잠시 멈추고 바닐라를 쳐다봤다. 녀석의 몸 색깔 때문일까. 바닐라 아이스크림이 먹고 싶어졌다.

방에서 나와 아래층으로 내려갔다. 냉장고를 뒤져봤지만 아이스크림은 없었다. 먹고 싶은 건 꼭 바로 먹어줘야 해서 지갑을 챙겨 들고 집을 나섰다. 슬리퍼를 끌며 대문을 나서는데 뭔가 찜찜한 게 마음이 내키지 않았다. 왠지 대문 안으로 들어갔다가 다시 나와야 할 것 같았다. 그래서 나는 두어 차례 대문을 닫았다 열기를 반복한 뒤에야 골목길을 빠져나갔다.

모퉁이 세 개를 돌아 대로변으로 나가면 배스킨라빈스가 나온다. 맞은편에 파리바게트가 있으니 샌드위치도 몇 개 사 오면 좋을 것 같았다. 방바닥의 햇빛 그림자가 마름모꼴로 변해 갈 때까지 아침은커녕 점심도 챙겨 먹지 못했다. 작곡에 몰두하다 보면 금요일의 반나절은 늘 이렇게 굶주린 상태로 지나가기 일쑤였다.

맨홀을 피해 상가 밀집 구역으로 들어섰다. 승리는 수녀복 차림으로 새벽녘에 우리 집을 무사히 빠져나갔다. 승리의 새벽 낯빛은 좀 어두웠는데, 오늘이 마지막 촬영이라 내일부터 다시 백수로 돌아가야 하기 때문이었다. 아빠는 기어코 다친 발로 가게에 나갔다. 초밥을 만드는 건 손이지 절대 발이 아니라는 아빠. 그런 아빠의 성실함을 보고 있으면 가끔 내가 부끄러워졌다.

횡단보도를 건너 배스킨라빈스로 들어갔다. 바닐라 아이스크림 여섯 개를 싱글레귤러 사이즈로 주문했다. 하나는 가는 길에 먹을 수 있도록 콘에 얹어달라 하고 나머지는 컵에 담아

달라고 했다. 아이스크림 포장을 끝낸 점원이 집까지 가는 데 얼마나 걸리는지 물었다. 나는 15분도 안 되는 거리를 한 시간이라고 거짓말했다. 그러자 점원은 봉지 안에 상당한 양의 드라이아이스를 담아주었다.

배스킨라빈스에서 나와 맞은편 파리바게트로 갔다. 닭가슴 살이 들어간 부리토와 햄과 치즈가 들어간 호밀빵 샌드위치를 샀다. 부리토와 샌드위치에 들어 있는 양상추 색깔이 푸릇하고 싱그러워서 봄이 느껴졌다.

바닐라 아이스크림을 입에 물고 터벅터벅 집으로 향했다. 동네 공원을 지나치는데 등 뒤에서 누군가가 나를 불렀다. 소리 나는 쪽으로 고개를 돌렸다.

"이모!" 올해 초등학교에 입학한 김다름이란 남자아이였다.

왜 또 이모냐며 나는 녀석을 향해 불만을 터뜨렸다. "저번에 누나라고 부르기로 최종 합의 봤잖아."

처음 만났을 때 녀석은 나를 아줌마라고 불렀다. 녀석과의 첫 만남이 2년 전이니까 졸지에 나는 열여덟에 아줌마가 되어 버린 것이다. 저 나이 때는 내가 아줌마로 보일 수 있겠다 싶으면서도 내심 못마땅한 호칭을 바로잡고 싶었다. "아줌마는 좀 그렇지 않니? 난 아직 십대야." "십대가 뭔데요?" "뭐냐면, 아주 젊은 건데…… 아무튼 아줌마 소리 듣기엔 억울한 나이야." "많이 억울해요? 그럼 이모라고 부를까요?" "누나라고 불러."

"난 이모가 좋은데. 우리 이모도 되게 착하거든요.""그럼 내가 착하다는 거야?""네. 편지 넣는 거 제일 많이 도와줬으니까요." 그렇게 해서 한동안 나를 이모라고 부르던 녀석이었다. 그런데 무슨 변덕이 생겼는지 얼마 전에 만나서는 인심이라도 쓰듯 앞으로 나한테 누나라고 불러주겠다는 것이다.

"아, 맞다. 누나라고 부르기로 했었지. 누나 어디 가요?" 다름이가 내 손에 들린 아이스크림을 빤히 올려다봤다.

"집. 너 아이스크림 먹을래?" 나는 아이스크림이 담긴 봉지를 벌려 녀석에게 보여줬다.

봉지 안을 들여다보던 녀석이 아쉬워하는 표정으로 딸기 아이스크림은 없냐고 했다. "난 딸기가 좋은데……."

"다름이가 아직 뭘 모르나 본데 가장 아이스크림다운 아이스크림은 요 바닐라란다." 슬쩍 녀석의 얼굴을 살피고는 덧붙였다. "딸기는 유치원생들이나 먹는 거야."

내 말에 자극을 받은 녀석이 군말 없이 양손을 내밀었다. 내가 컵에 담긴 아이스크림과 일회용 플라스틱 숟가락을 손에 얹어주자 녀석이 신나게 공원 벤치로 달려갔다. 나도 뒤따라갔다.

벤치에 앉은 다름이가 바닥에 닿지 않는 다리를 흔들어대며 아이스크림을 떠먹었다. 나는 녀석에게 요즘에도 우체통에 편지를 넣느냐고 물었다. 녀석이 고개를 끄덕이더니 방금도 한 통 넣고 오는 길이라고 했다.

다름이는 이틀에 한 번꼴로 누군가에게 편지를 썼다. 한글을 읽고 쓸 줄 알게 되면서부터 쓰기 시작한 편지인데 본질은 편지가 아니었다. 다시 말해 편지를 '쓰는 게' 중요한 게 아니라 편지를 우체통에 '넣는 게' 중요했다. 그러니까 다름이는 자기 집 근처에 있는 우체통이 사라지지 않게 하려고 편지를 쓰는 것이다. 내가 저 다름이란 꼬맹이를 처음 만난 곳도 우체통 앞이었다. 하얀색 동그라미 안에 '111'이라는 고유번호가 찍힌, 녀석이 지키고자 한 빨간색 우체통.

처음 다름이를 만났던 2년 전 겨울이 떠올랐다. 귤이 먹고 싶다는 작은언니 심부름으로 마트에 가던 길이었다. 발뒤꿈치를 든 꼬맹이가 우체통에 편지를 넣으려고 안간힘을 쓰고 있었다. 투입구에 손이 닿지 않아 낑낑대는 녀석을 그냥 지나칠 수 없었던 나는 "도와줄까?" 하고 꼬맹이에게 다가갔다. 편지가 뭔지 알까 싶어 녀석의 나이를 물었더니 여섯 살이라고 했다. "여섯 살인데 편지도 쓸 줄 알아?" "엄마가 도와줬어요." "누구한테 쓴 건데?" "외삼촌이요. 근데 우체통 키가 너무 커요." "밥을 많이 먹어봐. 그럼 우체통 키가 작아진다?" "정말요?" 그 뒤로 녀석은 오다가다 내 눈에 띄었고 나는 녀석의 키가 자랄 때까지 종종 편지를 우체통에 넣어주곤 했다. 그러다 반년이 흐른 뒤에야 묻게 되었다. "근데 다름이는 왜 이렇게 편지를 자주 써?" "우체통에 편지를 안 넣으면 우체통이 사라진대서요." 수거할 우편물이 없는 우체통은 결국 철거되고 말 거라는 뉴스를 텔

레비전에서 봤다는 것이다. "그래서 편지를 써온 거야?" "네."
"우체통은 쉽게 사라지지 않아. 이 이모가 매일 지켜보는 우체통이 하나 있는데 거기에 편지 넣는 사람 한 명도 못 봤거든? 근데도 안 없어지고 계속 서 있던걸?" "아니에요. 편지가 없으면 사라진댔어요." "우체통이 사라지는 게 왜 싫은데?" "예전에 저 우체통이 우리 엄마랑 아빠 찾아줬거든요. 우리 집도요."

다름이는 네 살 때 엄마를 잃어버린 적이 있다고 했다. 기차를 타고 간, 낯선 지방에서 치러진 엄마 친구 결혼식에서였다. 거기는 네 살 다름이 인생에서 가장 혼잡하고 시끄러운 곳이었다. 모두가 서로의 안부를 묻고, 먹고 마시고 떠드느라 정신이 없었다. 다름이 엄마도 마찬가지였다. 녀석은 그때 엄마가 자기를 잃어버린 이유를 이 한마디로 정리했다. "엄마가 저한테 소홀해서 그랬어요." "소홀이 무슨 뜻인지 알아?" "내가 안보이는 것처럼 구는 거요." 결국 엄마를 찾아 헤매다 결혼식장을 벗어난 다름이는 낯선 지방에서 길을 잃고 말았다. 다행히 혼자인 다름이를 이상하게 여긴 한 학생 덕분에 어찌어찌 파출소에 맡겨지긴 했지만 너무 어린 다름이는 경찰 아저씨의 도움을 받을 수 없었다. 엄마 아빠 이름은 물론 집 주소와 전화번호도 모르는 나이였다. 그런데 그때 녀석이 유일하게 생각해낸 게 서울이라는 지명과 집 근처에 서 있는 빨간색 우체통이었다. 더 정확하게는 우체통의 고유번호였다. 숫자를 1, 2, 3, 4까지밖에 셀 줄 모르던 네 살 다름이는 경찰 아저씨에게 더

듬더듬 말했다. "우리 집 우체통 동그라미 안에 '1'이 세 개 있어요." 그 실마리 하나로 엄마 아빠와 집을 찾게 됐다. 그러니 다름이에게 그 우체통은 그냥 평범한 우체통이 아닌 것이다.

나는 아이스크림을 한 입 베어 먹으며 다름이에게 물었다. "다름이는 이제 그 우체통 없어도 집 찾을 수 있지 않아?" 고개를 끄덕이는 녀석을 향해 덧붙여 물었다. "그럼 편지 그만 써도 되겠네?"

다름이는 그래도 계속 쓸 거라고 했다. 내가 "왜?"라고 묻자 다름이는 "저처럼 길 잃어버리는 동생들이 생기면 어떡해요?"라고 의젓하게 말했다. 다름이는 여전히 그 소중한 우체통이 사라지는 게 싫은 모양이다.

녀석이 즐거운 표정으로 말을 이었다. "저 1학년 되고 친구도 많아졌어요. 그래서 편지도 많이 많이 써야 해요." 녀석의 커다래진 눈이 '많이'의 정도를 보충 설명 해주는 것 같았다.

기특한 녀석을 향해 나는 호들갑스레 말했다. "우와, 바쁘겠네?" 그러고는 다름이에게 답장을 받은 적이 있냐고 물었다. 녀석이 당연하다는 듯 "그럼요"라고 하자 나는 녀석에게 이런 제안을 했다. "그럼 누나가 편지 쓸 사람 한 명 소개해줄까?"

"저야 좋죠. 누군데요?" 다름이는 생각보다 적극적이었다.

"어른인데 좀 게으른 여자 어른이야. 엉뚱한 구석도 많아서 편지 주고받으면 재밌을 거야. 주소 가르쳐줄게, 수첩 꺼내볼래?"

다름이가 책가방에서 키티가 그려진 수첩을 꺼내 건넸다. 나는 수첩에 극작가 백수진의 집 주소를 적었다. 동심을 파괴할 여자는 아니기에 극작가는 반드시 다름이에게 답장이란 걸 써줄 테다. 여기서 중요한 것은 극작가 집에서 가장 가까운 우체통의 위치였다. 공교롭게도 그 우체통은 '불면증 1호점' 건너편에 있었다. 그러니까 앞으로 극작가는 다름이에게 쓴 편지를 우체통에 넣기 위해 집 밖으로 나와야 할 것이고, 나온 김에 그녀는 바로 눈앞에 보이는 편의점에 들러 무엇이든 사 가게 될 것이다. 근데 설마 우체통에 편지 좀 넣어달라고 나를 부르진 않겠지?

다름이에게 수첩을 돌려주며 말했다. "너 이 사람한테 편지 자주자주 써야 한다?"

녀석이 "왜요?"라고 묻자 나는 "게으른 데다 좀 외로운 사람이라서"라고 대답하며 혼자 키득댔다. 다름이가 알았다는 뜻으로 윗니 빠진 앞니를 드러내며 영문도 모른 채 배시시 웃었다. 그런데 그 웃음 사이로 바람 같은 게 지나가더니 어디선가 목소리가 얼핏 들려왔다.

"저랑 놀아줄래요?"

주위를 둘러보다가 다름이에게 물었다. "방금 다름이가 누나한테 놀아달랬니?"

"아니요." 녀석이 해맑게 고개를 가로저었다.

그사이 목소리가 또다시 들려왔다. 남자 목소리 같았다.

"심심하고 쓸쓸해서 그러는데, 저랑 놀아줄래요?"

소리 나는 쪽으로 고개를 돌렸다. 그러나 보이는 건 아무것도 없었다. 작디작은 공원에는 분명 다름이와 나, 둘뿐이었다. 차가운 걸 먹어서 그런지 등골마저 으스스해졌다.

나는 다름이에게 아이스크림 다 먹었으면 그만 집에 가자고 했다. 환청을 들은 건 태어나 처음이었다. 어쩌면 그날의 트라우마가 또 다른 형태로 나타난 건지도 몰랐다. 괜한 걱정이 들어 서둘러 공원을 벗어났다.

다름이와 헤어진 나는 첫 번째 모퉁이를 돌아 골목길로 들어섰다. 발소리가 난 건 아닌데 자꾸 뭔가 뒤에서 따라오는 느낌이었다. 하지만 뒤돌아보면 역시 아무도 없었다. 그리고 두 번째 모퉁이를 돌 때쯤이었다.

이번엔 들릴 듯 말 듯 한 목소리가 귓가를 스쳤다. 분명 아까와 같은 목소리였다. "나도 바닐라 아이스크림 먹어보고 싶다. 근데 그 부리토라는 건 무슨 맛이죠?"

나는 뒤돌아 소리쳤다. "누구야, 너!"

더럭 겁이 났다. 환청은 조현병의 대표 증상이라던데, 내 오랜 강박이 혹시 그쪽으로 변질돼가는 거 아닌가 하는 걱정이 됐다. 아니면 이명의 일종인가? 극작가 백수진을 괴롭힌다는 귀울림이 이런 식으로 나타나는 건가? 그렇게 이 생각 저 생각을 하며 마지막 모퉁이를 도는데 화사한 꽃무늬 원피스를 입은 앞집 여자가 맞은편에서 걸어오는 게 보였다. 내 행운의 여신 덕분일까. 순간 환청은 사라지고 기분 좋은 에너지가 가슴속을 채우는 게 느껴졌다. 정말 언제 봐도 예쁜 사람, 아니 아름다운 사람이었다.

여자와의 거리가 좁혀졌다. 잠깐 눈이 마주쳤다. 여자 몸에서 풍겨 나오는 은은한 향수 냄새마저 좋았다. 저렇게 예쁘게 차려입고 무슨 일을 하러 가는 걸까? 새삼 궁금했다. 여자가 모퉁이로 사라지자 마침 앞집 아주머니가 바퀴 달린 장바구니를 끌고 집에서 나왔다. 아주머니는 검사와 변호사 아들을 둔 탓에 꽤 거만했다. 말을 섞고 싶지 않은 사람이지만 오늘은 어쩔 수 없었다.

"안녕하세요. 저기, 방금 나간 저 언니 있잖아요……."

"우리 집 위층?" 아주머니가 눈짓으로 2층을 가리켰다.

"네. 혹시 무슨 일 하는지 아세요?"

"나도 몰라." 아주머니의 입술이 뽀로통해졌다. "근데 저리 반반한 얼굴로 매일 이맘때 나가는 거 보면 뻔한 거 아니겠어?" 그러고는 게슴츠레 눈을 흘겼다.

"뻔하다니요?"

"왜, 있잖아. 술집 같은 데. 텐프론가 뭐 그런 거……." 남이 들으면 안 될 것처럼 아주머니가 아주 작게 속닥거렸다.

덩달아 내 목소리도 작아졌다. "술집 나간대요?"

"아니, 낌새가 그렇다고." 술에 찌들어 사는지 계단 오를 때 비틀거리는 거 한두 번 본 게 아니라고 했다. 아주머니가 못마땅하다는 듯 얼굴을 찡그리며 계속 말을 이었다. "쯧쯧, 화장은 또 얼마나 진하게 하고 다니는지…… 아이고, 내 정신 좀 봐. 나 장 보러 가봐야겠다. 우리 검사 아들이 내일 며느릿감 데려온다네? 같은 검사라는데 집안이 온통 교수 천지라나 뭐라나." 자랑 대마왕답게 아주머니는 끝내 아들 자랑을 보태며 골목길을 빠져나갔다.

뭔지 모를 배신감에 여자의 베란다 창을 한참 넋 놓고 올려다봤다. 모든 걸 다 갖춘 듯한 내 이상형인 여자가 몸과 웃음을 파는 사람일지 모른다니……. 아까 그 환청도 그렇고, 오늘은 여러모로 기분이 영 엉망이었다.

부엌으로 가서 냉동실 깊숙이 아이스크림을 넣었다. "말도 안 돼. 술집이라니……."

괜히 물어본 것 같았다. 차라리 모르는 게 나았을 텐데. 꿀꿀한 마음을 달래기 위해 와인잔 다섯 개를 꺼내 들고 2층으로 올라갔다. 배스킨라빈스에서 넣어준 드라이아이스를 와인잔에 각각 나눠 담고 물을 부었다. 그러자 새하얀 안개구름이 몽롱하게 퍼져나갔다. 와인잔을 일정한 간격으로 내려놓으니 내 방은 금세 구름 속 세상이 되었다.

바닐라의 폭신한 몸통에 기대어 부리토와 호밀빵 샌드위치를 먹기 시작했다. 부리토를 한 입 베어 먹고는 사방을 훑어봤다. 아까 동네 공원과 골목길에서 들었던 목소리가 단순한 환청이었는지, 아니면 대화 가능한 어떤 존재의 목소리인지 확인하고픈 생각이 들었다.

그래서 나는 허공에 대고 말했다. "이 부리토라는 게 무슨 맛이냐 하면…… 음, 햄버거랑 비슷한 맛이라고 할까?" 그런 다음 가만히 귀를 기울였다. 벽시계 초침 소리만 들렸다. 30초가 흐르고 3분이 흘렀다. 5분이 넘게 지나도 목소리가 들리지 않기에 다시 입을 뗐다. "있잖아, 내가 부러워했던 앞집 언니가 술집 여자일지도 모른데. 정말일까?"

숨죽인 채 소리에 집중했다. 역시나 아무 소리도 들려오지 않았다. 휴, 다행이었다. 아까는 허기가 져서 잠깐 헛소리를 들었던 게 분명했다.

드라이아이스에서 뿜어져 나온 뿌연 안개가 몽환적으로 번져갔다. 구름이 방으로 들어온 듯한 기분에 심란했던 마음이 조금 누그러졌다.

*

바닐라의 한쪽 다리를 베고 누워 시집을 읽는다. 작사 실력을 키우기 위해 밤마다 시와 에세이를 비롯한 소설을 읽었다. 주머니 사정이 여의치 않아 책은 대부분 도서관에서 빌려온 것들이었다. 내 것이 아니다 보니 마음에 드는 문장을 만나면 노트에 옮겨 적어둬야 했다. 이럴 때마다 가난의 귀찮음을 느꼈다.

문장 노트와 필기구를 가지러 자리에서 일어났다. 다시 침대에 누워 노트를 펼치려는데 창문으로 작은 돌멩이 하나가 날아왔다. 자정을 넘은 시간, 현재 집에 들어오지 않은 사람은 한 명뿐이다.

창문을 열어 아래를 내려다봤다. 승리가 난처한 목소리로 "미안, 너무 늦었지?" 하면서 문 좀 열어달라고 했다. 이런 식이라면 승리의 존재가 들키지 않고 며칠이나 갈지 두고 볼 일이다. 내기는 분명 내가 이길 게 뻔했다.

승리가 자신의 핸드폰을 흔들어 보이며 말했다. "그건 그렇고 우리 전화번호부터 교환해야겠다. 매번 창문에 돌멩이 던질 순 없잖아."

그러고 보니 번호 교환하는 걸 잊고 있었다. 나는 조용히 아래층으로 내려가 현관문을 열었다. 신발을 챙겨 든 승리가 고양이 걸음으로 거실을 지나 목조계단을 올랐다. 나처럼 계단 가장자리를 밟는 게 이상해서 승리에게 넌 왜 그렇게 올라오는 거냐고 물었다.

승리가 귓속말로 대답했다. "너네 식구들 깰까 봐. 가운데 밟으면 소리 나잖아."

그 순간 어쩌면 이 내기에서 승리가 이길 수도 있겠다는 생각이 들었다.

무사히 방으로 들어온 승리가 수녀 베일부터 벗었다. 오늘 자취방에 들러 속옷과 추리닝만이라도 챙겨 오겠다고 했지만 빈손이었다. 새벽에 들고 나간 가방도 홀쭉했다.

집에 안 갔냐니까 승리가 한숨부터 내뱉었다. "갔는데 사채 새끼들이 집 앞에 죽치고 있더라고." 맞은편에 사는 언니가 외출 중이라 미리 동태 파악을 못 한 게 문제라고 했다. "근데 나 오늘 신기한 거 하나 발견했다?"

무슨 발견이기에 말을 꺼내기도 전에 피식피식 웃어대는지 모를 일이다.

승리가 간신히 웃음을 삼키고는 말을 이었다. "복도에서 그 바보 새끼들이랑 눈이 딱 마주쳤거든? 근데 이 자식들이 날 못 알아보는 거 있지." 그 이유는 아마 자기가 입은 수녀복 때문일 거라고. 그래서 당분간은 평소에도 수녀복 차림으로 다녀볼까 한다고 했다. 그럴듯한 논리였다. "아, 근데 속옷은 그렇다 쳐도 베개는 꼭 가져왔어야 하는데……." 승리가 안타까운 표정을 지었다. 베개는 우리 집에도 많다고 하자 자기는 꼭 베던 베개여야 한다고 했다. "그 베개가 아니면 잠을 깊이 못 자거든."

나는 어이가 없어 승리를 빤히 쳐다봤다. "어제 잘만 자던걸? 코까지 골면서."

"내가?" 겸연쩍었는지 승리가 목덜미를 긁적였다. "뭐, 피곤했나 보지……."

그런데 어떤 베개이기에 승리는 꼭 그 베개여야 한다는 걸까? 베개와 숙면과의 관계를 생각하자 불면증에 시달리는 우리 사장이 떠올랐다. "어떤 베개길래 그래? 베개가 다 거기서 거기 아닌가?"

"있어. 내 보물 같은 베개. 근데 뭐 먹을 거 없을까?" 점심부터 굶었다며 승리가 배를 과장되게 쓸어내렸다.

나는 기다렸다는 듯 승리에게 "너 오늘 운 좋다?" 하고는 새침하게 자리에서 일어났다. 승리가 어리둥절한 표정을 짓자 얼른 말했다. "우리 엄마 해물잡채만두가 오늘 덜 팔렸거든."

정말이냐면서 승리의 입이 딱 벌어졌다. 말로만 듣던 그 만두를 맛보게 됐다는 사실에 흥분한 승리가 큰 소리로 외쳤다. "대박이다!"

나는 승리를 진정시켰다. "쉿! 목소리 낮춰!"

"아, 맞다." 승리가 양손으로 얼른 입을 틀어막았다.

우리는 눈을 마주친 채 서로 숨죽여 웃었다. 술래는 모르는 숨바꼭질을 하고 있자니 자꾸 웃음이 나왔다. 들키면 안 되는 놀이는 역시 항상 스릴이 넘쳤다. 그런데 승리와의 내기에서 내가 이기려면 승리가 우리 가족한테 들켜야 하는데, 우습게도 나는 지금 승리를 보호하고 있었다. 이 내기에서 정말 이기고 싶은 게 맞는지 의문이 드는 순간이었다.

승리는 걸신들린 사람처럼 숨도 쉬지 않고 해물잡채만두를 먹어치웠다. 예상했던 대로 승리 입에서는 "와! 와! 와!"가 터져 나왔다. 승리가 점점 줄어드는 만두 개수에 아쉬워하며 농담조로 말했다. "나 어떻게든 안 들키고 너네 집에서 오래오래 살아야겠다."

"그 정도야?" 나는 먹느라 바쁜 승리를 대신해 물컵에 보리차를 따랐다.

만두하고 초밥 귀신이라 웬만한 맛집 만두는 다 먹어봤다는 승리가 "근데 이건 찐이다, 찐!"이라고 힘주어 말하며 엄지손가락을 치켜들었다. 그리고 위장으로 사라져버린 만두의 아쉬움을 남은 초밥으로 달랬다. 진정한 만두 귀신이자 위대한 초밥 귀신이었다.

생각 같아서는 당장 엄마 아빠에게 승리를 소개해주고 싶었다. 재고 처리의 달인으로서 말이다. 그동안 소극적인 두 언니들 때문에 음식물 쓰레기가 되어간 만두와 초밥이 얼마나 많았던가. 그건 그렇고 매일 저렇게 엄청난 칼로리를 먹어대다가는 살이 찔 텐데 걱정이다. 승리는 배우 지망생이니까.

그래서 승리에게 물어보지 않을 수 없었다. "근데 너 이렇게 막 먹어도 돼?"

내 걱정과 달리 승리의 대답은 얄밉게도 "응"이었다. 살이 찌지 않는 체질이라고 했다. "실은 우리 엄마 아빠한테 물려받은 것 중에 유일하게 맘에 드는 유전자가 이거다? 둘 다 먹어도 살이 안 찌거든. 천생연분이야."

76

나는 고개를 저으며 농담 반 진담 반으로 말했다. "너 좀 재수 없다."

다들 그렇게 반응한다면서 승리는 더 얄궂게 굴었다. 초밥을 먹다 보니 생각이 났는지 승리가 "아참, 너네 아빠는 오늘 어떠셨대?"라고 물어왔다. 붕대 감은 발로 가게에 나간 아빠는 엄마를 좀 귀찮게 한 모양이었다. 이거 갖다 달라 저거 갖다 달라 하면서.

그 말에 승리가 웃자 나는 그 틈을 비집고 승리에게 질문을 던졌다. "근데 나 뭐 하나만 물어봐도 돼?"

승리가 보리차를 맥주 마시듯 거나하게 들이켜고는 고개를 끄덕였다.

"사채는 왜 쓴 거야?" 승리와 처음 만났을 때부터 궁금하던 거였다.

"아, 그거? 급하게 얼굴을 좀 만져야 했어. 꼭 붙고 싶은 영화 오디션이 있었거든." 승리가 콧잔등을 찌푸렸다.

"어디에 손댔는데?" 나는 승리 얼굴을 구석구석 살폈다.

"눈하고 코. 근데 돈이 들어간 건 코고, 눈은 서비스로 살짝 집어줬어. 왜 이쪽 일이 그렇잖아. 얼굴이 우선인 거. 그래서 사채 새끼들이 나만 보면 코뼈 부러뜨리겠다고 협박하고 난리야. 게다가 툭하면 우리 엄마 아빠한테 일러바친다고 떠들어! 짜증 나게."

"일러바친다니?"

"우리 엄마 아빠는 나 코 고친 거 모르거든. 수술한 뒤로 집에 간 적이 없어. 알면 아마 난리 날걸? 얼마 되지도 않은 용돈 끊어버리겠다고 할지도 몰라. 나 지난주에 주말 알바 관둬서 당분간 벌어놓은 돈으로 살아야 하는데 거기에 용돈까지 끊기면 진짜 죽음이야."

"앞으로 어쩌려고 그래. 계속 비밀로 할 순 없잖아."

"어떻게든 버티는 데까지 버텨봐야지. 그래서 나 가족이랑 영상 통화는 절대 안 하잖아. 근데 제대로 데뷔만 하면 턱을 깎든 광대를 깎든 결국 이해해주지 않겠어?" 오디션은 붙었냐니까, 붙었으면 지금 이러고 있겠냐는 듯 승리가 힘없이 고개를 가로저었다. "실은 나, 길 뚫기가 쉽지 않아. 선생이나 선배라도 있으면 어떻게 줄이라도 서볼 텐데 그마저도 없어서 좀 막막하긴 해. 그래서 죽자 사자 오디션에 매달리는 거고." 승리의 깊은 한숨이 허공을 맴돌았다.

열다섯 살 때부터 봐온 오디션이라니 그 과정이 얼마나 힘들었을지 안 봐도 알 것 같았다.

"너도 나 못지않게 부모 속 터질 일 하고 있구나." 내 입에서도 승리보다 더 깊은 한숨이 나왔다.

"근데 그거 어디서 들어본 말 같다?" 승리가 곁눈질로 나를 슬쩍 쳐다보고는 씁쓸한 웃음을 뱉어냈다.

승리의 그 웃음은 부메랑이 되어 다시 나에게 돌아왔고, 우리는 한순간 시무룩하게 변해버린 서로의 얼굴을 애처로운 눈으로 쳐다봤다. 그러고 보면 우리 또래는 모두 비슷비슷한 고민과 절망 속에서 살아가는 것 같았다. 하지만 비등한 실패 뒤에 우리는 비등하지 않은 삶을 살아가게 될지도 몰랐다. 그런 우리에게는 아직 인내와 시간이 필요했다. 그리고 그 인고의 터널을 통과하고 나면 찰흙 덩어리 같은 현재의 삶은 언젠가 무슨 '모양'이 되어갈 터였다. 다른 무늬와 다른 형태로, 다른 크기와 다른 몫으로. 다만, 실패를 거듭하면서 그게 내일이기를 그리고 또 내일이기를 기다리는 것만이 지금 우리가 할 수 있는 전부라는 게 막막하고 초조할 뿐이었다.

깨끗이 비워진 접시에는 젓가락만 덩그러니 남았다.

그렇게 승리와 나는 또 한 번 비밀의 밤을 비밀스레 통과하고 있었다. 한층 짙어져가는 소란한 봄만이 우리의 지나간 밤을 포근한 온도로 기억하는 듯했다.

*

지난번 사장 부탁대로 '불면증 3호점'에 왔다. 토요일임에도 3호점의 오후는 한가했다.

회색 수녀복에 회색 베일을 쓴 승리가 편의점 테이블 앞에 다리를 꼬고 앉았다. 내가 없는 집에 혼자 있기 그렇다며 따라온 거였다. 핫바와 사이다를 먹는 내내 승리의 멍한 시선은 편의점 통유리 밖으로 향했다. 행인들을 보고 있으면 다들 엑스트라 같아 괜히 울적해진다는 승리. 그도 그럴 것이 승리는 한 영화에서 행인1 행인2 행인3 행인4까지 해본 친구였다. 그 영화에 네 번이나 등장했다는 건 자기 가족 말고는 아무도 모를 거라며 승리가 한층 기운 없이 말했다.

하지만 내가 해줄 수 있는 응원은 고작 이 말뿐이었다. "시작은 누구나 다 그래."

"안 그런 사람도 있다, 뭐."

"야, 우린 이제 겨우 스물이야. 벌써 성공하면 그게 더 징그럽겠다."

"헐." 내 말이 도움이 됐는지 승리가 이내 쾌활해진 표정으로 나에게 물었다. "근데 왜 불면증이라고 지었대, 이 편의점 이름? 무슨 불면증 치료 센터도 아니고……." 그러고는 사이다를 홀짝거렸다.

담배를 진열하다 말고 내가 대답했다. "24시간 깨어 있다는 뜻이기도 하고……."

마침 그때 사장이 편의점으로 들어왔다. 그의 퀭한 두 눈이 먼저 승리에게 향했다. 수녀복 차림의 웬 젊은 여자가 다리를 꼬고 앉아 불량스레 핫바와 사이다를 먹고 있으니 이상해 보이는 게 당연했다.

사장이 물품 창고로 들어가 재고 확인을 했다. 창고에서 나와 매대를 따라 움직이면서도 그의 눈은 승리를 힐끔대느라 바빴다. 하필이면 그때 핫바를 다 먹고 난 승리가 가방에서 담뱃갑을 꺼내 들었다. 승리를 진짜 수녀라고 생각하는 사장의 얼굴에는 점점 의문이 생겨났고, 그런 그를 지켜보는 나는 숨죽여 웃을 수밖에 없었다.

승리에게서 눈을 떼지 못하던 사장이 자전거를 타고 사라지자 승리가 계산대로 다가왔다.

저 아저씨는 눈 밑이 왜 저렇게 시꺼멓냐는 승리의 물음에 나는 안타까운 한숨부터 뱉어냈다. "우리 사장님인데 불면증이 좀 심해……."

자기 눈에도 심각해 보였는지 어쩌다 저렇게 된 거냐고 재차 물었다.

나는 조끼 주머니에 양손을 찔러 넣으며 한쪽 입술을 깨물었다. "6년 정도 됐지, 아마. 바다에서 침몰 사고가 있던 날 많은 죽음을 봐버렸거든……."

자기와 아무 상관없는 뉴스 속 사건이었지만 사장은 외면할 수 없었다. 세 아이의 아빠라 더 그랬는지도 몰랐다. 점점 늘어나는 사망자 숫자에 무력감과 허망함을 느끼던 그는 민간 잠수사 모집 공고를 보고 한달음에 달려갔다. 그는 바다 밑에 가라앉은, 아직 살아 있을지 모르는 사람을 단 한 명이라도 구하고 싶었다. 봄날임에도 차갑기만 하던 그 바다 밑. 그러나 취미로 해오던 스쿠버다이빙 때의 바다와 그날의 바다는 너

81

무나 달랐고, 생명을 구하고 싶다는 바람과 달리 그가 건져 올린 건 서른세 구의 시신뿐이었다. 눈도 감지 못한 차가운 죽음들……. 그날 이후부터라고 했다. 눈을 감으면 바닷속 어둠과 주검들이 나타나 사장은 잠을 이룰 수 없었다. 꿈이 고통이 되자 잠은 두려움이 되었고, 그렇게 밀어낸 수면은 영영 돌아오지 못한 채 바다 깊숙이 가라앉고 말았다.

"근데 웃긴 게 뭐냐면……." 나는 승리를 향해 아이러니한 표정을 지어 보였다. "그 전엔 잠이 너무너무 많아서 매일 회사를 때려치우고 싶었다나 봐."

"웃기다. 어쨌든 회사 관두는 건 성공했네?" 승리가 약간 장난스럽게 말했다.

"그런 식으로 얘기하지 마. 우리 사장님 진짜 불쌍한 사람이야." 사장을 향한 애잔함이 내 목소리에 묻어났다.

"이유야 어찌 됐든 때려치우고 싶었던 직장에서 나와 이젠 어엿한 사장 소리 들으며 살고 있는 거 아냐? 이 편의점도 4호점까지 늘렸다며? 그럼 된 거지, 뭐." 뭐가 못마땅한지 승리 입술이 뾰로통해졌다.

나는 고개를 절레절레 흔들었다. "아무래도 넌 제대로 된 불면증을 못 겪어본 거 같다."

"아무튼 그래서 편의점 이름이 '불면증'이라는 거지?"

나는 고개를 끄덕였다. 잠이 오지 않는 새벽녘을 일로 채워야 했던 사장에게 편의점은 맞춤한 직장이자 시스템이었다.

상사 눈치는 물론 부하 눈치를 보지 않아도 되는 곳. 밤에 깨어 있어야 할 이유를 만들어주는 곳. 사장에게 편의점 '불면증'은 불면의 불안을 달랠 수 있는 유일한 곳이었다.

나는 긴 한숨 끝에 못다 한 말을 이었다. "죽음을 본다는 게 그래. 보는 것으로 끝나지 않아. 오래오래 기억에 남아 몸은 물론 마음까지 다치게 해……."

경험해본 사람 말투 같다면서 승리가 예리한 눈빛으로 나를 쳐다봤다.

"그런가……." 속내를 감추기 위해 나는 승리의 시선을 피했다.

바다 밑 죽음이 사장에게 불면증을 남겼다면 보도 위 죽음은 나에게 강박증을 남겼다. 그러니까 사장과 나는 그 처참한 봄날에서 여전히 벗어나지 못하고 있었다.

모처럼 한가해서 오늘은 쉬엄쉬엄해도 되겠다 싶었더니 손님들이 한꺼번에 들어왔다. 손님이 몰리는 시간이 하루에 네다섯 번은 꼭 있었다.

편의점이 번잡해지자 승리가 밖으로 나가 담배를 피웠다. 계산을 기다리던 손님들의 시선이 일제히 승리를 따라갔다. 수녀복 차림으로 흡연을 하고 있으니 눈길이 가는 게 당연했다. 그렇다고 손님들에게 저 친구의 사정을 일일이 설명해줄 수도 없는 노릇이었다. 하필이면 그때 또 사장이 자전거를 타고 나타났다. 4호점에 들렀다가 되돌아가는 길 같았다. 역시나 승리를 보는 동안 그의 고개가 점점 갸우뚱해졌다. 그런데 사장뿐만이 아니었다. 편의점 앞을 지나가는 행인들의 시선 또한 승리에게 가 있기는 마찬가지였다. 그럼에도 승리는 아랑곳하지 않고 꿋꿋이 담배를 피웠다. 관심을 끌려는 행동으로 보이지는 않았지만, 아무튼 승리의 배우다운 기질에 웃고 있는 사람은 나 하나뿐이었다.

분주하던 편의점은 몇 분 지나지 않아 언제 그랬냐는 듯 다시 한가해졌다. 승리는 길바닥에 그냥 버릴 줄 알았던 담배꽁초를 편의점 안으로 갖고 들어와 쓰레기통에 버렸다. 그나마 수녀복과 좀 어울리는 행동 같았다. 그런데 누군가와 전화 통화를 끝내고 난 승리가 다급하게 가방을 멨다. 방금 맞은편 언니한테서 전화가 걸려왔는데 오늘은 그 바보 새끼들이 안 보인다고 했다. 얼른 속옷이랑 베개 가지러 가봐야겠다며 서둘렀다. 괜한 염려에 나는 승리에게 코 조심하라고 했다. 승리가 대답 대신 콧잔등을 찡긋거리고는 부리나케 편의점을 나섰다.
승리까지 가버리고 나니 편의점에는 나 혼자 남았다. 나는 한가해진 틈을 타 매대에 물건을 채워 넣고 분리수거용 쓰레기통을 비웠다. 그리고 물품 창고 옆 화장실로 들어가 라면 국물 통을 깨끗이 씻고 내용물을 변기에 버린 다음 물을 내렸다. 처음엔 구역질이 나서 하기 힘들었던 이 일도 적응이 되니 무덤덤해졌다.

알뜰하게 눌러 담은 쓰레기봉투 세 개를 들고 유리문을 밀쳤다. 나가기 전에 운동화 코로 유리문 아랫부분을 일곱 번 정도 톡톡 건드렸다. 이것도 강박 행동 중 하나였다. 들고 나간 쓰레기봉투는 전봇대 옆에 나란히 기대어놓았다. 맨 가장자리에 세워놓은 쓰레기봉투가 옆으로 넘어지려고 해서 얼른 발을 뻗어 똑바로 세웠다.

편의점 안으로 들어가려는데 등 뒤에서 또 목소리가 들려왔다. "저기, 저랑 놀아줄래요?"

나는 가만히 멈춰 서서 혼잣말을 했다. "으, 뭐야, 또 들리잖아." 분명 그때와 같은 목소리였다.

목덜미와 등에 소름이 쫙 올라왔다. 움츠러든 어깨가 바르르 떨리기 시작했다. 두려움을 느끼며 천천히 고개를 돌렸다. 그리고 곁눈질로 소리 나는 쪽을 쳐다봤다. 이번에도 아무것도 안 보일 거야, 하는 생각을 비웃기라도 하듯 까만 실루엣 하나가 보였다. 세상에, 저건 뭐지? 눈을 계속 깜빡거렸다. 사람 형상 같은데 사람은 아닌 것 같았다. 아니, '사람'이라고 해야 할지 '그것'이라고 해야 할지 잘 모르겠다. 그때였다. 어디선가 봄바람이 불어오더니 흩날리는 내 머리카락 사이로 크레파스 냄새가 났다. 그러고 나서야 뭔가가 떠올랐다. 지난번 골목길에서 마주쳤던 이상한 기운. 그 묵직하고 차가운 느낌이 내 몸에 다시 전해졌다. 아니, 아니다. 이번에도 환청, 아니 환시일지 모른다. 잠깐 눈앞에 나타났다 사라질 게 뻔한 헛것임이 분명했다. 하지만 시간이 흘러도 사라지지 않고, 무슨 용무라도 있는 것처럼 나를 빤히 쳐다보고 있었다. 게다가 그냥 허깨비로 넘기기엔 그것의 실루엣이 점점 뚜렷해지는 것 같았다. 자기를 좀 봐달라는 듯이.

더는 물러설 수 없다는 생각에 나는 떨리는 목소리로 검은 실루엣에게 말을 걸었다. "그때 맞죠? 골목길에서 저 다치게 했던……"

실루엣이 사과와 함께 나에게 물었다. "미안했어요, 그땐……. 아, 다친 데는 좀 어때요?"

나는 더듬더듬 대답했다. "괘, 괜찮아요." 뭐지? 대화가 되고 있었다.

"다행이네요." 그것이, 아니 그가 웃고 있는 것 같았다. 성별은 정확하게 알 수 없었지만 목소리와 실루엣이 남자처럼 느껴졌다.

"혹시 그쪽, 제 눈에만 보이나요? 제 귀에만 들리고?" 내 눈에만 보이는 환각이면 어쩌나 하는 걱정에 던져본 질문이었다.

"아마 아닐걸요?" 그가 고개를 갸웃거렸다.

뭐지, 그럼 다른 사람 눈에도 보인다는 건가? 그렇다면 더 이상한 거 아닌가? 호기심에 나는 그에게 한 발짝 다가갔다. "그럼 뭔가요, 당신?" 그러고는 냄새를 맡기 위해 코를 킁킁거렸다. 차가운 냄새라는 게 있는지 모르겠지만, 아무튼 습한 냄새가 났다.

"저는 저예요." 그가 자신의 양쪽 어깨를 가볍게 들어 올렸다가 내렸다.

"그런 뜻이 아니라 당신이 가진 성질이 뭐냐고요. 그러니까 성분이요. 뭐로 이루어져 있는지⋯⋯."

그가 어깨를 또 한 번 들어 올렸다 내리며 대답했다. "보시다시피 저는 그냥 검은색의 무언가죠. 차갑고. 공기 같은."

"검은색? 혹시 그럼 검정 크레파스 같은 건가요?" 나는 아무 말이나 막 던져보기로 했다.

그가 실소를 뱉어냈다. "맙소사, 제가 검정 크레파스처럼 보이나요?"

"그런 건 아닌데⋯⋯ 아까 잠깐 크레파스 냄새가 나서요. 그럼 뭔가요?" 내 눈썹 사이가 점점 찌푸려졌다.

"글쎄요, 뭐라 설명해야 할지 저도 잘⋯⋯." 그가 난감해하는 몸짓으로 머리를 긁적였다.

그래서 내가 대신 말했다. "혹시 그럼, 당신⋯⋯ 그림자 같은 건가요? 제 눈엔 그래 보이거든요?"

"아, 그림자!" 그가 자신의 엄지와 중지를 마찰시켜 딱, 소리를 냈다. "그 말이 더 적확하겠네요. 맞아요. 저는 저거랑 비슷한 거예요." 그러면서 그가 내 몸으로부터 길게 뻗어 있는 내 그림자를 가리켰다.

나는 계속해서 물었다. "그쪽이 그림자라면 당신의 주인이 되는 누군가가 있나요?"

"그런 거 없어요. 저는 오로지 그냥 저예요. 저는 귀찮게 누굴 달고 다니지 않아요. 왜냐하면 내가 나의 주인이니까요." 그가 호기롭게 웃었다.

"그럼 이름도 있겠네요?"

"아니, 아직이요……." 그 말을 하는 그의 목소리에 아쉬움 이 묻어났다.

"왜요?"

"음, 그러니까……." 그가 자신의 턱을 매만지며 말을 이었 다. "저를 뭐라 명명해줄 사람을 아직 못 만났어요. 사실 이름 이란 건 자기보다 타인을 위해 존재하잖아요. 그쪽 이름은 뭐 죠?"

"정해진. 해바라기 할 때 '해'를 써요."

"반듯한 이름이네요. 그럼 당신이 제 이름 좀 지어줄래요?"

"네? 제가요? 제가 왜……." 당황한 나는 이번엔 한 발짝 뒤 로 물러났다.

"당신이 저의 첫 번째 타인이자 나를 인식한 객체니까요. 그 리고 앞으로 제 이름은 그쪽이 불러줄 테니까 누구보다 당신 이 부르기 편해야 하잖아요?"

"아, 그런가요……." 나도 모르게 말려드는 기분이었다. 대 화를 거듭할수록 지금 이 상황이 환각인지 실제인지 헷갈리기 시작했다.

"이름은 천천히 생각해주세요. 그건 그렇고 제가 목이 말라 그러는데 음료수 좀 사 먹을 수 있을까요?"

"얼마든지요." 나는 어색하게 웃어 보이곤 마른침을 삼켰다.

그가 고개를 들어 편의점 간판을 올려다보며 나에게 물었다. "불면증이라…… 24시간 편의점 이름치곤 나쁘지 않네요. 저거 24시간 깨어 있다는 뜻으로 붙인 거 맞죠?"

"아마도…… 근데 글자도 읽을 줄 알아요?" 신기해서 나는 눈을 크게 떴다.

그가 당연하다는 듯 말했다. "그럼요. 제 이름도 저것처럼 그 럴싸하게 지어주세요. 되도록 성(姓)은 흔한 거였으면 좋겠어 요. 전 특별해지고 싶지 않거든요."

"그, 그럴게요……."

뭔가 이상한 듯 이상하지 않았다. 아니, 뭔가 이상해야 하는 데 이상하지 않다는 것이 이상했다. 어쩌면 너무너무 이상하 기 때문에 이상의 범주를 벗어난 이상이라 아예 이상하게 느 껴지지 않는 걸까? 하여튼 이상한 게 분명한데 이상하게 느껴 지지 않아서 한편으로 또 이상했다. 도대체 이런 걸 뭐라고 설 명해야 할까?

"그래, 기기묘묘." 갑자기 눈앞이 핑핑 돌았다. 그런데 지금 나는 누구를 만나 누구와 대화하고 있는 걸까?

그가 음료 냉장고에서 캔 콜라 하나를 꺼내 들고 계산대로 다가왔다. 온통 검은색이라 그가 어떤 스타일의 옷을 입었는지 알 수 없었다. 키는 180센티미터쯤 돼 보였고, 살집은 없는 편인 것 같았다. 원래 곱슬머리인지 어떤지는 모르겠으나 귀밑까지 내려온 헤어스타일은 약간 곱슬곱슬한 느낌이었다.

그가 캔 콜라를 계산대 위에 내려놓았다. 콜라 가격을 묻기에 9백 원이라고 했더니 그가 상의 안주머니에서 동전을 꺼내 건넸다. "저쪽 마트에서는 천 원에 팔던데. 아주 도둑놈들이군요." 그가 불만스레 말했다.

"아, 저희 편의점이 다른 데 비해 좀 싼 편이긴 해요. 사장님 장사 전략이라……." 나는 말꼬리를 흐렸다.

그가 알았다는 듯 고개를 끄덕이고는 앞으로 뭐 살 것 있으면 여기로 와야겠다고 했다.

"근데 제가 일하는 데는 1호점이에요. 오늘만 이 3호점을 봐주는 거고요."

"그러니까 지금 저보고 1호점으로 와달라는 거네요?" 기분이 좋아진 듯 차가운 그림자 같은 남자가 웃었다.

말을 하고 보니 굳이 그런 얘기까지 해야 했나, 하는 생각이 들었다. 당황한 나는 얼른 다른 질문을 던졌다. "저기, 다 까매 보여서 그러는데 당신은 지금 어떤 옷을 입고 있나요?"

"전 항상 슈트 차림이에요. 단벌 신사죠." 그가 양팔을 벌려 몸을 한 바퀴 돌리고는 다시 제자리에 멈춰 섰다. "신사의 상징인 이 행커치프 보이죠?" 그가 손으로 자신의 왼쪽 가슴을 가리켰다.

"아, 네……." 하지만 내 눈엔 전부 까매 보일 뿐이었다.

얼굴마저 까매서 그의 이목구비를 명확히 확인할 수 없다는 게 좀 아쉬웠다. 그래도 옆얼굴을 통해 콧날이 오뚝하다는 것과 하관이 튀어나오지 않았다는 건 짐작할 수 있었다.

계산을 끝낸 그가 콜라를 마시며 말했다. "콜라는, 요 톡 쏘는 맛이 일품이에요. 언제 마셔도 짜릿한 게 지구상에서 가장 흥분되는 액체 같아요." 신기하게도 그의 입에서 트림이 올라왔다. "꺼억, 저는 술보다 콜라가 더 좋더라고요."

이상해서 자꾸 나도 모르게 웃음이 나왔다. 궁금한 것투성이라 무엇부터 물어야 할지 알 수 없었다. 그래서 한 가지를 먼저 확인해보기로 했다. "아, 그때 부리토에 대해 무슨 맛이냐고 물었던 것도 그쪽이죠?"

"아마도?" 그가 모호하게 말끝을 올렸다.

"부리토는 햄버거랑 비슷한 맛이에요. 혹시 햄버거 먹어봤어요?"

"콜라엔 햄버거고 햄버거엔 요 콜라잖아요." 그가 들고 있는 콜라를 흔들어 보였다.

"잘 아시네요."

그런데 손목시계를 차고 있는 걸까. 그가 시간을 확인이라도 하듯 자신의 손목을 들여다봤다. 물론 시계 같은 건 내 눈에는 보이지 않았다. 무슨 바쁜 일이라도 있는지 그가 남은 콜라를 단숨에 들이켜고는 이만 가봐야겠다고 했다. 아쉬운 마음에 내 입에서는 "벌써요?"라는 말이 튀어나왔다.

그가 진지하게 말했다. "저한테도 나름 경제활동이란 게 필요하거든요. 누구도 저한테 콜라를 공짜로 사주진 않으니까요." 입가에 콜라가 묻은 듯 그가 손등으로 자신의 입 주변을 훔쳤다. "아, 이름 지어주기로 한 약속 꼭 지키기예요? 그럼 다음에 또 봐요." 그가 나를 향해 손을 흔들었다.

얼떨결에 나 역시 손을 흔들었다. "아, 네……. 다, 다음에……."

신기하게도 그가 다 마신 콜라 캔을 '병·캔류'라고 쓰인 쓰레기통에 정확히 분류해 넣고는 편의점을 나섰다. 살랑살랑 부는 바람에 그의 곱슬머리와 슈트 자락이 흩날렸다. 그는 흐트러진 머리카락을 귀 뒤로 정리해 넘기며 모퉁이로 사라졌다.

그나저나 차가운 그림자 같은 사람에겐 어떤 이름을 지어줘야 할까? 흔한 이름을 원한다니 성은 일단 '김'으로 해야겠지?

"김이라…… 김."

누군가의 첫 번째 타인이 되기 위해서는 이름을 지어줘야 하는구나. 우리 엄마 아빠가 나를 처음 만났을 때처럼. 근데 방금 뭘 본 거지? 뒤늦게서야 내 입에서는 "아악!" 소리가 터져 나왔다. 마치 뭔가에 홀렸다가 빠져나온 기분이었다.

　모든 식구가 잠든 새벽녘이다. 무사히 옷가지와 베개를 챙겨 들고 우리 집으로 돌아온 승리는 마침내 수녀복 차림에서 벗어났다. 익숙한 자기 옷을 입고 잠자리에 들게 되어 기분 좋은지 승리 입에서 콧노래가 흘러나왔다. 그런데 정말로 붙박이장 안에서 잘 거냐고 물으니까 승리가 재차 고개를 끄덕였다. 작은언니가 언제 방문을 열고 들어올지 몰라 불안하다며 승리는 오늘부터 붙박이장 귀신이 되겠다고 난리법석이었다. 불편하고 답답할 거라는 내 경고에도 고집을 꺾을 생각은 없어 보였다. 내가 미안해한다는 걸 안 승리가 밝게 웃으며 그래도 불편한 게 불안한 것보다 낫다고 했다. "네가 그랬잖아. 이 붙박이장은 아무도, 절대, 결코, 진짜로 안 열어본다고." 승리는 끝내 방에 깔아둔 이불을 붙박이장 안으로 옮겨버렸다.

　"그렇긴 한데……." 미안한 데다 의중이 궁금하기도 해서 넌지시 승리에게 물었다. "우리 이쯤에서 내기 관둘까? 엄마 아빠한테 말하면 너 그냥 이 방에서 살라 그럴걸?"

　"벌써? 난 이제 겨우 재밌어지려는데?" 역시나 승리는 관둘 생각이 없었다.

　"참 나, 그럼 불안하단 말을 하지 말든가."

　내 핀잔에 승리는 물러서지 않고 응수했다. "불안은 스릴이기도 해. 요즘은 너네 식구들이 둔한 건지 내 은신술이 완벽한 건지 헷갈려서 더 재밌어지려는 참이야." 그러고는 해맑게 웃기까지 했다. 나하고 한 내기에서 꼭 이기고 말겠다는 의지의 웃음 같았다.

나는 그쯤에서 설득하기를 포기하고 덧붙여 말했다. "근데 관두고 싶으면 언제든 말만 해."

승리가 알았다 하고는 붙박이장 안으로 들어가 누웠다. 다리를 펴도 발끝이 벽에 닿지 않아 그나마 다행이었다. 나는 승리가 베고 누운 베개를 쳐다보며 이게 그때 네가 말한 그 베개냐고 했다. 승리가 대답 대신 나에게 베개를 건넸다. 안에 콩 같은 게 들어 있어서 좀 딱딱했다. 잠깐 베고 누워봤지만 잠을 잘 오게 할까 싶었다. 그래서 뭐가 특별한지 물어봤다.

승리의 구구절절한 대답이 돌아왔다. "높이 조절도 가능하고, 목하고 어깨를 받쳐주는 인체공학적 형태로 되어 있는 데다…… 아, 몰라. 설명하기 복잡한데 아무튼 난 효과 봤다니까?" 자기 말 좀 믿어달라는 눈빛으로 승리가 나를 빤히 쳐다봤다. "너네 사장처럼 눈 밑이 시꺼메질 정도는 아니지만 나도 불면증이 있었거든. 근데 이걸 벤 뒤로는 잠을 지나치게 잘 자. 이 베개로 불면증 치료했다는 사용 후기도 많이 봤는걸."

"정말?" 속는 셈 치고 불쌍한 사장에게 선물해줄까 싶었다.

승리가 베갯속 알갱이들이 평평하게 퍼지도록 베개를 바닥에 두어 번 탁탁 쳤다. 그런 다음 다시 자리를 잡고 누웠다. 붙박이장 속 어둠을 훑어보던 승리가 몹시 궁금한 목소리로 물어왔다. "근데 너네 언니들은 무슨 일 하기에 매일 이렇게 늦어?"

"아, 우리 언니들?" 나는 말을 꺼내기도 전에 피식 웃었다. "둘 다 뭘 뽑아. 큰언니는 이빨을 뽑고 작은언니는 털을 뽑아. 닭털이 아니고 사람 털."

나와 띠동갑인 해영 언니는 치과의사이자 우리 엄마의 유일한 자랑거리였다. 검사와 변호사 아들을 둔 앞집 아주머니의 끝 모를 잘난 척에 대적할 만한 대항마인 것이다. 약간 흠이라면 큰언니가 삼수 끝에 치의예과에 들어간 건데, 그 사실을 모를 리 없는 앞집 아주머니는 이런 식으로 엄마의 기를 눌러놓곤 했다. "요즘은 로스쿨인가 뭔가 해서 돈만 있으면 검사도 되고 변호사도 되는 세상이지만 우리 애들 때는 오로지 공부, 실력, 성적이 전부였잖아요? 거기다 둘 다 대학이랑 사시에 한 번에 붙어줘서 사실 제가 뒷바라지할 게 하나도 없었다니까요." 자랑 대마왕으로부터 그런 얘기를 듣고 들어온 날이면 엄마는 설거지를 하다 말고 악담을 퍼부었다. "저놈의 여편네, 두고 보라지! 대학은 한 번에 붙었을지 몰라도 아들 새끼들 결혼은 삼수, 사수하게 될 테니까! 아니, 사수가 뭐야? 오수 육수까지 가게 될걸? 하 참!" 비록 삼수 만에 들어간 치과대학이긴 했지만 악바리 근성으로 졸업은 1등으로 한 큰언니였다. 그래서 엄마는 툭하면 앞집 아주머니에게 "대학은 들어갈 때보다 나올 때 성적이 더 중요하다네요"라고 맞대응함으로써

자존심을 겨우 지켰다.

"그럼 치과 의사야?" 승리가 놀란 눈으로 물었다.

그래봐야 아직은 페이 닥터라고 답했다. "저기 사거리에 있는 치과 전문 병원 알지? 거기서 일해. 거기 근무 끝나면 학교 선배가 하는 개인 병원에서 또 이빨 뽑아. 직장인 대상으로 하는 야간 진료 같은 거."

"와, 대박이다. 돈 많이 벌겠다." 승리가 누운 채로 팔짱을 끼었다. "근데 작은언니 직업 꽤 독특하다. 내 주변에도 간혹 왁싱받으러 다니는 사람들 있던데……."

나보다 아홉 살 많은 해경 언니는 사람 몸에 난 털이란 털은 모두 뽑았다. 겨드랑이 털, 팔다리 털, 이마의 솜털, 손가락과 발가락 마디 털, 잔머리 털, 눈썹 털, 콧수염 털 그리고 남녀 가리지 않고 아랫도리 털까지. 그래서 큰언니가 엄마의 자랑이라면 작은언니는 엄마의 감추고 싶은 손가락이었다. 작은언니 직업이 영 못마땅했던 엄마는 처음에 이렇게 말했다. "쯧쯧쯧, 저리 할 짓이 없어서 사람 털 뽑는 일을 할까." 그러면 그때부터 엄마를 향한 작은언니의 말대답이 시작됐다. "요즘 세상에 직업에 귀천이 어딨다고 그래? 털 뽑는 일이 뭐 어때서 엄만 자꾸 나만 보면 그러냐고! 나도 언니 못지않게 돈 벌어다 주잖아! 그럼 된 거 아냐?" "조용히 안 해! 아예 광고를 하고 다니지 그러냐, 광고를." "나는 내가 하는 일, 뿌듯하고 좋아. 왁싱받으러 오는 사람들, 돌아갈 때 얼마나 기분 좋아져서 가는지 엄마가 알기는 해?" "퍽이나." "나는 누가 공짜로 시켜준대도 이빨 뽑는 거 안 해! 솔직히 입 냄새 맡아가며 음식물 낀 이빨 들여다보는 것도 그리 좋은 직업은 아니지 않나?" "뭐?" "삼수 해서 의사 될 거였으면 나도 의사 열댓 번은 됐을 거거든!" "삼류 대학도 겨우 들어간 년이 말은." "그래도 재수, 삼수는 안 했잖아!" 결국 불똥은 엄마와 큰언니의 아킬레스건으로 튀었다. 엄마는 아직도 작은언니의 직업을 마뜩잖아했다. 간혹 누군가가 "둘째 딸은 뭐 해?"라고 물어오면 "그냥 지 밥벌이는 하고 살아"라는 말로 대답을 회피하는 걸로 봐서 말이다. 개중에는 정말 집요하게 캐묻는 사람들이 있는데 그럴 때마다 엄마는 심드렁한 표정을 지어 보인 후 "그냥 쪼그마한 뷰티 쪽 사업"이라고 끝내 말을 얼버무렸다.

성에 차지 않는 작은언니 때문인지 몰라도 요즘 엄마는 큰언니가 빨리 결혼해주기를 바랐다. 못해도 의사는 데려올 거라는 엄마의 확고한 믿음은 큰언니가 치과대학에 합격한 이후 변한 적이 없었다. 하긴, 엄마 입장에서 의사 딸에 의사 사위는 꽤 그럴싸해 보이긴 했다. 하지만 복장 터지게도 결혼에 관심 있는 쪽은 작은언니였다. 그래서 엄마는 서른 전에 꼭 결혼하고 말겠다는 해경 언니에게 늘 비수를 꽂곤 했다. "고작 털 뽑는 놈이나 데려올 거면 일찌감치 관둬!" "넌 사주팔자에 흠이 있어서 결혼은 늦출수록 좋대더라." "끼리끼리 만나는 법인데 데려올 놈이야 안 봐도 뻔하지, 뭐." 그리고 마지막에는 꼭 이렇게 덧붙였다. "쯧쯧, 없는 살림에 자식은 하나만 낳는 건데…… 해영이 하나라면 뭐가 성가셨을꼬." 그럴 때 엄마의 뒤통수를 향한 작은언니의 반격은 이랬다. "삼수했잖아, 삼수!"

모로 누운 승리가 한숨 섞인 목소리로 엄마들은 어쩜 그렇게 다들 똑같은지 모르겠다고 했다. "내 밑에도 공부 좀 하는 남동생이 있는데 우리 엄마도 걔만 싸고돌잖아."

"칫, 공부가 뭐 인생 전분가." 나는 불만 가득 입을 삐죽댔다.

그런데 승리가 너네 자매들은 뭔가 비슷비슷하다며 익살스레 웃었다. 이렇게 다른데 뭐가 비슷하냐니까 승리가 두어 번 하품 끝에 말했다. "다 뭘 뽑잖아. 큰언니는 이빨을 뽑고, 작은언니는 털을 뽑고, 너는 곡을 뽑고."

듣고 보니 그랬다. 우리 자매는 정말로 뭘 다 뽑고 있었다. 작곡도 이빨이나 털처럼, 원래 있던 거에서 내가 뽑아내는 거라고 치면 말이다.

점점 무거워지는 승리의 눈꺼풀에 나는 그만 자리에서 일어났다. 붙박이장 한쪽 문을 닫아주고 돌아서려는데 승리가 이제야 생각났다는 듯 "아, 나중에 네가 만든 음악 좀 들려줘. 궁금하다"라고 했다.

"얼마든지. 너도 너 나오는 영화 좀 보여줘. 나도 궁금하다."

"에휴, 내가 나오는 영화라고 부르기도 민망해. 그냥 행인일 뿐인데 뭘……."

풀이 죽은 승리가 신경이 쓰여 나는 뭐라도 도움이 되고픈 마음에 얘기를 꺼냈다. 아니, 사실 이 말은 아까 편의점에서 배역으로 행인1 행인2 행인3 행인4까지 해봤다고 했을 때부터 물어보려던 것이었다. "저기, 넌 꼭 영화만 고집하는 건 아니지?" 나는 다시 자리에 앉아 승리의 시무룩한 얼굴을 쳐다봤다. "그러니까 연극 무대나 뭐, 그런 거에도 관심 있어?"

"내가 지금 가릴 처지는 아니니까. 근데 그건 왜?" 궁금해하는 승리의 눈이 나를 향했다.

그래서 나는 내가 알고 지내는 극작가가 한 명 있다고 설명을 더 했다. "그 사람한테 슬쩍 한번 얘기해볼까? 배역 있으면 달라고?"

"그래주면 나야 고맙지." 그런데 극단에 소속된 배우들이 있어서 쉽지 않을 거라고 했다. 기대감이라곤 찾아볼 수 없는 승리의 반응에 나까지 맥이 빠졌다.

"그게 또 그렇구나……." 그래도 혹시 모르니 일단 얘기는 해보겠다고 했다.

다시 자리에서 일어난 나는 승리와 저녁 인사를 나누고는 소리 나지 않게 붙박이장 문을 닫았다. 그렇게 불을 끄고 나가려는데 오늘 편의점에서 만난 차가운 그림자 같은 남자가 생각났다. 주저하다 닫힌 붙박이장 문에 대고 승리를 불렀다. "야, 안승리."

승리가 높낮이가 사라진 기계적인 어투로 대답했다. "성은 빼고 불러달라니까."

"아, 미안." 그러고는 승리에게 물었다. "저기 있잖아, 사람은 아닌데 사람인 거 같은 게 세상에 존재할까?"

"뭔 소리야?"

"그러니까 차갑고 검은, 그림자 느낌이랄까……."

"뭐야, 너 많이 피곤해?" 역시나 허무맹랑하다는 듯한 반응이었다.

"흠, 아니다. 그만 자라."

형광등 스위치를 내렸다. 불이 꺼질 때 께름칙하게 꺼진 것 같아 스위치를 다시 올렸다가 내렸다.

형광등 불빛이 물러간 자리에는 깜깜한 어둠만이 남았다. 창문 모양을 한 가로등 그림자가 나타나지 않는 방은 밤이 유독 쓸쓸하게 느껴지는데, 이 방이 그랬다.

바닐라 품으로 들어가 잠자리에 들었다. 벽에는 창문 모양을 한 가로등 그림자가 걸려 있었다. 나는 어둠 속 밤의 액자를 쳐다보며 차가운 그림자 남자와 그 남자에게 지어주기로 한 이름에 대해 생각했다. 하지만 마땅한 게 떠오르지 않았다.

"김…… 김이라……." 그러다 나는 까무룩 잠이 들고 말았다.

창문 밖 어디에선가 풀벌레 우는 소리가 들려왔다. 기묘했던 하루가 지나가는 소리였다.

3장

우리 집에는 15년 가까이 지켜온 법칙 하나가 있다. 일주일에 한 번 온 가족이 한 식탁에 둘러앉아 밥을 먹는 것이다. 식구(食口)라는 사전적 의미를 지켜내기 위한 최소한의 의무인 셈인데, 그것은 대개 일요일 아침에 이루어졌다.

  온 가족이 다 모이는 식사 자리라고 해서 특별한 메뉴가 식탁에 올라오는 건 아니었다. 그냥 평소에 먹던 반찬에 다섯 개의 밥그릇과 국그릇이 옹기종기 모일 뿐이다. 워낙 표현에 서툰 가족이다 보니 식사 중에 살가운 대화가 오간다거나 화기애애한 웃음꽃이 피지도 않았다. 그러니까 우리 가족에게 일요일 아침 식사란 그저 같은 시간에, 한 식탁에 마주 앉아, 같은 음식을 먹음으로써, 우리가 한 식구임을 기억하는 사소한 의식에 불과했다.

6인용 식탁에는 홍합과 바지락이 들어간 미역국이 올라왔다. 반찬으로는 매콤한 꽃게양념무침과 봄나물 몇 가지를 비롯해 배추김치와 깍두기 그리고 멸치볶음과 어묵볶음이 차려졌다. 우리는 한 식구임을 증명하기 위해 각자 수저를 들었다. 엄마가 미역국 간은 어떠냐고 묻자 큰언니가 어째 엄마 음식은 점점 짜지는 것 같다고 했다.

"늙으면 짠맛에 둔해진다더니 정말 그런가 보다." 엄마가 미역국을 떠먹으며 말했다. "꽃게 좀 먹어봐라. 제철이라 그런가 살이 오동통한 게 썩 괜찮다."

내 맞은편에 앉은 작은언니가 꽃게 하나를 밥그릇에 올렸다. 꽃게 몸통 살을 맛깔스럽게 빨아 먹고 나더니 나를 째려봤다. "너 요즘 안 좋은 버릇 생겼더라?"

"내가 뭐?" 거리낄 게 없어서 나는 지지 않고 반격에 나섰다.

작은언니가 야단 조로 쏴붙였다. "복 달아나게 욕실 실내화는 왜 자꾸 엉망으로 벗어놓는 건데?"

작은언니는 욕실 실내화뿐만 아니라 모든 신발은 '11' 자 모양으로 깔끔하게 벗어놔야 한다는 믿음을 가지고 있었다. 작은언니 등쌀에 엄마 아빠까지도 신발만큼은 가지런히 정리해놓을 정도였다. 신발을 어지럽게 놓으면 복이 달아난다고 난리였다. 승리의 존재를 까맣게 잊어버린 나는 "나 안 그랬는데?"라고 태연하게 대꾸했다.

"그럼 내가 그랬다는 거야?" 작은언니가 어이없는 표정을 지었다. "2층엔 나하고 못난이 너뿐인데 나 아니면 너지. 이 집에 다른 사람이라도 살아?"

뒤늦게 아차 싶어서 나는 바로 수습에 나섰다. 급하게 벗느라 그런 것 같다며 앞으로 주의하겠다고 건성건성 응대했다.

그런데 작은언니의 꾸중이 또 이어졌다. "그리고 샤워기 헤드는 왜 자꾸 바깥쪽으로 걸어놓는 건데?"

작은언니는 다 쓰고 난 샤워기는 반드시 헤드가 벽 쪽을 향해 걸어놓도록 강요했다. 어쩌다 실수로 수도꼭지가 틀어졌을 때 물벼락을 맞는 걸 방지하기 위해서다. 아마 그것 역시 우리집 생활 습관을 알 턱이 없는 승리의 흔적인 모양인데, 어쩌겠는가. 대신 뒤집어쓰는 수밖에.

나는 시치미를 떼고 말했다. "이상하네? 벽 쪽으로 걸어놓는다고 놨는데…… 그것도 주의할게." 그러고는 그 순간을 피하기 위해 바로 밥그릇에 코를 박았다.

작은언니의 잔소리를 끝으로 식탁은 다시 조용해졌다. 나는 밥을 먹다 말고 잠깐 식탁에서 일어나 냉장고를 열었다. 승리도 지금 배가 고플 만한 시간이다. 어제 팔다 남은 만두와 초밥을 확인하는데 엄마가 나를 향해 쟤가 요즘 재고 처리를 아주 잘한다고 칭찬했다. 나는 손으로 나를 가리키며 "나?" 하고 엄마에게 되물었다.

"그럼 쟤네들이겠냐?" 엄마가 큰언니와 작은언니를 번갈아 쏘아보고는 볼멘소리를 했다. "저것들은 아무짝에도 쓸모없다니까. 쯧쯧, 평생 음식 아까운 줄을 모르니 원……." 엄마가 못마땅하다는 듯 고개를 절레절레 흔들었다.

이럴 땐 또 큰언니까지 싸잡혀 못된 딸들이 되고 만다.

나는 요즘 들어 만두와 초밥이 제때 처리되는 기현상을 납득시키기 위해 변명을 늘어놓았다. "봄이라 입맛이 도나 봐. 요즘은 먹고 돌아서면 배고프고 그러네?"

이때다 싶었는지 작은언니가 연신 음식을 씹으며 끼어들었다. "살찔 징조야."

"남이사." 나는 작은언니를 향해 혀를 날름거렸다.

그런데 그때 위층에서 쿵 소리가 났다. 모두의 눈과 고개가 동시에 천장으로 향했다. 식구들이 밥 먹는 동안 샤워 좀 하겠다고 승리가 말했었다. 아마 샤워하다 욕실 바닥에 뭘 떨어뜨린 게 아닌가 싶었다. 나는 얼른 식구들 눈치를 살폈다.

"2층에서 난 소리지?" 엄마가 가장 먼저 입을 뗐다.

"응." 작은언니가 고개를 끄덕였다.

큰언니가 낮은 목소리로 끼어들었다. "도둑인가?"

"설마, 일요일 아침에?" 작은언니의 동공이 불안하게 흔들렸다.

"호들갑은. 뭐가 떨어진 거겠지." 다행히 아빠가 단순 명쾌하게 정리해버렸다.

혹시나 다른 식구들이 올라가본다고 할까 봐 내가 먼저 선수를 쳤다. "맞아. 뭐가 떨어진 걸 거야. 내가 올라가볼게." 나는 젓가락을 쥔 채 식탁에서 일어났다. 그리고 목조계단 가장 자리를 밟으며 냉큼 2층으로 올라갔다.

승리가 젖은 머리를 수건으로 싸매고 막 욕실에서 나왔다. 아니나 다를까 욕실 실내화는 아무렇게 벗어놓았고, 샤워기 머리는 바깥쪽을 향해 걸려 있었다.

승리가 놀란 표정으로 계단 쪽을 힐끔거렸다. "미안, 소리가 좀 컸지?" 손에서 샤워기가 미끄러져 욕실 바닥으로 떨어졌다고 했다. "나 들켰어?"

나는 말없이 고개를 가로저은 다음 샤워기 헤드와 욕실 실내화를 작은언니 규칙대로 고쳐놓았다. 내 행동을 지켜보던 승리가 내가 하려는 말뜻을 금세 알아채고는 고개를 끄덕였다. 이 두 가지만 지키면 넌 공기처럼 살 수 있을 거라고 귓속말을 보태자 승리가 웃으며 눈을 깜빡거렸다.

그런 승리가 괜히 짠해서 얼른 이렇게 속닥댔다. "배고프지? 이따 미역국하고 만초 챙겨다 줄게."

"만초라면 만두하고 초밥?" 승리는 역시 내 말을 찰떡같이 알아들었다.

해물잡채만두도 몇 개 섞여 있다는 소식에 승리의 얼굴이 한층 환해졌다. 그런데 밝아지는 표정을 보고 있을수록 이상하게 나는 승리에게 더 미안한 마음이 들었다. 당장 이 내기를 관두게 하고 싶었다. 무슨 죽을죄를 지은 것도 아닌데 이렇게 숨어 지낼 이유는 없었다. 사실 만난 기간은 얼마 되지 않았지만 같은 처지의 우리는 이미 친구였다. 쓰지 않는 방 하나쯤은 내어줄 수 있는 그런 사이가 된 것이다. 나는 승리를 만나면서 친구란 시간이 아닌 깊이의 개념일 수 있다는 걸 깨달았다. 애초에 이 비밀 놀이를 제안하는 게 아니었다. 지금이라도 엄마 아빠한테 허락을 구하고 승리를 해방시켜줄까? 하지만 아직 승리는 이 아슬아슬한 게임을 즐기는 듯했다.

아래층으로 내려가 다시 식사에 합류했다. 식탁에 앉아 젓가락질을 할 때까지 누구도 그 쿵 소리의 정체에 대해 물어오지 않았다. 이럴 땐 우리 가족의 무심함이 마음에 들었다.

괜스레 제 발이 저린 나는 아무도 묻지 않은 말을 했다. "봉이 헐거워졌는지 욕실 선반이 무너졌지 뭐야. 세우고 정리하느라 혼났네……."

작은언니가 꽃게 다리를 쪽쪽 빨아 먹으며 내 변명에 힘을 실었다. "그거 저번에도 그러더니. 다음에 또 그러면 새로 사야 할까 봐."

나는 "그렇지?" 하고는 식탁 분위기를 살폈다. 작은언니도 그렇고 그 누구도 의심하는 기색은 없었다. 그저 열심히 식사에 열중할 뿐이었다.

무사히 위기를 넘긴 나는 몰래 안도의 한숨을 쉬었다. 그런데 저번에도 느낀 거지만 뭔가 좀 이상했다. 내기에서 내가 이기려면 승리가 우리 가족한테 들켜야 하는데 여전히 승리를 보호해주고 있으니 말이다. 아무래도 나는 승리 편인 것 같았다.

어쨌든 한 식구가 되기 위한 일요일 의무는 무사히 끝이 났다. 이로써 우리 다섯 식구는 식구의 의미를 또 한 번 지켜냈다.

*

큰언니 심부름으로 스타킹을 사러 밖에 나왔다. 두 언니는 웬만한 잔심부름은 다 나한테 시킨다. 어렸을 때부터 나는 언니들로부터 세뇌를 듣고 자랐다. "집안에 왜 늦둥이가 태어나는지 알아? 심부름꾼이 필요해서야." 그래서 나는 초등학교 때까지 정말로 지구상의 모든 늦둥이들이 성실한 심부름꾼인 줄 알았다. 모두가 그런 건 아니겠지만 이 나이 먹도록 나는 여전히 언니들을 시중드는 걸 보면 또 틀린 말도 아니었다.

살구색 스타킹 열 개와 커피색 스타킹 열 개를 사 들고 마트를 나섰다. 요즘 나에게는 버릇 하나가 생겼다. 그림자 남자를 만난 이후로 생긴 습관인데 나도 모르게 자꾸 주위 소리에 귀를 기울이게 된다는 것이다. 언제 어디에서 들려올지 모를 "저랑 놀아줄래요?"라는 목소리, 그 소리를 찾아내고픈 호기심에 청각을 곤두세웠다. 기다려도 나타나지 않으면 지금처럼 그의 목소리를 찾아 나섰다. 처음 만났을 땐 마냥 기이하게 여겨졌지만 대화를 하면 할수록 사람인 듯 사람이 아닌 그의 정체가 궁금해졌기 때문이다.

우선 마트 주변을 둘러보기로 했다. 맨홀을 피해 모퉁이를 돌고 또 돌았다. 세 번째 모퉁이를 지나칠 때 께름칙한 기분이 들어서 이미 지나쳐 온 모퉁이로 다시 돌아갔다. 세 번째 모퉁이를 네 번 정도 왔다 갔다 한 뒤에야 마지막 모퉁이로 돌아섰다. 아무래도 마트 주변에는 없는 것 같았다.

마트를 벗어나 동네 공원 쪽으로 발걸음을 옮겼다. 그의 목소리를 처음 들었던 장소이니 어쩌면 그곳에 있을지 모른다는 생각에서였다.

'111'번 우체통을 막 지나쳐 오는데 맞은편에서 다름이가 걸어왔다. 녀석의 손에는 편지 두 통이 들려 있었다. 뭐가 그리 바쁜지 다름이는 '111'번 우체통으로 달려가 얼른 편지를 넣었다. 녀석은 이제 내가 도와주지 않아도 잘 넣었다. 그래서 조금 서운했다. 훌쩍 커버린 아이를 바라보는 부모 마음이 아마 이럴 터였다.

우체통에 편지를 넣고 난 다름이가 내 앞으로 달려와 자랑하듯 말했다. "방금 저, 게으른 여자 어른한테 편지 보냈어요."

다름이는 나한테 그 말을 하고 싶어 냉큼 달려온 모양이었다. 나는 잘했다며 녀석의 머리를 쓰다듬어줬다. 꽤 신나하는 것 같아 필요하면 편지 쓸 사람 또 소개해줄까, 하고 물었더니 녀석이 흔쾌히 고개를 끄덕였다. "누나가 일하는 편의점에 컵라면 먹으러 오는 사람인데 마크라는 영국 남자 어른이야. 음, 그 사람은 응원이 필요하거든."

녀석이 쏟아지는 햇빛 때문에 눈 부셔하며 나를 올려다보고는 어떤 응원이냐고 물었다.

그런 건 편지 교환을 통해 다름이 스스로 알아가는 게 좋을 듯해 생각 끝에 대답했다. "어떤 응원인지는 다름이가 편지로 물어보는 게 낫지 않을까? 편지는 누나가 일하는 편의점으로 보내면 돼. 내가 대신 전해줄게."

근데 그 편지는 영어로 써야 하는 거 아니냐며 다름이가 걱정스러운 표정을 지었다. "나 영어 못하는데……."

나는 걱정하지 말라고 했다. "다행히 한국말을 아주 잘하는 영국 남자 어른이거든."

편의점 주소랑 풀네임은 다음에 만나면 키티 수첩에 적어주겠다고 하자 녀석이 그 자리에서 방방 뛰었다. 저리 좋을까 싶었다.

다름이와 대화를 나누는 와중에도 내 눈은 주변을 탐색하느라 바빴다.

그런 내 행동을 이상하게 여긴 녀석이 호기심 어린 눈빛으로 물었다. "근데 누나, 뭐 잃어버렸어요?"

"왜?"

"뭘 찾고 다니는 거 같아서요."

"그래 보였어?"

목소리를 찾아다닌다 하면 저 아이는 이해해주려나? 사람이 아닌데 사람인 것 같은 게 이 세상에 존재한다고, 그게 차가운 검은색 같은 거라고 하면 과연 녀석은 믿어줄까?

그래서 다름이에게 얘기해보기로 했다. "실은 목소리를 찾고 있었어. 차가운 그림자 같은 사람인데⋯⋯."

녀석이 콧방귀를 뀌더니 "지금 저 어리다고 놀리는 거죠?"라고 했다. 예상했던 반응이라 실망스럽진 않았다.

"그지? 네 귀에도 그렇게 들리지?" 나는 한쪽 볼에 바람을 불어 넣었다 빼고는 말을 이었다. "근데 정말 그런 게 존재한다면 어떨 거 같니?"

있지도 않은 걸 있다고 우기는 건 애니메이션의 특징이라며 녀석이 제법 어른스러운 말투로 맞받아쳤다. "애니랑 현실은 달라요!"

"그래, 맞아." 딱히 반박할 말을 찾을 수 없었다. "근데 너 좀 징그럽다. 애늙은이 같아." 괜히 콧잔등을 찡그렸다.

"그거 똑똑하다는 뜻이죠?" 녀석이 우쭐댔다.

"흠, 그렇다고 치자." 나는 답답한 마음을 한숨으로 달랬다.

여덟 살 아이한테도 방금 내 말은 허무맹랑한 얘기처럼 들릴 것이다. 엄마를 잃어버렸던 네 살 때의 다름이였다면 어땠을까? 그때의 다름이라면 왠지 내 말을 믿어줬을 것만 같았다.

다름이와 헤어지고 나는 다시 목소리를 찾기 시작했다. 아까 가려던 동네 공원으로 들어갔다. 승리는 지금 붙박이장 안에서 만두와 초밥을 먹고 있을 터다. 득실거리는 가족 틈에 승리를 두고 나온 것이 마음에 걸렸지만 지금은 그를 찾는 게 우선이었다.

벤치에 앉자마자 눈부터 감았다. 소리에 집중할수록 귀는 점점 예민해졌다. 가장 먼저 새들의 지저귐과 아이들이 뛰어노는 소리가 들려왔다. 바람에 흔들리는 나무 소리는 지나가는 차 소리에 가려졌다. 배달 오토바이는 너무 자주 나타났다. 과일과 생선을 파는 트럭들이 녹음된 호객 멘트를 쏟아내며 떠들썩하게 지나갔다. 눈을 감고 귀로만 감각하는 세상은 그야말로 소음 천지였다. 하지만 그 안에 그의 목소리는 없었다. 어쩌면 그는 내가 만나고 싶다고 해서 만나지는 대상이 아닌지도 몰랐다.

감았던 눈을 뜨자 햇빛이 눈을 찌르듯 파고들었다. 아무래도 오늘은 못 만날 모양이었다. 벤치 등받이에서 등을 뗐다. 그만 돌아가려고 자리에서 일어나려는데 옆에서 묵직한 기운 같은 게 느껴졌다. 인기척에 소리 나는 쪽으로 고개를 돌렸다. 검은 발 형태의 그림자가 보였다. 발끝에서부터 위로 시선을 옮겼다. 그였다! 그가 긴 다리를 꼬고 앉아 나를 쳐다보고 있었다.

나도 모르게 큰 소리가 나왔다. "깜짝이야!"

"누가 보면 귀신이라도 본 줄 알겠네요." 그가 능청스레 웃으며 말을 이었다. "저를 다른 사람한테 애써 설명하려 하지 마세요. 이해시키려고도 하지 말고요."

"절 지켜본 거예요?"

"그거 사 들고 마트에서 나올 때부터요." 그가 턱짓으로 스타킹을 가리켰다. "근데 한번 지나친 모퉁이를 왜 계속 왔다 갔다 하는 거죠, 그것도 네 번씩이나?"

들키고 싶지 않은 걸 들키고 말았다는 생각에 두 눈을 질끈 감았다 떴다. 아무래도 내 강박 행동을 봐버린 것 같았다. 승리에 이어 두 번째였다. "좀 미친년처럼 보였겠네요, 제 행동이. 그죠?"

"그보다 제 눈엔 무슨 사정이 있어 보였어요. 사실 반복이란 건 되게 귀찮은 행동이잖아요."

나를 이해해주는 듯한 그의 태도가 좋았다. 그래서 용기 내 말해볼까 싶었다. "실은 2년 전에 끔찍한 사고 현장에 있었어요. 그때부터 생긴 강박증인데 잘 안 없어지더라고요. 하나가 사라질 만하면 또 다른 게 나타나고……."

"구체적으로 어떤 증상이죠? 아, 해진 씨를 이해해보려는 거예요."

내 옆으로 가까이 다가온 그의 행동이, 나를 이해하고 싶다는 마음처럼 느껴졌다.

나는 잠깐 숨을 고르고는 대답했다. "가령 방문을 여닫거나 형광등 스위치를 올리고 내릴 때 있잖아요. 아니면 이를 닦고 난 칫솔을 칫솔 통에 넣는다든지 하는 사소하고 일상적인 행동들이요. 그런 행위를 하는 순간 안 좋은 생각이 끼어들 때가 있어요."

어떤 안 좋은 생각이냐며 그가 정신과 의사처럼 집요하게 파고들었다.

"대부분 사고에 대한 상황과 이미지들이에요. 어떤 결과에 관한 비관이기도 하고요. 그냥 뭉뚱그려 '두려움'이라고 하면 맞을 거 같네요." 나는 또다시 숨을 골랐다. 숨쉬기가 편해지고 나서야 겨우 말을 이어갈 수 있었다. "그러니까 어떤 행동을 할 때 부정적인 생각이 든 채 그 행동을 끝내면 안 된다는 느낌이 들어요. 그럼 내가 했던 안 좋은 생각들이 진짜로 일어날 거 같은 불길함이 스쳐요. 그래서 좋은 생각으로 덮어씌워질 때까지 그 행동을 반복하는 거죠."

"일종의 주술 같은 거네요?"

"비슷해요. 하지 않으면 나나 내 주변 사람들에게 불행이 닥칠지 모른다는 걱정이 들어요. 강박이 심해질 때는 좀 괴롭긴 한데, 그래도 안 해서 불행이 닥치는 것보다 나으니까……."

현장에서 셋이 죽고 나 혼자만 살아남은 사고였다. 떠올리려고 마음만 먹으면 그때의 굉음과 공포와 비명은 바로 어제 일처럼 온몸을 휘젓고 지나갔다. 하지만 그런 고통은 내게 너무 당연하다고 생각했다. 왜냐하면 나는 무사했으니까. 보도에 버려진 세 사람의 죽음에 비하면 살아남은 내 고통쯤은 사실 별거 아니었다. 그리고 강박증은 결국 의지와 시간의 문제라는 걸 누구보다 나 스스로가 잘 알고 있었다.

그가 꼬아 올린 다리를 바꾸고는 내 강박 행동의 종류에 대해 물었다. 나는 '숫자 세기'를 비롯해 '순서'와 '규칙'과 '반복'과 관련된 것들을 몽땅 털어놨다. 이상하게 그가 물으면 나는 뭐든 답하고 싶어졌다. 어쩌면 그건 그의 실체 때문인지 몰랐다. 바닐라에게 내 속내를 털어놓을 때처럼 사람이 아닌 그와 나누는 대화에서는 뭔지 모를 편안함이 느껴졌다.

일련의 내 강박 행동을 듣고 난 그가 가만히 고개를 끄덕였다. 왠지 나를 이해해주는 몸짓 같아서 기분이 좋아졌다. 고백이 이런 기능을 하는 거라면 나도 그를 기분 좋게 해주고 싶었다.

그래서 그에게 물었다. "이제 그쪽 얘기 좀 해봐요. 근데 몇 살이에요? 당신한테도 나이라는 개념이 있나요?"

그가 한참 생각하다 대답했다. "음, 없는 거 같아요. 아니, 사실 잘 모르겠어요. 어떻게 생각하면 아주 오래 살아온 느낌이 들고, 또 어떻게 생각하면 아주 짧은 시간이었던 거 같기도 하고…… 제가 언제 생겨났는지 기억에 없어요."

그의 깊은 숨소리가 내 주변을 맴돌았다. 숨의 온도가 낮아서 그런지 숨에서 쓸쓸함이 느껴졌다.

"그래도 살아온 시간이라는 게 있을 거잖아요. 기억이나 경험이라든가, 뭐 그런……."

"음, 그렇게 적은 거 같지는 않아요."

"아무튼 나이를 모른다는 거네요? 그럼 태어난다는 개념도 모르고요?"

그가 고개를 끄덕이며 나에게 물었다. "그건 그렇고 제 이름 지어주기로 한 건 어떻게 됐나요?"

"아, 밤새 생각해봤는데 마땅히 떠오르는 게 없더라고요……." 미안해서 그의 눈치를 살폈다.

그가 시무룩한 목소리로 자기는 어떤 이름이든 상관없으니 지금 당장 지어달라고 보챘다. 재촉에 못 이겨, 그럼 촌스러워도 괜찮겠냐니까 그가 흔쾌히 고개를 끄덕였다.

나는 잠깐 고민하다 입을 뗐다. "만초 어때요? 김만초. 학교 다닐 때 제 별명이 만초였거든요."

"오, 좋아요. 김만초…… 근데 무슨 뜻이죠?"

"그냥 만두와 초밥의 줄임말이에요. 어릴 때부터 엄마 아빠가 만두하고 초밥 장사를 했는데 남으면 학교에 간식으로 싸가 친구들한테 자주 먹였거든요. 그래서 생긴 별명이에요."

"맘에 들어요. 김만초. 음, 이름이 생긴다는 게 이런 기분이군요? 뭔가 내가 그럴듯해지는 거요."

정말로 그는 기분이 좋아 보였다. 그 때문인지 그의 몸이 조금 전보다 좀 진해진 느낌이었다.

저번에 콜라를 맛있게 마셨던 기억이 나서 만두하고 초밥을 좋아하냐고 물었더니 그는 아직 먹어본 적이 없다고 했다. 하지만 이름만으로도 왠지 맛있을 것 같다면서 그가 입맛을 다셨다. 그럼 지금까지 먹어본 음식은 뭐냐니까 햄버거랑 콜라라고 했다. 사실 그는 최근에서야 음식이란 걸 먹어보기 시작했단다. "그래서 돈도 벌기 시작한 거고요. 뭘 먹지 않아도 살아 있으니까 먹는다는 의미를 몰랐던 거 같아요. 근데 이제 알아요. 먹는다는 건 맛을 느끼는 거예요, 그죠?"

"맞아요." 나는 고개를 끄덕이고는 덧붙였다. "하지만 그게 전부는 아니에요. 살아가려면 에너지가 필요한데 우린 그걸 음식에서 얻어요. 먹는 건 우리한테 생존이에요. 물론 만초 씨 말대로 맛이 중요하긴 해요."

"오, 만초 씨라고 불리니까 되게 짜릿한데요? 마치 콜라를 마신 느낌이에요." 기분이 좋은지 그의 양쪽 어깨가 경쾌하게 들썩였다.

그 틈을 타 나는 그에게 조심스레 물었다. "그럼 이름 지어준 값으로 그쪽 몸 한번 만져봐도 돼요?"

"얼마든지요."

조금 주저하다 그의 어깨에 손을 얹었다. 시원한 바람 같았다. 안개구름 같기도 하고 그늘 같기도 하며, 촉감을 가진 공기 같기도 했다. 조금은 예상했던 질감이었지만 그보다 더 몽글몽글하고 부드러웠다. 그가 나를 빤히 쳐다보더니 지금 무슨 생각을 하냐고 물었다.

나는 기분 좋게 대답했다. "한여름에 그쪽 껴안고 있으면 어떨까 하는 상상요."

쑥스러워졌는지 갑자기 그가 하하하 소리 내어 웃었다. 그런데 그가 웃는 찰나 그의 거무스레한 몸이 아주아주 짙어졌다.

"방금 봤어요? 웃을 때 그쪽 몸 짙어지는 거?"

대수롭지 않다는 듯 그가 "알아요" 하고는 그때처럼 손목시계를 들여다봤다. 꼬았던 다리를 풀고 벤치에서 일어난 그가 이만 가봐야겠다며 매무새를 추슬렀다. 다음에 또 언제 만나자는 약속을 건넬 틈도 없이 그가 나에게 손인사를 건넸다. 그러고는 그때처럼 휙, 사라져버렸다.

"어, 저기……." 뒤늦게 벤치에서 일어났다. '흠, 또 가버렸네…….' 내 양쪽 어깨가 힘없이 축 내려앉았다.

그는 늘 홀연히 나타났다가 갑자기 떠나버리는 것 같았다. 그가 가고 없는 자리에는 차갑고 습한 기운만 남아 있을 뿐이다. 그나저나 그의 집은 어디일까? 돈을 번다는데 무슨 일을 하는 걸까? 정말 다른 사람 눈에도 그가 보일까? 다음에는 그것부터 알아봐야겠다.

나는 그가 사라진 쪽을 몇 번 돌아보다 터벅터벅 집으로 돌아갔다.

큰언니에게 스타킹을 건네주고 2층으로 올라갔다. 내 방 문을 열자 바닥에 누워 잠든 승리가 보였다. 잔뜩 웅크린 승리의 몸은 정확히 창문 모양의 햇빛 그림자 안에 들어가 있었다. 봄을 느끼기에 좋은 조각이란 걸 승리도 알아본 것이다. 더 자게

놔둘까 싶어 방문을 닫고 나가려는데 문소리에 그만 승리가 눈을 뜨고 말았다. 볕이 좋아 잠깐 누워본다는 게 깜빡 잠이 들어버렸다고 했다.

허락도 없이 내 방에 들어온 게 미안했는지 승리의 말이 길어졌다. "작곡가 방은 어떻게 생겼나 궁금해서 한번 들어와봤다가……."

"창피하게 작곡가는 무슨."

"근데 이 방, 채광 참 좋다."

나는 "그지?" 하며 승리에게 더 자라고 했다.

승리가 손사래를 쳤다. "아니야, 일어나려던 참이었어." 햇빛 그림자에서 벗어난 승리가 벽에 등을 기대고 앉았다. 그러고는 하품 섞인 목소리로 말했다. "아, 작은언니는 아까 제대로 차려입고 나가던걸? 내 생각인데 너네 작은언니, 연애하는 거 아닌가 싶어. 난 딱 보면 알거든."

나는 그럴 리 없다며 승리의 추측을 반박했다. "우리 작은언니는 연애하면 사방팔방 티 내는 타입이라 내가 모를 리 없거든!"

"그래? 아님 말고." 목덜미를 긁적이다 승리가 바닐라를 쳐다봤다. "근데 무슨 곰 인형이 저렇게 커? 너무 커서 놀랐다."

이왕 이렇게 된 거 승리에게 바닐라를 소개할까 싶었다. 나는 짐짓 아무렇지 않은 척 말했다. "늦었지만 내 친구 바닐라를 소개하지."

"이름이 바닐라야? 저런 걸 스스로 살 리는 없고······." 눈치 빠른 승리가 알겠다는 듯 고개를 주억거렸다. "선물받은 거구나? 당연히 상대는 남자일 테고." 그러고는 호기심 섞인 눈으로 나를 바라봤다.

언제가 해야 할 얘기라면 지금이지 싶어 가만히 입을 뗐다. 하지만 말을 꺼내기도 전에 내 목소리는 침울하게 가라앉았다. "맞아. 근데 저 녀석, 내 생명의 은인이고, 죄책감이고, 미안함이고, 고마움이고 그래······." 나는 침대에 걸터앉으려다 말고 방바닥의 햇빛 그림자 안으로 들어가 앉았다. 몸이 직사각형 모양의 봄이 되어갔다.

학교를 그만둬야 할 정도의 큰일이란 게 무엇인지 몰랐지만 승리는 나와 처음 만났을 때부터 짐작은 하고 있었다고 했다. "네 자전거 뺏어 탔을 때 내가 물었잖아. 어디 아프냐고. 그때 아마 네가 마음이라고 그랬을걸."

"맞아. 그랬지······."

무슨 일이 있었던 거냐고 승리가 조심스레 물어왔다.

나는 대답 대신 승리에게 되물었다. "그 전에 넌, 너랑 이름이 같은 남자를 만나면 어떨 거 같아? 이름뿐만 아니라 성까지 같은 남자. 그러니까 네가 남자 안승리를 만나는 거지."

"뭐, 일단은 운명처럼 느껴질 테고······." 하지만 아무리 생각해봐도 불가능하게 여겨졌는지 승리가 되물었다. "근데 그게 가능해?"

나는 먼저, 승리가 의심하는 희박한 확률로 만난 해진 선배에 관해 얘기해나갔다. 그리고 우리 이야기가 끝에 이르고야 마는 그 봄날까지.

그날 바비큐 여행을 제안한 건 소영과 승훈 오빠였다. 모두가 치열하게 치러낸 중간고사가 끝난 4월의 마지막 주였다. 좀 즉흥적이긴 했지만 봄꽃이 진 세상은 온통 보드라운 연녹색으로 물들어 있어서 누구도 그 제안을 거부할 수 없었다. 특히 그날은 우리의 들뜬 기분을 부추기기라도 하듯 온 세상이 파스텔 톤으로 빛나고 있었다. 목적지는 소영 커플이 정해놓은 경기도 양평의 한 캠핑장이었다. 우리 네 사람은 해진 선배의 낡은 차를 타고 캠핑장으로 향했다. 그 자동차는 대학 입학 선물로 해진 선배가 아버지한테서 물려받은 것이었다. 야외에서 즐기는 바비큐 파티는 처음이라서 그날 내 기분은 아이처럼 내내 들떠 있었다.

우리는 핸드폰으로 번갈아 빠른 비트의 음악을 틀고 신나게 도로를 달렸다. 면허를 딴 지 얼마 되지 않아서 그때 선배는 한창 운전에 재미가 들려 있었다. 교외로 빠지기 전에, 우리는 장을 보러 대형 마트에 들렀다. 마트에서 조금 떨어진 외부 주차장에 차를 대고 마트로 걸어 들어갔다. 가장 먼저 소고기와 돼지고기를 사고, 곁들여 먹을 각종 해산물과 채소, 소시지를 샀다. 그리고 맥주와 음료수, 각자 취향에 맞는 간식거리도 골랐다. 그렇게 모두의 입맛이 담긴 카트를 밀고 계산대로 향하려는데 선배가 뒤에서 내 손목을 잡아끌었다. 그러더니 귓속말로 나에게 잠깐 따라와보라고 했다. 선배 손에 이끌려 간 곳에는 대형 곰 인형이 시체처럼 무더기로 쌓여 있었다. 시체라는 표현이 좀 그렇지만 처음 봤을 때 나의 느낌은 그랬다. 선배가 뜬금없이 물었다. "저거 하나 사줄까?" 나는 딱 잘라 싫다고 했다. "왜?" "전 인형 같은 거 별로 안 좋아해요. 좀 유치하잖아요. 그리고 혹시나 해서 미리 말해두는데 꽃 선물도 별로예요." "꽃은 또 왜?" "시들어버리다 결국 쓰레기가 될 뿐이라서요." "좋은 뮤지션이 되려면 잠시 머물렀다 가는 것도 사랑할 줄 알아야 해." 그때 나는 아름답지 못한 내 감성을 야단맞은 기분이 들었다. 아무튼 싫다는데도 선배는 쉽게 물러서지 않았다. "난 사주고 싶은데 어떡하지? 그래도 저건 시들지 않으니까 괜찮지 않나? 저렇게 큰 곰 인형은 옆에 둔 적 없을 테니까 좋아질 수도 있잖아." "커도 정도껏이죠. 너무 커요." "그러니까 사주려는 거야." "저걸 사면 오늘 내내 저 녀석 데리고 다녀야 하잖아요." "내 차가 있는데 무슨 걱정이야. 그냥 받아주라, 응? 나 음악 동지 생기면 큰 곰 인형 꼭 선물해주고 싶었단 말이야." 평소 고집부릴 줄 모르던 선배는 그날따라 이상하게 고집을 피웠고, 결국 나는 초대형 곰 인형을 선물로 받아야 했다.

방바닥의 햇빛 그림자는 내 몸 밖으로 벗어나 있었다. 마름모꼴로 비틀어진 햇빛 그림자를 따라 자리를 옮기며 나는 승리에게 말했다. "실은 그때 나 계속 툴툴거렸어. 저 녀석 끌어안고 마트를 나오는 내내. 아니, 사고 직전까지 그랬어. 너무 크다고, 여행 가는 중에 곰 인형이 웬 말이냐고, 무겁고 답답하다며 툴툴거렸어. 그걸 생각하면 너무 슬퍼. 선배가 기억하는 내 마지막 모습이 그렇다는 게 미안하고, 미안해서 슬펐어……."

계산을 끝낸 큰 곰 인형은 온전히 나만의 것이 되어서 나는 혼자 녀석을 둘러멘 채 마트를 나와야 했다. 그런데 등에 짊어진 곰 인형은 생각보다 무거웠다. 흘러내리는 녀석을 추어올리느라 진땀이 날 정도였다. 오죽했으면 소영이와 함께 앞서 걸어가던 승훈 오빠가 나를 뒤돌아보며 선배에게 말했을까. "야, 저건 곰 인형을 선물한 게 아니라 아주 그냥 고문을 선물한 거 같은데?" "시끄러, 인마." "봐봐. 저러다 애 깔려 죽겠어." "부피만 컸지 별로 안 무거워. 그지, 여자 정해진?" "아니거든요! 무거워죽겠어요!" 나는 점점 더 짜증이 났다. 몇 번이고 녀석을 고쳐 메느라 자꾸 걸음이 뒤처졌기 때문이다. 아니나 다를까 마트를 나와 보니 세 사람은 어느새 주차장 쪽으로 멀찌감치 걸어가고 있었다. 그들과의 거리를 좁혀야겠다는 생각으로 잠시 멈춰 서서 숨을 골랐다. 그리고 바닐라를 한껏 추어올린 다음 다시 발걸음을 떼려는 순간이었다. 어디서 나타났는지 갑자기 외제 차 한 대가 무서운 속도로 달려왔다. 방향을 잃고 보도로 뛰어든 자동차는 앞서 걸어가던 세 사람을 무참히 치고 지나갔다. 차는 거기서 멈추지 않고 마트 출입구를 향해 돌진했다. 고막을 찢는 굉음과 함께 유리창 깨지는 소리가 났다. 순식간에 벌어진 일이라 나는 잠깐 정신이 멍했다. 뭔가 비현실적인 일이 일어났다는 걸 깨달았을 때 선배의 피투성이 머리와 짓이겨진 다리가 보였다. 저 멀리 소영과 승훈 오빠가 보였고, 그 주변으로 피가 낭자하게 퍼져 있었다. 그리고 그때 나는 등에 곰 인형을 짊어진 채 맨홀을 밟고 서 있었다.

내가 울먹이며 말했다. "한 장소에 있었는데 나만 살아 있었어. 나만……."

덩달아 승리의 눈에 눈물이 글썽거렸다. "이 곰 인형이 널 살린 거구나……."

결과적으로는 그랬다. 해진 선배는 현장에서 목숨을 잃었고, 소영과 승훈 오빠는 병원으로 옮겨진 지 세 시간도 되지 않아 동시에 숨을 놓아버렸다. 그렇기에 나는 그날을 떠올릴 때면 수많은 '만약'에 대해 생각하지 않을 수 없었다. 중간고사를 끝낸 우리 앞에 비가 내리는 흐릿한 날씨가 주어졌더라면, 소영 커플이 정해놓은 여행지가 양평이 아닌 다른 곳이었더라면, 그날 곰 인형을 사지 않았더라면, 곰 인형을 사주겠다는 해진 선배와 긴 실랑이를 벌이지 않았더라면, 그랬다면 그 평범한 순간들이 우리를 그 마취 차량 앞에 데려다 놓지 않았을 텐데, 하는 안타까운 만약들…….

"우습지. 이미 끝나버린 일에 만약이란 건 한없이 무의미한 건데, 난 그날을 떠올릴 때마다 자꾸 그 만약을 생각하게 돼……."

"소중한 사람을 갑자기 잃었으니 당연해……." 승리 목소리가 숙연하게 가라앉았다. "많이 힘들었겠다……."

"응, 아주아주 많이……."

승리의 '많이 힘들었겠다'라는 말에 내내 참아온 눈물이 왈칵 쏟아지고 말았다. 나만 살아남았다는 미안함에 울고, 모든 게 나 때문인 것만 같아 미안해서 또 울었다.

눈물 젖은 티슈 뭉치가 방바닥에 나뒹굴었다. 마름모꼴로 비틀어져 있던 햇빛 그림자는 막대 모양으로 가늘어졌고, 승리와 나 사이에는 긴 침묵만이 남았다. 나는 그 고요 안에서 해진 선배와 소영 커플을 생각했다. 안타깝게 놓쳐버린 그들의 젊은 날과 그들이 꿈꾸었을 미래를 생각하다 보면 문득문득 슬퍼졌다. 왜냐하면 지금 내가 살아가는 나날은 그들이 살아보지 못한 날들이고, 앞으로 내가 살아가게 될 나이는 그들이 결코 가져보지 못할 나이가 될 것이기에 그랬다. 그걸 깨달은 순간 나는 영화음악을 하고 싶어 했던 해진 선배의 꿈을 대신 이루고 싶다는 생각이 들었다. 그 꿈을 위해 살아간다면 내 삶에게, 그들의 지워진 삶에게, 그날의 사고와 봄에게 덜 미안해질 것만 같았다.

"그 사고 때문에 그런 거구나. 맨홀도 그렇고 계단도……."
승리가 젖은 티슈를 나 대신 치우며 말했다.

"응. 맨홀 밟을 때마다 그때 그 장면들이 떠올랐어. 처음엔 겁이 나서 택시도 지하철도 못 탈 정도였으니까……."

그날 이후 길을 걷는 행위가 나에게는 극한의 공포로 다가왔다. 차를 탈 수 없으니 학교에 다니는 건 무리였다. 어찌어찌 등교를 해도 교실에 앉아 있으면 숨이 쉬어지지 않았다. 그렇게 좋았던 악기음들이 기괴한 굉음처럼 들리기 시작했다. 그리고 그 누구하고도 점점 눈을 마주치지 못하는 지경에까지 이르고 말았다. 모든 시선에 두려움을 느끼게 된 것이다.

승리가 훌쩍거리며 말했다. "치료를 좀 받아보지 그랬어." 일부러 안 받았다니까 승리의 표정이 안타깝게 변했다.

"혹시 잊고 편하게 살게 될까 봐. 약 먹고 치료하면 그날이 다 잊힐까 봐. 선배도 친구도…… 잊어버리고 편해지면 왠지 그게 더 무서울 거 같더라. 나는 아직 미안해야 하는데 그러지 못할까 봐……."

충분히 이해한다는 듯 승리가 내 말에 가만히 고개를 끄덕였다.

"그래도 편의점 알바하면서 많이 좋아졌다? 사람들하고 눈 마주치는 거…… 갑자기 소심해진 성격도 많이 나아졌고……." 그러고는 승리를 향해 애써 눈물 섞인 웃음을 지어 보였다.

"그랬구나……."

오후와 맞닥뜨린 햇빛 그림자는 어느새 창문 밖으로 사라지고 없었다. 대신 내 방에는 은은한 오후의 빛이 가득 찼다. 나는 눈물이 가시지 않은 눈으로 바닐라의 까만 두 눈동자를 바라봤다. 그날 이후 나는 봄을 믿지 않았다. 봄은 죽음과 어울리지 않는 짝처럼 느껴지지만, 찬란하게 아름다웠던 그 파스텔톤의 봄날은 내 첫 사람과 오랜 친구, 그때까지의 내 영혼을 모두 가져갔다. 절대 잔인하지 않을 거라 믿어왔던 봄의 배신. 봄은 때때로 상상할 수 없는 비극을 일으키고도 시치미를 뗀다. 그런 일은 일어나지 않았다는 듯이 그저 환하게 아름답다.

승리에게 그날과 그날의 죽음에 대해 얘기한 다음 날 나는 옅은 몸살감기를 앓았다. 조만간 내 몸에는 짙은 몸살감기가 찾아들 것이다. 2년 전의 그날이 다가오면 나는 이상하게 몸이 아파왔다. 아무리 잊으려 해도 몸은 그날의 충격과 슬픔을 아직 기억하는 것 같았다. 어쩌면 내가 기억하는 이 몸의 감정은 아주 나이 많은 어른이 될 때까지 나를 옭아맬지도 몰랐다.

그럼에도 봄은 마냥 미워할 수만은 없는 계절임에 분명했다. 봄의 온도에는 위로의 손길이 숨어 있었다.

*

오늘도 배달을 위해 백수진의 집으로 향했다. 구매 목록에 아이스크림이 있어서 자전거를 빨리 몰아야 했다. 초인종을 누르자 그녀가 머리에 샴푸를 잔뜩 묻힌 채 문을 열었다. 거품이 관자놀이를 지나 한쪽 눈가로 흘러내리려 하자 얼른 욕실로 뛰어 들어갔다.

머리를 헹구며 그녀가 말했다. "해진 씨, 말 참 안 듣는다. 그냥 번호 누르고 들어오라니까."

"아, 깜빡했어요. 다음엔 꼭 번호 누를게요." 왜 미안해야 하는지 모르겠지만, 어쨌든 괜히 미안해진 나는 "이것들 냉장고에 넣어드려요?"라고 물었다.

"그래주면 나야 고맙지." 그녀는 역시 사양하지 않았다.

백여 개의 시계 초침 소리가 째깍째깍 귓속을 파고들었다. 나는 냉장고를 열어 아이스크림부터 넣었다. 그리고 1.5리터짜리 생수 두 병과 캔 커피 다섯 개와 컵밥 세 개를 빈자리에 진열했다. 저번에 냉장실 안쪽 깊숙이 넣어두라던 콘돔은 절반가량 줄어든 것 같았다. 냉장고를 닫는 순간 뭔가 나쁜 생각이 끼어들어 문 여닫기를 세 번 정도 반복했다. 그런데 넣어놓고 보니 캔 커피가 좀 의외였다. 그녀는 아무리 게을러도 커피만은 원두를 직접 갈아 내려 마셨다. 젖은 머리를 수건으로 싸매며 욕실에서 나오는 그녀를 향해 캔 커피도 마시냐고 물었다.

그녀가 어이없는 웃음을 뱉어내고는 대답했다. "얼마 전에야 알았는데, 글쎄 내 애인이 저 캔 커피를 제일 좋아한다지 뭐야. 남자들은 참 이상해. 그 애길 왜 이제야 하는지 몰라. 1년 내내 원두를 내려 먹인 나는 뭐가 되는 건지, 참……."

"착한가 보죠." 나는 얼굴 한번 본 적 없는 그녀의 남자를 두둔했다.

그녀가 불만스레 고개를 내저었다. "물러터진 거지."

영수증을 건네받은 그녀가 책상 위 지갑을 집어 들었다. 지갑 옆에는 여권이 있었고 그 옆에는 알록달록한 편지 한 통이 놓여 있었다. 다름이가 극작가에게 보낸 편지인 것 같아 확인해보니 역시나 보내는 사람 난에는 집 주소와 함께 '김다름'이라고 쓰여 있었다. 그리고 받는 사람 난에는 '아직 이름을 모르는 분께'라고 큼지막하게 적혀 있었다.

나는 시치미를 뗀 채 극작가에게 웬 편지냐고 물었다. "글씨가 꼬맹이 같은데…… 조카인가요?" 자기는 조카 같은 거 없다는 그녀의 말에 "그럼 팬레터? 와, 팬레터도 받으세요?" 하고 일부러 호들갑을 떨었다.

"저런 꼬맹이가 극작가 나부랭이를 알 턱이 없잖아?" 그녀가 무슨 헛소리냐는 표정으로 말을 이었다. "좀 맹랑한 녀석인게, 뭘 그렇게 꼬치꼬치 캐묻는지……." 그녀의 입가에 살짝 미소가 드리워졌다. 그녀는 다름이란 꼬맹이가 자기에게 편지 쓴 이유를 학교에서 편지 쓰기 숙제 같은 걸 내주었기 때문이라고 생각했다. 그렇지 않고서야 생판 모르는 자기한테 보낼 리 없다면서. "근데 요즘 애들은 다 그러나? 초등학교 1학년이라는데 너무 어른스러운 거 있지."

요새 애들이 다 그렇더라는 말과 함께 나는 곁눈질로 그녀의 의중을 살폈다. 그런 다음 넌지시 물었다. "그래도 답장은 쓰실 거죠?"

얼른 대답하지 않는 걸 보니 답장을 써야 할지 말아야 할지 고심 중인 모양이었다. 예상대로 극작가가 고민스러운 듯 말했다. "꾹꾹 눌러쓴 편지라 외면하기가 좀 그렇긴 해. 근데 이 근처에 우체통이 어딨더라?" 통 관심이 없어서 눈여겨보지 않았다며 그녀가 나를 향해 "혹시 해진 씨는 알아?" 하고 물어왔다.

나는 냉큼 대답했다. "저희 편의점 건너편에 있잖아요."

"오, 그래? 그럼 다음에 해진 씨가 배달 왔다가 돌아가는 길에 대신 넣어주면 되겠다."

헐, 망했다. 너무 당연하다는 말투여서 더 기가 막혔다. 하지만 이대로 말려들지 않을 작정이다. 나는 그녀에게 편지는 언제 받았냐고 물었다. 그녀가 머리에 싸맨 수건을 풀어 헤치고는 "오늘"이라고 했다.

"그럼 답장은 바로 써주시는 게 좋지 않을까요? 정말로 편지 쓰기가 학교 숙제라면 누가 가장 먼저 답장을 받았는지 손 들어보라고 할걸요? 요즘 애들 경쟁 장난 아니에요." 나는 그녀의 추측이 사실인 것처럼 포장해 말했다.

"그럴까?" 다행히 그녀가 고심하는 듯 보였다.

나는 거기서 물러서지 않고 더 부추겼다. "김다름이라고 했나요? 그 꼬맹이한테 1등을 선물해주는 것도 나쁘지 않을 거 같은데……." 그러고는 슬쩍 그녀의 눈치를 살폈다.

내 말에 설득당한 듯 그녀가 가만히 고개를 주억거렸다. 이 정도면 충분한 것 같아 나는 배달료가 포함된 물건값을 받아들자마자 얼른 현관으로 내뺐다. 결코 편지 심부름만은 해주지 않으리라, 귀찮은 걸 남에게 미루는 버릇을 반드시 고쳐놓으리라 다짐하면서.

그렇게 신발을 신고 나가려는데 극작가가 등 뒤에서 나를 불렀다. "해진 씨, 그때 준 티켓은 썼어?"

나는 아직이라고 했다.

"이번 달 넘기면 그거 휴지 조각 되는 거 알고 있지? 이번 건 부조리극이 아니라 재미없진 않을 거야."

"네?" 들켜버렸다. 나는 시선을 피했다.

"나도 알아. 내 연극 재미없다는 거. 그래서 앞으론 그 작품을 시작으로 재밌는 걸 써보려고." 그러고는 그녀가 멋쩍게 웃었다.

그녀가 먼저 웃어준 덕분에 내 미안한 마음도 조금 가벼워졌다. 이왕 얘기가 나왔으니 이 분위기를 틈타 승리에 대해 말해보는 것도 나쁘지 않을 듯했다. 다만 남에게 뭘 부탁하는 성격이 아니라 원하는 걸 끌어낼 수 있을지는 미지수였다. 연극에서 배역을 정하는 데 극작가의 입김이 어느 정도 작용하는지도 알아봐야 했다. 다행히 연출가 못지않은 캐스팅 파워를 가졌다는 그녀의 대답에 나는 본론으로 들어갔다.

"그게, 영화판을 전전하는 동갑내기 친구 하나가 있거든요. 혹시 걔가 해볼 만한 배역이 없을까 해서…… 나중에라도 좋으니까요." 괜히 심장이 두근댔다. 마치 시험 결과를 기다리는 기분이었다.

극작가가 담배 한 개비를 꺼내 물더니 승리의 경력에 대해 물어왔다.

단역만 이것저것 해본 모양이라고 나는 솔직하게 털어놓았다. "대학도 안 다니고 계속 오디션만 보러 다니는데 잘 안 되는 거 같더라고요……."

"그럼 우리 집에 한번 들르라 그래." 그녀의 입에서 뿜어져 나온 담배 연기가 뭉게구름처럼 사방으로 퍼져나갔다. "연기랑 목소리 톤을 좀 봐야 하니까."

"정말요?" 어렵게 꺼낸 부탁인데 대답이 너무 쉽게 돌아와서 나는 어안이 벙벙했다.

"실은 나, 해진 씨한테 늘 고마웠어. 원래는 안 되는데 배달해주는 게 어디 쉬워? 아마 속으로 고집 센 무식한 여자라고 맨날 욕했을 거야, 그지?" 그녀의 묘한 웃음이 나를 꿰뚫어 보는 듯했다.

나는 손까지 내저어가며 아니라고 했다. 하지만 그녀가 내 말을 믿는 것 같지는 않았다. 그러니까 그동안 극작가는 내 불만을 모른 척했을 뿐이지 몰랐던 게 아니었다. 갑자기 그녀로부터 배달 전화가 올 때마다 툴툴댔던 내가 부끄러워졌다. 게

다가 조금 전 편지 심부름을 피하려고 펼친 작전까지 떠올라 더 그랬다.

그래서 나는 이렇게 말했다. "공짜로 해준 것도 아닌데요, 뭘⋯⋯."

점점 더 미안한 마음을 갖게 하려는 작정인지 그녀의 호의가 계속 이어졌다. "그 말도 안 되는 걸 해주는 해진 씨 보면서 언젠가 보답해야지 생각하고 있었어." 재떨이에 담뱃재를 털어내고는 아무튼 갚을 기회가 생겨 좋다고 했다. "아, 근데 아직 모르는 거다? 보고 아니다 싶으면 바로 아웃시킬 수 있으니까."

"당연하죠. 친구한테는 그 점도 꼭 말해둘게요. 다시 한번 감사드려요." 나는 그녀에게 감사의 의미로 고개를 숙였다.

극작가가 이름 정도는 미리 알아두는 게 좋겠다면서 그 친구 이름이 뭐냐고 물었다.

나는 미리 웃어 보이며 대답했다. "안승리요. 이름이 좀 암울하죠?"

"응?" 내 말뜻을 이해하지 못한 그녀가 고개를 갸웃거렸다.

나는 그녀의 의문은 내버려두고 다른 설명을 덧붙였다. "그리고 그 친구, 좀 이상한 복장으로 나타날지 몰라요. 그래도 지극히 정상적인 친구니까 너무 이상하게 보진 말아주세요."

극작가가 또다시 고개를 갸웃거렸다. 나는 그저 웃어 보이고는 오피스텔을 나왔다. 그리고 자전거에 올라탄 다음에야 알게 되었다. 오늘은 그녀의 집 시계 초침 소리가 예전만큼 거

슬리지 않았다는 걸. 시간의 소음에 나도 점점 적응되어간다는 뜻이었다.

*

배달을 마치고 와보니 편의점에 마크가 와 있었다. 편의점에서 컵라면 먹는 게 좋다며 일주일에 두 번은 꼭 '불면증'에 들르는 영국 남자 마크. 컵라면을 너무 자주 먹는 것 같다고 잔소리해도 마크는 내 말을 잘 듣지 않았다. 방금 온 모양인지 마크가 컵라면의 비닐 포장을 뜯으며 나에게 건성건성 인사를 건넸다. "해진 왔어?"

"응, 안녕."

"해진은 나 컵라면 먹으러 올 때마다 자리 비우고 없더라?" 마크가 라면 수프를 뜯으며 말했다. "도둑놈이 물건 훔쳐 가면 어쩌려고 그래. 그러다 사장 아저씨한테 혼나."

"지금 나한테 잔소리하는 거야?" 내가 투덜댔다.

"응. 해진도 나한테 잔소리하잖아." 마크는 지금 컵라면 좀 그만 먹으라는 내 오랜 꾸중을 지적하고 싶은 것이다. 여자친구도 아닌데 볼 때마다 자기가 제일 좋아하는 걸 먹지 말라고 하니 그럴 만도 했다.

마크는 편의점에 오면 컵라면을 꼭 두 개 집어 들었다. 한 개로는 양이 부족하다면서. 먹는 방식은 컵라면 한 개의 내용

물을 다른 한 개에 몰아넣고, 분말수프를 한 개 반 정도 넣은 다음 물을 뚜껑에 닿을 정도로 부었다. 한국에서 먹어본 음식 중에 컵라면만큼 맛있는 건 못 봤다는 마크는 오늘도 컵라면 두 개로 끼니를 해결할 생각이다.

마크가 컵라면 용기에 뜨거운 물을 한가득 붓고는 라면을 아슬아슬하게 테이블로 옮겼다. 자리에 앉자마자 그는 미리 맞춰둔 핸드폰 타이머를 작동시켰다. 마크는 컵라면 조리에 필요한 3분만큼은 철저히 지켰다.

핸드폰을 들여다보며 3분이 지나길 기다리는 그에게 물었다. "마크, 요즘 몸은 어때?"

마크가 나보다 열 살이나 많았지만 우리는 서로 반말을 했다. 그가 원해서다. 그에게는 여전히 한국의 존댓말이 까다로웠다.

그가 타이머에 시선을 고정한 채 대답했다. "좋았다 안 좋았다 해. 내일부터는 다시 인천공항까지 가보려고. 의사 말 들어야지."

사장한테 전해 듣기로 마크가 한국에 온 건 7년 전이라고 했다. 친구 세 명과 배낭여행 중이던 마크는 한국에 사나흘 머물렀다가 일본으로 떠날 계획이었다. 일본 여행을 마친 뒤에는 호주와 싱가포르를 거쳐 다시 영국으로 돌아갈 예정이었다. 하지만 이상했다. 한국 여행을 끝내고 인천공항으로 들어선 마크는 태어나 한 번도 경험해보지 못한 징후를 느꼈다. 그것은 뭐라 설명할 수 없는 신체 이상 반응이었다. 처음에는 이러다 괜찮아지겠지 싶었다. 그런데 탑승 수속을 끝내고 출국장으로 들어서려는 순간 또다시 극심한 심장 두근거림과 함께 호흡곤란과 가슴 통증이 찾아왔다. 머릿속이 아찔해지면서 곧 죽을 것만 같았다. 이대로 비행기에 올랐다가는 살아남지 못할 거란 공포가 덮쳤다고 했다. 그것은 초조와 불안을 넘어선 극한의 두려움이었다. 여행을 망치고 싶지 않았던 마크는 일단 친구들을 일본행 비행기에 태워 보냈다. 그리고 7년이 흘렀다. 곧 뒤따라가겠다는 친구들과의 약속을 끝내 지키지 못한 그. 인천공항과 비행기를 떠올릴 때마다 가슴 두근거림과 호흡곤란으로 7년이란 세월을 한국에서 살아야만 했던 그. 마크 본인도 어찌할 수 없는 몸의 이상 반응은 외국인등록증—한국에 관광 목적으로 들어온 터라 발급 요건이 안 되었지만 건강상의 문제가 받아들여져 발급받게 된 인도적 차원의 외국인등록증이었다—을 발급받아 체류를 이어가게 했다. 그렇게 이어진 시간이 어느새 한국어를 마스터할 정도의 세월이 되었다. 그동안 영국으로 돌아가기 위한 노력이 없었던 건 아니라고 했다. 정기적인 심리 상담과 인지행동 치료를 비롯해 약물 치료를 받은 뒤에는 상태가 호전되었다. 그럴 때는 당장 비행기를 탈 수 있을 것 같았고 마크는 그 용기로 인천공항행 리무진 버스에 올라타기를 반복했다. 하지만 버스가 공항에 가까워지고 시야에 비행기가 보이기만 하면 공황

발작이 스멀스멀 올라왔다. 배로 돌아갈까도 생각해봤지만, 안타깝게도 배를 떠올렸을 때 느낀 공포는 비행기와 별반 다르지 않았다고 했다.

3분이 지났는지 마크의 핸드폰 타이머가 종료음을 냈다. 컵라면에서 훈김이 올라왔다. 마크는 국물부터 후루룩 들이켜고는 능숙한 젓가락질로 면을 흡입하기 시작했다. 라면에는 배추김치보다 열무김치가 제격이라며 컵라면을 살 때만큼은 꼬마 열무김치도 함께 집어 들었다. 라면에 열무김치를 올려 먹는 걸 보면 마치 한국 사람이 다 된 것 같았다.

마크의 라면 국물은 그새 새빨개진 상태였다. 마크는 남은 열무김치를 국물에 담가 씻어낸 다음 남김없이 다 먹어치웠다. 그럴수록 라면 국물은 더 새빨개졌다.

많이 짜졌을 국물을 마크가 들이켜려고 하자 어쩔 수 없이 나는 또 잔소리를 했다. "마크, 국물은 그만! 짠 거 많이 먹으면 건강에 안 좋아."

아깝게 이 맛있는 걸 어떻게 버리냐며 마크가 슬금슬금 내 눈치를 살폈다. "물 많이 마시면 되니까 괜찮아. 해진, 잔소리 너무 심해." 그러고는 양쪽 눈썹을 시무룩하게 내렸다.

마크의 저런 투덜거림을 볼 때마다 나는 그가 한국을 떠나지 못하는 이유가 공황발작이 아니라 정말로 저 매콤한 컵라면 때문일지 모른다는 생각이 들었다. 농담이 꼭 농담이란 법은 없었다.

내 말을 들을 리 없는 마크한테서 그만 관심을 끄고 편의점 통유리 가까이 다가가 밖을 내다봤다. 이때쯤 만초 씨가 나타나 편의점으로 들어와주면 좋을 텐데……. 나는 다른 사람 눈에도 만초 씨가 보이는지 마크를 통해 확인해보고 싶었다. 만초 씨는 다른 사람 눈에도 자기가 보일 거라고 했지만 어쨌든 확인이 필요했다. 그런데 만초 씨는 나타나지 않고 대신 한동안 뜸하던 꽃순이 할머니가 편의점으로 들어왔다. 여든 살 꽃순이 할머니는 말보로 담배와 카프리 병맥주를 좋아했다. 평생 독신으로 살아온 할머니는 젊었을 땐 술집에서 일했고, 나이 들어서는 결코 망할 것 같지 않은 어느 식당의 주방 구석에서 오로지 설거지만 했다. 꽃순이 할머니는 거나하게 취기가 올라오면 누구든 붙잡고 "세상에서 제일 맘 편한 직업이 뭔지 알아?" 하고 묻곤 했다. 뭐냐는 되물음에 할머니의 대답은 늘 똑같았다. "주방 설거지여 설거지. 설거지는 깨끗이만 하면 아무도 뭐라 안 하거든." 몸 파는 일이 지겨워 사십대 이후로는 사내도 안 만나고 고행하듯 설거지만 해왔다는 꽃순이 할머니. 할머니가 유일하게 할 줄 아는 농담은 "그래도 사십대 이후의 내 삶은 숫처녀였어, 숫처녀"였다. 그런 할머니의 오른쪽 귀밑과 양쪽 손목에는 장미꽃 문신이 새겨져 있었다. 작부의 삶이 시작된 스무 살 무렵에 그려 넣은 거라고 했다. 한때는 싱싱했을 장미꽃 세 송이는 주름진 살가죽과 함께 늙어가다가 지금은 늘어진 모양으로 시들시들해진 상태였다.

"나 말보로 빨간 거 하나랑 카프리 한 병 줘." 꽃순이 할머니가 5만 원짜리 지폐 한 장을 계산대 위에 내려놓고는 숨찬 목소리로 말했다.

할머니는 맥주를 마실 때는 편의점 밖에 놓인 파라솔 테이블로 갔다. 한겨울 날씨에도 그 규칙은 어기지 않았다. 나는 거스름돈과 말보로 한 갑과 카프리 맥주 한 병을 들고 할머니를 따라 나갔다. 맥주 마개는 미리 병따개로 땄다. 맥주를 병째 마시는 할머니에게 컵은 필요 없었다.

꽃순이 할머니가 파라솔 테이블 앞에 다리를 꼬고 앉았다. 할머니 손이 몸뻬 바지 속으로 들어갔다. 은빛 듀퐁 라이터를 꺼내려는 것이다. 엄지손가락으로 뚜껑을 밀어 올릴 때마다 깊고 청아하게 울려 퍼지는 소리는 언제 들어도 좋았다. 소리가 재밌어서 나중에 곡 작업하게 되면 꼭 한번 넣어보고 싶다 했더니 할머니가 나한테 "빌려주랴?"라고 했던 게 생각났다. 오래전 일이라 꽃순이 할머니도 그걸 기억하는지는 잘 모르겠다.

할머니가 엄지손가락으로 라이터 뚜껑을 밀어 올렸다. '띠잉~' 하는 소리가 아주 은은하게 울려 퍼지다가 사라졌다. 듀퐁 라이터는 할머니가 가진 유일한 명품인데 젊었을 때 돈 많은 애인한테서 받은 거라고 했다. 서른 살 생일 선물로 받았다고 했으니 50년은 된 물건이었다.

할머니가 긴 한숨과 함께 담배 연기를 맛깔스럽게 뿜어냈다. 그런데 왜 자꾸 꽃순이 할머니와 내 행운의 여신이 겹쳐 보이는지 모르겠다. 자랑 대마왕 말대로 정말 술집에 나가는 거라면 앞집 여자의 50년 후 모습은 꼭 저럴 것만 같았다. 저렇게 길가에 앉아 담배를 피우며 까마득했던 젊은 날의 미모를 자랑하고 있을 것만 같아 나도 모르게 괜히 슬퍼졌다.

"붉은 장미라고 하면 그 바닥에서 나 모르는 사람 없었다니까. 나 스무 살 때 미스코리아 대회가 시작됐는데, 그때 사람들이 나만 보면 거기 나가보라고 난리였잖아."

꽃순이 할머니의 말에 나는 기계적으로 반응했다. "네, 네."

누가 들어주든 말든 혼자 중얼중얼대는 게 유일한 낙인 꽃순이 할머니. 처음엔 멋모르고 다 들어줬더니 사장이 나에게 저건 그냥 혼잣말이니 신경 쓸 거 없다고 했다. 그래서 나는 거스름돈을 카프리 맥주병으로 눌러놓고 편의점 안으로 들어갔다. 사실 이미 다 들었던 내용이라 나한테는 새로울 것도 없었다.

마크의 행복한 식사가 끝났다. 그가 컵라면 국물을 말끔히 비우고 자리에서 일어났다. 라면 국물 통에 버릴 찌꺼기 하나 없었다. 내 입에서 나올 잔소리가 신경 쓰였던 마크가 음료 냉장고에서 생수 한 병을 꺼내 계산했다. 그래도 내 눈치가 보이는지 "나 물 많이 마실 거야. 이러면 됐지?"라고 했다.

나는 두손 두발 들었다는 뜻으로 고개를 절레절레 흔들었다. 그리고 생각났다는 듯 마크에게 말했다. "아참, 마크, 조만간 마크 앞으로 편지가 올 거야."

"나한테? 누가? 왜?" 마크 이마에 주름 세 개가 잡혔다.

뭐라 설명해야 할지 몰라 그냥 이렇게 둘러댔다. "나도 잘은 모르는데 아무튼 그런 게 있어. 편지 오면 답장 써줄 수 있지? 한글 읽고 쓰는 거 잘하잖아."

"응, 나 잘해. 근데 무슨 편지인지 모르겠지만 여자였으면 좋겠다." 마크가 바보처럼 웃었다.

나중에 실망할까 봐 여자는 아니니 기대는 말라고 했다. 그리고 편의점을 나서는 마크를 향해 응원의 인사를 건넸다. "아무쪼록 인천공항 가는 거 성공하길 바랄게."

"해진 잔소리 때문에라도 나 한국 뜰 거야. 해진, 안녕." 마크 목소리에는 결기마저 느껴졌다.

그때 눈 밑이 시꺼먼 사장이 편의점으로 들어왔다. 마크의 말을 뒷부분만 들은 사장이 놀란 눈으로 마크에게 "마크 씨, 드디어 영국 가는 거야?" 하고 물었다.

마크가 웃음기 띤 얼굴로 사장을 향해 말했다. "응, 해진 덕분에 나 영국 가게 될 거 같아. 사장 아저씨도 안녕히 계세요."

사장의 어리둥절한 표정에 나는 말없이 웃었다.

아무도 설명해주지 않는 그 상황이 멋쩍어진 사장이 파라솔 테이블에 앉은 꽃순이 할머니를 쳐다봤다. "저 어르신 오랜만이네." 그러고는 연거푸 하품을 해대며 물품 창고로 들어갔다.

기분 탓인지 오늘 사장은 다른 날보다 더 수척해 보였다.

　재고 확인과 편의점 점검이 끝나면 바로 자전거에 오르던 사장이 오늘은 웬일로 움직임이 굼떴다. 유통기한이 지난 바나나우유에, 역시 유통기한을 갓 넘긴 삼각김밥을 먹어치운 뒤에도 마찬가지였다. 부쩍 피곤해 보인다는 내 말에 사장이 평소에는 잘 앉지도 않던 테이블에 앉기까지 했다.

　그가 남은 바나나우유에 피로회복제를 삼키며 한숨을 내쉬었다. "예전엔 그래도 두세 시간씩 눈을 붙였는데 어떻게 된 게 요즘엔 그마저도 쉽지가 않네……."

　이참에 승리가 베고 잔다는 그 베개에 대해 운을 떼보기로 했다. 반응이야 안 봐도 뻔하지만 사장의 잠을 위해서라면 뭐라도 하고 싶었다. "사장님, 제가 베개 하나 선물해드릴게요."

　"웬 베개?"

　"잠을 잘 오게 하는 베개가 있대요. 제 친구도 불면증이 있었는데 그걸 벤 뒤로는 잠을 지나치게 잘 잔대요."

　"그걸 믿어?" 역시나 사장의 말투에는 불신이 먼저 끼어들었다.

　"처음엔 목이랑 어깨가 아파서 잠을 좀 설치긴 해도 적응되면 진짜로 잠이 오긴 온대요. 높이 조절도 가능하고……."

　내 말이 채 끝나기도 전에 그가 손사래를 쳤다.

　"정말이라니까요. 저번에 밖에서 담배 피우던 수녀복 입은 애 본 적 있죠? 그 애가 제 친군데…….”

사장이 내 말을 가로챘다. “그렇지? 진짜 수녀가 아니었지? 그래, 어쩐지 좀 이상하더라니. 근데 그 친구는 왜 그러고 다닌대?”

“얘기하자면 긴데…… 그냥 피치 못할 사정이 좀 있어서요. 일종의 변장이랄까 코스프레랄까…… 아무튼 그 친구가 그 베개만 베고 자는데 정말 잠이 술술 온다네요? 어딜 가든 그걸 갖고 다닐 정도로요.”

순식간에 그가 나를 상술에 놀아나는 사람처럼 보는 게 느껴졌다.

그에 질세라 나는 거짓말로 응수했다. “인터넷으로 주문해놨으니까 제 선물이라 생각하시고 받기예요? 발송된 상태라 취소도 못 해요.”

사장이 난감해하는 목소리로 말했다. “너무 애쓰지 말라니까……. 일단 알았어. 해진 씨 마음 생각해서 베긴 벨게. 근데 너무 기대는 마. 결과는 뻔할 테니까.” 여전히 기대라곤 찾아볼 수 없는 반응이었다.

그래도 나는 끝까지 희망적인 말을 보탰다. “저희 엄마가 자주 쓰는 말이 있는데, 어느 구름에서 비가 올지는 아무도 모른댔어요.”

“그렇다고 베개에서 비가 내릴까…….” 사장이 짧은 한숨을 뱉어내며 자리에서 일어났다. “난 이만 2호점에 가봐야겠다.”

편의점을 나서는 그의 양쪽 어깨가 힘없이 내려앉았다. 예의 바른 사장은 꽃순이 할머니에게 허리를 굽혀 인사를 하고는 자전거에 올라탔다. 멀어져가는 그의 등에서도 무거운 피로감이 느껴졌다.

그나저나 우리는 언제쯤 그 봄날의 잔상에서 벗어날 수 있을까. 저 꽃순이 할머니 나이에 이르러야 겨우 희미해지는 건 아닐까. 어떤 기억의 상처는 때로 너무 고집스러우니까. 마음 같아서는 베개에서 비가 내리는, 정말 말도 안 되는 일이 사장에게 일어났으면 좋겠다.

아르바이트 시간이 끝나갔다. 콜라를 사러 올 줄 알았던 김만초 씨는 끝내 나타나지 않았다. 그래서 조금 심심했다. 어쩌면 "심심해서 그러는데, 저랑 놀아줄래요?"라는 말은 내가 만초 씨에게 하고 싶었던 것인지도 모르겠다.

나는 그가 좋았다. 그의 온도가 좋았고, 차가운 검은색 공기와 그림자를 닮은 그의 실루엣이 마음에 들었다. 만초 씨는 분명 인간이 아니었다. 그렇다면 적어도 내가 아는 방식으로는 죽지 않을 거란 생각이 들었다. 어쩌면 그에게는 아예 죽음이란 말 자체가 없을 수도 있었다. 자신이 언제 왜 생겨났는지 모르는데 어떻게 죽음을 알겠는가. 죽음은 생명을 전제로 한다. 그러니 아마 그는 죽지도 않을 터였다.

사람인 듯 사람이 아닌 사람이 죽지도 않고 계속 내 옆에 있어준다는 건 아주 매력적이었다. 나는 살아 있는 뭔가를 먼저 떠나보내야 하는 삶이 두렵고 싫었다. 그게 내가 개나 고양이를 기르지 않으려는 이유였다.

*

자전거를 타고 집으로 향했다. 맨홀을 피해 모퉁이를 돌았다. 두 번째 모퉁이를 돌 때 좋지 않은 생각이 끼어들자 자전거 핸들을 돌려 두 번째 모퉁이로 다시 돌아갔다. 혹시나 지나가는 사람들이 이상하게 쳐다볼까 봐 뭔가 찾고 있는 사람처럼 주변을 두리번대다 두 번째 모퉁이를 깔끔하게 통과했다.

자전거는 다시 속옷가게와 분식집을 거쳐 치킨가게를 지나쳤다. 그런데 치킨가게 앞에 세워진 자동차가 내 눈을 잡아끌었다. 자동차 번호판 숫자가 '7777'이었다. 자전거를 탄 채 뒷걸음질로 그 차 가까이 다가갔다. 그리고 아무도 보지 않는 틈을 타 손으로 얼른 번호판을 만져보고는 다시 자전거 페달을 밟았다.

도망치듯 내빼려는 순간 등 뒤에서 목소리가 들려왔다. "그러다 오늘 안으로 집에 가겠어요?"

소리에 놀라 브레이크를 잡았다. 뒤를 돌아보니 자전거 짐받이에 앉아 있는 만초 씨가 보였다. 반가움에 내가 "어? 언제 탔어요?" 하고 물었다.

그가 기분 좋은 목소리로 말했다. "자전거라는 것도 꽤 재밌네요." 언제 탄 거냐고 재차 묻자 그가 수줍게 대답했다. "해진 씨가 편의점에서 막 출발했을 때요."

너무 가벼워서 눈치를 못 챈 모양이었다. 그가 나에게 가던 길을 재촉하더니, 근데 차 번호판은 왜 만진 거냐고 의문스레 물어왔다. 창피하게 또 들켜버린 것이다.

나는 그럴싸한 이유를 갖다 댔다. "7777이잖아요. 우리한테 '7'은 행운의 숫자예요. 저걸 만지면 왠지 좋은 일이 생길 거 같아서요." 그리고 저런 번호판은 흔히 볼 수 있는 게 아니라는 말로 내 행동이 일반적인 것처럼 보이려 애를 썼다.

그가 아쉽다는 듯 "그럼 나도 한번 만져보는 건데……"라며 말꼬리를 흐렸다. 그래서 내가 "다시 돌아갈까요?" 했더니 그가 고개를 가로저었다. 그러고는 나에게 방금 돌아가는 것도 하지 않으면 안 되는 행동 중의 하나냐고 물었다.

괜히 부끄러워져서 나는 말을 얼버무렸다. "네, 뭐……." 그런데 왠지 기분이 좀 이상했다. 뭐랄까. 내 심장이 뭔가를 마구마구 좋아하고 있는 느낌이었다. 예전에 홍대 카페에서 해진 선배를 처음 만났을 때의 감정과 비슷하달까. "근데 그거 알아요? 만초 씨는 마치 재채기 같아요."

"왜요?"

"언제나 예고도 없이 불쑥불쑥 나타나는 게 꼭 그래요." 나는 고개를 돌려 그를 한번 쳐다봤다.

그러자 그가 일부러 "에취!" 하고 재채기를 했다. 별거 아닌 일에 괜스레 웃음이 나왔다. 그래서 나는 뱃가죽이 찢어질 정도로 웃고 또 웃었다. 그 순간 나는, 그가 그림자든 실루엣이든 별 상관 없다는 생각이 들었다. 그가 나타나면 그래도 한 번씩 웃게 되니까 그냥 그걸로 좋았다.

집에 거의 다 왔지만 나는 집과 반대 방향으로 자전거 핸들을 꺾었다. 그가 재밌어하는 자전거를 좀 더 태워주고 싶은 마음에서였다.

기분이 좋은지 아까부터 만초 씨 입에서는 콧노래가 흘러나왔다. 한 번도 들어보지 못한 멜로디 같아 무슨 노래냐고 물었더니 자기도 모른다고 했다. 그냥 나오는 대로 대충 흥얼거려봤다는 그의 말에는 수줍음이 묻어났는데, 나는 그의 그런 쑥스러움마저 좋았다.

집으로부터 멀어진 자전거는 골목과 골목 사이를 빠져나갔다. 모퉁이를 돌 때 자전거가 옆으로 기울어지면 그는 양손으로 내 허리를 꽉 부여잡았다. 그럴 때마다 옆구리가 시원해졌다. 그러니까 무게감이 느껴지지 않아도 그의 감각은 충분히 나에게 전달되고 있었다.

잠시 콧노래를 멈춘 그가 봄바람 같은 어투로 물었다. "해진 씨는 편의점 알바 말고 나중에 뭘 해서 돈을 벌고 싶으세요? 아, 인간들은 그런 걸 꿈이라고 한다죠? 맞죠?"

완전히 틀린 말은 아니라고 했다. "음, 제 꿈은 음악을 만드는 거예요. 방금 만초 씨가 흥얼거린 그런 거요."

"정말요?" 그의 목소리 톤이 한 단계 높아졌다. "음악이란 건 눈으로 볼 수 없는 유일한 예술이잖아요." 무형의 것을 만들어 낸다는 건 아주 멋진 일이라며 그가 나를 아주 대단한 사람인 것처럼 추켜세웠다.

한껏 기분이 좋아진 나는 다시 그에게 집중했다. "그럼 만초 씨는요? 꿈이 있나요? 아참, 그 전에 콜라 사 먹을 돈은 어디서 어떻게 버는 거예요?"

말하기를 좀 주저하다가 그가 입을 뗐다. "실은 저, 바닷가에서 동전을 주워요. 일주일에 한두 번요." 그나마 그것도 음식 맛을 알게 되면서부터 줍기 시작한 거라고 했다. 집이나 옷이 필요한 게 아니어서 그에게는 그 정도로도 족했다. "해변의 피서객들은 쓰레기만 버리고 가는 게 아니더라고요."

"그럼 만초 씨는 아예 꿈이란 게 없나요?"

"뭐, 그런 셈이네요." 그가 멋쩍게 웃었다.

"외롭겠네요."

"꿈이 없으면 외로운 건가요?" 그가 자못 심각하게 물었다.

"아무래도요."

"그렇다면 저도 꿈이라는 거 가져볼 수 있을까요? 아니, 그 꿈을 가지려면 제가 뭘 어떻게 해야 하죠?" 그는 뭔가 간절해 보였다. 정말로 꿈을 가져보고 싶은 것 같았다.

그래서 나는 어렵지 않다는 투로 말했다. "그냥 간절히 바라는 게 생기면 돼요. 음, 한 가지 조언을 드리자면 꿈을 꼭 돈과 관련짓지 않아도 돼요. 만초 씨는 돈을 별로 필요로 하지 않으니까 꿈이 생긴다면 그 꿈은 아마 가장 순수한 게 될 거예요."

"그럼 저도 만들 수 있을 거 같네요. 꿈이라는 거……." 그가 해사하게 웃었다.

나중에라도 꿈이 생기면 얘기해달라니까 그가 흔쾌히 그러겠다고 했다. 내내 심각하기만 하던 그의 목소리가 가벼워져서 덩달아 내 마음도 편안해졌다.

자전거가 한 초등학교 앞을 지나갔다. 운동장에는 아무도 없었다. 인조 잔디 주변을 둘러싼 우레탄 트랙을 몇 바퀴 돌고 가면 좋을 것 같아 교문으로 들어섰다. 트랙을 다섯 바퀴 정도 돌았더니 만초 씨가 푸른 잔디에 누워보고 싶다며 좀 세워달라고 했다. 진짜 잔디가 아니어서 풀 냄새가 안 날 거라고 했지만 그래도 괜찮다기에 브레이크를 잡았다. 자전거에서 내린 그가 운동장 한가운데로 걸어 들어가더니 잔디 위에 벌러덩 드러누웠다. 그래서 나도 그 옆에 따라 누웠다. 하늘 전체가 한눈에 들어왔다. 오로지 하늘만 보이는 시야가 아름답고 평화로워서 심장이 뭉클해졌다. 좋은 걸 보고 있으면 나도 모르게 종종 그랬다.

"참 좋아요, 그죠? 하늘이란 거……." 그가 숨을 깊게 들이마시고 나서 말했다.

"맞아요. 보고 있으면 뭔가 편안해지는 게……." 이대로 스르르 잠이 들어도 좋을 것 같았다.

때마침 살랑살랑 이는 바람이 내 뺨을 스치고 지나갔다. 바람의 감촉이 좋아 나는 두 눈을 감았다 떴다. 바람과 구름과 봄의 오후가 온몸에 전해질수록 살아 있다는 게 새삼스럽게 느껴졌다. 그런데 이런 감정을 누군가와 함께 나누다니……. 그 사실이 마냥 좋아 나는 그와 함께할 만한 일이 또 뭐가 있을까 생각했다. 그러다 극작가 백수진한테서 받은 연극 티켓이 떠올랐다.

떠오른 김에 그에게 말했다. "저기, 우리 연극 보러 안 갈래요? 공짜 표가 생겼는데 이달 내로 안 가면 휴지 조각이 돼버리거든요."

모레는 어떠냐니까 그가 무조건 좋다고 했다. 그럼 모레 이 시간에 편의점 앞에서 만나자 하고는 그에게 덧붙였다. "그날 만두하고 초밥 싸 갈게요. 그쪽 이름이 된 그거요."

"정말요? 그러잖아도 맛이 궁금했었는데 그 만초라는 거. 김만초…… 이 이름 정말 맘에 들어요." 그가 깍지 낀 손으로 자기 머리를 받치고는 이번엔 유유히 휘파람을 불었다. 역시나 처음 들어보는 멜로디였다.

그가 부는 휘파람이 신기해서 그의 입을 멍하니 쳐다보고 있는데 한 여자아이가 교문으로 향하는 게 보였다. 어깨에 멘 책가방과 손에 든 실내화 주머니가 버거워 보이는 것이 다름이

또래로 보였다. 나는 가만히 자리에서 일어나 그 여자아이에게
달려갔다.

그러고는 아이에게 물었다. "안녕, 이 언니가 뭐 하나만 물
어봐도 될까?"

"네." 또랑또랑한 아이의 눈이 나를 향했다.

나는 아이의 귓가로 몸을 숙여 말했다. "혹시 네 눈에도 저
운동장에 누워 있는 사람이 보이니?"

여자아이가 내가 가리킨 쪽을 쳐다봤다. 아이가 고개를 끄
덕이며 대답했다. "네, 보여요. 까매요. 근데 코끼리 같아요. 나
코끼리 진짜 좋아하는데."

"뭐? 코끼리?"

"네."

"코끼리란 말이지……. 근데 네 눈엔 이상해 보이지 않니?"

"코끼리는 이상하지 않아요. 멋지지!"

당황한 나는 여자아이에게 다시 질문을 던졌다. "어, 그렇
지. 안 이상하지……. 그럼 이 휘파람 소리도 들리니?" 나는 귀
를 기울여보라는 듯 내 귀에 손을 갖다 댔다.

아이가 대답했다. "네, 들려요."

"그, 그래 고맙다. 안녕, 잘 가." 나는 아이를 향해 손을 흔들
었다.

그의 말대로 그는 정말 나한테만 보이고 들리는 존재가 아
니었다. 그건 그렇고 아이들 눈에는 그가 다르게 보이는 모양

이었다. 정말 알다가도 모를 정체였다. 다른 사람에게도 그가 보이고, 그래서 누군가에게 그를 소개해야 한다면 어떻게 해야 할까? 그 생각을 하자 잠깐 머릿속이 복잡해졌다. 하지만 나는 그를 설명하고 싶지 않았다. 딱히 미사여구를 쓰지 않더라도 그가 다른 사람에게 그냥 자연스러웠으면 좋겠다. 방금 저 아이의 경우처럼. 특별해지고 싶지 않다는 이유로 흔한 성씨를 원하던 그였다. 하지만 무슨 수로 그를 평범하게 받아들여지게끔 한단 말인가. 그런데 따지고 보면 보통이라는 건 남들 시선에 달린 문제일 뿐 그의 문제는 아니었다. 세상의 모든 이상한 것이 그러하듯 이상하고 이상하지 않고는 어디까지나 받아들이는 사람들의 몫이다. 그러니까 어쩌면 그는 누구에게나 그냥 김만초 씨가 될 수도 있었다. 나에게 그랬듯이.

나는 다시 만초 씨 곁에 누워 봄 하늘을 바라봤다. 그가 불어주는 휘파람 소리가 살랑바람을 타고 꽃잎처럼 흩날렸다.

만초 씨와 헤어진 나는 집으로 돌아갔다. 해변에 떨어진 동전을 주우러 가봐야 한다는 그는 나름 바빠 보였다.

골목길로 들어섰다. 모퉁이를 돌자 수녀복 차림의 승리가 보였다. 승리는 대문 앞에 쭈그려 앉아 핸드폰을 보고 있었다. 나는 승리 이름을 부르려다 말고 자전거 벨을 따르릉따르릉 울렸다. 고개를 쳐든 승리가 피우던 담배를 바닥에 비벼 *끄고*는 자리에서 일어났다. 오늘 오디션이 있다고 들었는데 표정을 보아하니 틀린 듯했다.

자전거에서 내려 승리에게 인사하려는데 나도 모르게 시무룩한 말이 먼저 나왔다. "이번에도 안 됐나 보네……."

"그렇지 뭐……." 승리가 신발 앞코로 시멘트 바닥을 툭툭 쳤다. "지네들끼리 소곤대는 거 들었는데 내 마스크가 자기 영화에 안 맞다나 뭐라나, 칫!" 승리의 입술이 삐죽거렸다.

나는 입에 발린 위로 대신 이렇게 말했다. "우리 집 대문 열쇠 하나 줄게. 나 늦을 때마다 쪼그려 있을 수 없잖아."

조금 기분이 풀린 승리가 나에게 부탁했다. "진심으로 나 위로하고 싶거든 내일 너희 편의점에서 에쎄 라이트 두 갑만 사다 주라."

다들 이상하게 쳐다봐서 더는 수녀 복장으로 담배를 못 사겠다는 것이다. 지금 이 상황에서 이러면 안 되는데 나도 모르게 그만 웃음이 터지고 말았다. 저 수녀복 차림으로 가게에 들어가 "에쎄 라이트 하나요"라고 했을 승리를 떠올리니 말이다. 불량스러운 수녀를 손님으로 맞은 가게 점원은 또 얼마나 황당했을까.

나는 간신히 웃음을 삼키며 승리에게 말했다. "그래, 넌 그 수녀복에 대한 예의를 좀 갖출 필요가 있어. 널 사채 새끼들로부터 보호해주는 만큼."

나는 열쇠로 대문을 열고 집으로 들어갔다. 승리가 그래 맘껏 웃어라, 하는 몸짓으로 따라 들어왔다. 그리고 현관문을 열고 거실로 들어선 뒤에야 아껴둔 소식을 전했다. 잘하면 너 연극 무대에 오를지 모른다니까 내내 침울해 있던 승리가 놀란 눈을 했다. 그게 무슨 소리냐는 되물음에 나는 아까 극작가 백수진과 나눴던 대화에 관해 얘기해나갔다. 내 말이 끝나기 바쁘게 승리가 고개를 틀더니 헛기침을 두어 번 했다. 애써 감추려 해도 승리의 촉촉해진 눈가가 내 눈엔 다 보였다. 저 친구도 계속되는 실패에 지쳐 있었던 것이다. 하긴, 좌절에 지치지 않을 사람이 세상에 어딨겠는가. 생각해보면 "그 나이는 모두 그럴 나이야"라는 말처럼 부당하고 폭력적인 건 없었다. 왜 모든 실패와 좌절은 우리 차지가 돼야 하는지 모르겠다. 실패란 녀석은 젊음과 청춘을 너무 호구로 보는 게 문제였다.

잔뜩 기대했다가 실망할 일이 생길 걸 염려한 나는 예방 차원으로 승리에게 말했다. "그렇다고 너무 기대는 마. 보고 아니다 싶으면 아웃시킨댔으니까."

"당연하지." 승리가 나 몰래 눈가를 훔쳤다.

나는 그런 승리를 못 본 척하기 위해 먼저 2층으로 올라갔다. 목조계단 가장자리가 오늘따라 고요했다. 계단도 침묵으로 우리를 응원해주려는 것 같았다.

바닐라에게 뽀뽀를 해주고 침대에 누웠다. 창문 모양을 한 가로등 불빛이 뒤틀린 채 벽에 걸려 있었다. 가로등 그림자는 이제 자연스레 만초 씨를 떠올리게 했다. 그의 집은 어디일까?

잠은 어디에서 자는 걸까? 그도 잠을 자면 꿈이라는 걸 꿀까? 만약 횡단보도를 건너다 차에 치이면 그는 어떻게 될까? 그리고 밤에 만나는 그의 모습은 어떨까? 밤의 색깔을 가져서 밤에는 눈에 잘 안 띄는 건 아닐까? 잠이 들 때까지 내 머릿속은 온통 그에 관한 물음표로 한가득이었다. 그래서 조만간 나는 승리에게 만초 씨를 소개할 생각이었다. 아까 학교 운동장에서 만난 여자아이가 그랬듯 그의 존재가 다른 사람한테도 자연스러울지 어떨지 궁금해졌기 때문이다. 설마 승리 눈에도 그가 코끼리처럼 보이는 건 아니겠지?

4장

오늘도 나는 2층 창가 커튼 뒤에 숨어서 앞집 여자를 바라봤다. 여자의 오늘 속옷 색깔은 연하늘색이었다. 그때 막 잠에서 깬 승리가 방문 사이로 빼꼼히 고개를 내밀었다. 승리는 바깥 동정을 살피고 나서야 어슬렁어슬렁 거실로 나왔다. 부스스한 머리를 쓸어 넘기며 욕실로 향하던 승리가 창가에 서 있는 나를 보고 다가왔다.

뭘 그렇게 몰래 훔쳐보냐는 승리의 물음에 나는 대답했다. "내 행운의 여신."

내 옆에 바짝 붙어 선 승리가 내 시선을 따라왔다. 속옷 차림으로 창가에 서서 담배 피우는 여자를 발견하고는 나를 이상하게 쳐다봤다. "너 여자도 좋아하니?"

"그런 게 아니고, 내 이상형." 나는 흐뭇하게 웃었다. "엄청 예쁘지? 몸매도 예쁘고."

저 언니를 본 하루는 액이 안 낀다니까 승리가 콧방귀부터 뀌었다. "설마, 우연이겠지."

내 부적 같은 믿음에 시큰둥하게 대꾸하는 승리에게 나는 다시 강하게 말했다. "정말이라니까! 난 다음 생에 태어나면 꼭 저 언니처럼 태어나고 싶어. 저런 얼굴로 살아가는 기분은 어떨까?"

"칫, 평범하구만. 저 정도 얼굴은 충무로, 아니 방송국 근처에만 가도 널리고 널렸어. 그리고 얼굴 예쁜 거 부러워할 거 하나 없다? 우리 엄마 말이, 예쁜 것들이 팔자가 더 세대." 승리의 반응은 여전히 시큰둥하기만 했다.

그럼 예쁘지도 않고 팔자도 센 나는 어떻게 설명할 거냐고 반박하고 싶었지만 관둔다. 여하튼 승리가 아무리 그렇게 말해도 나에게 그녀가 예쁘다는 건 세상에서 가장 분명한 진리였다.

앞집 여자를 보다가 생각난 김에 승리에게 물었다. "아, 근데 승리 너도 팬티랑 브래지어 세트로 맞춰 입니?"

"아니." 승리가 고개를 가로저었다. 예전에 자기도 몇 번 맞춰 입어봤는데 귀찮아서 잘 안 되더라고 했다. "그리고 팬티가 브래지어보다 먼저 떨어져서 저렇게 입고 싶어도 못 입어."

"그지? 근데 저 언닌 속옷을 매일 저렇게 맞춰 입는다?" 나는 마치 자랑하듯 말했다.

승리가 나를 물정 모르는 애 쳐다보듯 했다. "바보. 저건 연애 중이라는 증거야. 그것도 긴장감이 남아 있는 연애 중인 거지. 아마 내 말이 맞을걸?" 거의 확신하는 투였다.

"그런가?" 괜히 겸연쩍어진 나는 팔뚝을 긁적이며 말을 이었다. "근데 앞집 아줌마 말로는 술집에 나가는 거 같대. 진짤까? 네가 보기엔 어때?" 제발 너라도 아니라고 말해달라는 듯 내 간절한 눈빛을 승리에게 보냈다.

승리의 퉁명스러운 대답이 돌아왔다. "술집에 나가든 연애를 하든 그게 우리랑 무슨 상관이냐? 그리고 싹 다 뜯어고친 얼굴인지 알 게 뭐야. 야, 배고프다. 아침이나 먹자."

내 어깨가 시무룩하게 내려앉았다. 나름 영화판을 기웃거리며 예쁜 사람들을 많이 봐온 애라 저 정도 예쁨은 별로 감탄스럽지 않은 걸까? 아니면 혹시 질투하나? 에휴, 나처럼 고작 귀엽다는 소리나 듣고 살아봐야 내 심정을 알 테지.

담배를 다 피운 여자가 창가에서 사라졌다. 오늘 하루치의 행운을 얻어낸 나는 콧노래를 흥얼거리며 아래층으로 내려갔다.

승리는 가족이 모두 출근하고 없는 평일 아침 시간을 가장 편안해했다. 맘껏 돌아다닐 수 있어서였다. 냉장고를 열자 어제 팔다 남은 만두와 초밥이 꽤 되었다. 그런데 웬일로 오늘은 죄다 해물잡채만두뿐이었다. 나는 혼잣말로 "별일이네" 하고는 만두와 초밥을 식탁 위에 보란 듯이 올려놓았다.

해물잡채만두에 눈이 휘둥그레진 승리가 아직 데우지도 않은 만두를 집어 먹으며 되물었다. "별일이라니, 뭐가?"

나는 지금까지 해물잡채만두만 남은 경우는 한 번도 없었다고 했다.

무슨 이유인지 그 말에 승리는 나보다 더 놀란 듯했다. "네 말대로 정말 행운의 여신인가? 아까 그 앞집 언니?"

"뭐?" 너무 어이가 없어서 내 입에서는 헛웃음이 터져 나왔다. 앞집 여자를 고작 만두에 끌어다 붙일 줄은 몰랐기 때문이다.

승리가 뻔뻔하게 말했다. "흠, 나도 오디션 있는 날 저 언니 훔쳐봐야겠다."

방금까지 부정당하던 내 믿음이 고작 만두에 의해 되살아날 줄이야. 할 말을 잃은 나는 고개를 절레절레 흔들며 전자레인지에 만두를 데웠다.

승리가 따끈하게 데워진 만두를 허겁지겁 먹어치웠다. 나는 별로 입맛이 없어서 연어 초밥 세 개로 아침을 마무리 지었다.

생각난 김에 어제 승리에게 주기로 한 우리 집 대문 열쇠를 찾았다. 신발장 서랍에서 열쇠를 꺼내 승리에게 건네며 말했다. "너 오늘 자취방에 뭐 가지러 간댔지? 난 약속이 있어서 오늘 좀 늦을 거 같아." 오늘은 만초 씨와 연극을 보러 가기로 한 날이다.

승리가 젓가락으로 만두를 집으며 말했다. "걱정 마. 안 들키고 잘 들어올 테니까. 저녁 9시 전에만 들어오면 안전빵이잖아." 승리는 이제 우리 집에 대해 모르는 게 없는 것 같았다.

해물잡채만두라 그런지 오늘 승리의 먹는 속도가 그 어느 때보다 빨랐다. 저러다 얹힐까 싶어 보리차를 따라 만두 접시 옆에 내려놓았다. 나도 내 컵에 물을 따랐다. 그리고 보리차를 마시는 척하며 물컵 너머로 보이는 승리 얼굴을 살폈다.

잠시 망설이다가 미적미적 입을 뗐다. "저기 있잖아, 넌 이 세상에 뭔가…… 초자연적인 게 존재한다고 믿어?"

"뭐, 외계인 같은 거?" 승리 입으로 만두 두 개가 한꺼번에 들어갔다.

승리의 그 말에 나는 만초 씨가 외계인인가? 하고 자문했다. 외계인은 아닌 것 같아 말꼬리를 흐리며 말했다. "아니, 그런 건 아니고……."

"너 저번에도 나한테 그런 비슷한 질문 하지 않았어? 그림자 어쩌고 하면서."

"어, 그랬지……." 괜한 긴장감에 이번엔 진짜로 보리차를 벌컥벌컥 들이켰다.

"너 요즘 헛것 보이니?" 승리의 걱정스러운 눈빛이 나를 향했다.

내 입에서는 대답 대신 한숨만 새어 나왔다. "아니다. 만두나 먹어라."

막상 만초 씨의 존재를 밝히려니 용기가 나지 않았다. 역시나 그는 이상한 존재인 걸까? 나는 그만 식탁에서 일어나 나갈 준비를 서둘렀다. 오늘은 앞집 여자도 봤겠다, 좋은 날이 될 것이다.

엄마와 아빠 가게에 들렀다. 초밥 좀 종류별로 포장해달라는 말에 아빠가 친구들이랑 어디 놀러 가는 거냐고 했다. 놀고 먹는 주제에 연극이나 보러 다닌다고 한심해할까 봐 나는 다른 파트에 사정이 생겨 저녁까지 편의점을 봐주기로 했다고 거짓말을 했다. "저녁으로 먹으려고⋯⋯." 거짓말 때문인지 말끝이 흐려졌다.

엄마가 포장한 만두를 들고 아빠 가게로 건너왔다. 만두와 초밥을 종이봉투에 한데 담으며 엄마가 무심하게 물었다. "곡 만드는 건 하고 있는 거냐? 음반산가 기획산가에서는 아직 소식 없고?"

"어? 으응⋯⋯." 내 고개가 바닥으로 떨구어졌다.

종이봉투에 나무젓가락을 챙겨 넣어주던 아빠가 역시 무심한 말투로 한마디 거들었다. "어련히 알아서 잘할까. 그리고 해진이 이제 겨우 스물이야."

"누가 뭐래요?" 엄마가 아빠를 쏘아봤다.

나는 생각지 못한 엄마의 갑작스러운 질문에 당황하고 말았다. 아무도 들어주지 않는 별 시답잖은 음악을 만든다며 내 꿈에 늘 회의적인 반응을 보여온 엄마였다. 게다가 엄마는 내가 학교를 그만두고 대학도 안 다니는 만큼 남들이 한 발짝 내디딜 때 너는 두세 발짝은 내디뎌야 한다고 뼈 있는 잔소리를 해대는 사람이었다. 그런 엄마가 처음으로 나에게 무언가를 물어온 것이다. 하지만 아직 이렇다 할 성과가 없는 내게 엄마의 관심은 부끄럽고 민망할 뿐이었다. 기대한 적이 없는 뜻밖의 관심이라 더 그랬다.

갑자기 나는 엄마의 얼굴을 똑바로 쳐다보기가 창피해졌다. 그래서 만두와 초밥이 담긴 종이봉투를 집어 들고 얼른 가게를 나와버렸다.

멍하니 터벅터벅 걸어가는데 자꾸만 한숨이 새어 나왔다. 걷는 내내 나는 아무것도 되지 못한 나 자신이 초라해지는 걸 느꼈다. 엄마는 내심 기다려왔던 것이다. 그리고 궁금했던 것이다. 나의 내일과 가능성이. 거기에 희망적인 말 한마디 해주지 못한 내 처지가 너무 한심해서 화가 났다. 나는 얼굴만 못난 게 아니라 내가 가졌다고 믿는 가능성마저 못났다. 이러다 아무것도 아닌 채로 시간이 흘러가버릴까 봐 겁이 났다. 물론 스물은 절대적으로 젊은 나이였다. 하지만 그 나이를 온통 시행착오나 실패와 좌절로 탕진해버릴 수도 있는 일이었다. 내가 두려운 건 그것이다. 알 수 없는 내 미래가 결국은 내 노력과 상관없는 방향으로 정해져 있을까 봐. 어디에나 실패자와 낙오자는 있는 법이고 그게 내가 되지 말란 법은 없었다. 그러니 실패와 좌절에게 떼어줄 나이까지 고려한다면 스물은 결코 여유 부릴 나이가 아닌지도 몰랐다.

형편없는 나를 들켜버린 시간, 그 부끄러운 시간이 걸음 수만큼 쌓여갔다.

왼쪽 가슴팍에 '불면증'이라고 박힌 노란색 조끼를 입었다. 머리에 잡생각이 끼어들지 못하도록 손님이라도 좀 많으면 좋으련만 이럴 땐 또 한가했다.

계산대 앞에 멍하니 앉아 통유리 밖을 내다봤다. 나는 내 가능성에 의심이 들 때마다 선배가 나에게 해줬던 말들을 떠올렸다. "넌 장르에 대한 고집이 없어서 좋아. 그 얘긴 곧 모든 장르를 가지고 놀 수 있다는 뜻이거든." "두고 봐. 네가 가진 그 다양성이 널 성장시킬 테니까." "특히 넌 격정을 끝까지 끌어올릴 줄 아는 탁월한 재주를 가졌어." "이런 멜로디는 대체 어떻게 해서 나온 거니? 나 한 번씩 깜짝깜짝 놀란다? 저 녀석 혹시 천재 아닌가 하고?" 이제는 어렴풋해진 선배의 칭찬……. 하지만 선배가 나에게 해준 말들은 사실 나보다 선배에게 더 어울리는 것이었다.

살아 있다면 지금 스물둘의 삶을 살고 있을 해진 선배. 선배가 좋아 빨리 스무 살 대학생이 되고 싶었던 나. 그러기에 나는 해가 바뀔 때마다 문득문득 궁금해졌다. 선배에게 하기로 한 내 스무 살 고백은 어떻게 됐을지. 음악을 관두라던 아버지와의 갈등을 선배는 어떻게 해결했을지. 소영과 승훈 오빠는 어떻게 변해갔을지. 또 그들과 함께 살아낸 내 삶은 지금과 무엇이 달라졌을지. 부질없는 생각인 줄 알면서도 나는 이미 멈춰버린 그들의 나이를 해마다 더해보곤 했다. 그리고 그들의 오늘을 상상하다 또 울컥하고 만다.

생각이 깊어지면 암흑 같은 우울의 늪에 처박히게 된다. 거기에 발이 빠질까 봐 자리에서 일어났다. 화장실에서 밀걸레를 가지고 나와 편의점 바닥을 닦기 시작했다. 바닥은 깨끗한 상태였지만 그냥 문질렀다. 안 해도 되는 청소가 끝날 때쯤 아이스크림을 찾는 손님들이 연달아 들어왔다. 그 손님들 사이로 우체부 아저씨가 함께 들어와 알록달록한 편지 한 통을 내밀었다. 며칠 전 극작가 집에서 봤던 편지 봉투와 같은 것으로 봐서 다름이가 마크에게 보낸 편지임이 분명했다. 확인해보니 역시나 받는 사람 난에는 큼지막한 글씨체로 '영국 남자 어른, 마크 로한께'라고 적혀 있었다.

컵라면을 먹지 않는 날의 마크는 오후 3시쯤이면 '불면증' 앞을 지나갔다. 마크는 영어회화학원에서 원어민 강사로 일했다. 직장인을 대상으로 하는 학원이라 오후에 출근해서 밤늦게 퇴근했다. 괜한 호기심에 나는 알록달록한 편지 봉투를 허공으로 들어 올렸다. 밝은 곳에 비춰보면 속살이 좀 드러날까 싶었지만, 뭐가 그렇게 수줍은지 두꺼운 봉투는 아무것도 내보이지 않았다.

나는 녀석의 편지를 가방 안에 챙겨두고 마크가 나타나기를 기다렸다. 슬퍼진 탓인지 나도 문득 다름이 편지를 받아보고 싶어졌다. 그나저나 이번에 마크는 인천공항까지 가는 데 성공했을까?

*

편의점 맞은편에 있는 우체통에 기대어 마크를 기다렸다. 이 우체통에는 '79'번이라는 고유번호가 찍혀 있었다. 네 살 다름이에게는 꽤 어려웠을 숫자다.

핸드폰으로 시간을 확인했다. 오후 3시를 훌쩍 지나 아르바이트 시간이 끝나도록 마크는 나타나지 않았다. 이 시간에 만나기로 한 만초 씨도 어째 늦어지는 모양이었다.

기다리다 지친 나는 테트리스 게임을 했다. 내가 유일하게 할 줄 아는 모바일 게임이었다. 잘 맞춰진 테트리스 조각이 깨져 사라졌다. 내려오는 속도가 점점 빨라지고 단계 진입을 방해하기 위한 온갖 말도 안 되는 작전들이 튀어나왔다. 그사이 저만치에서 마크가 걸어왔다. 평소보다 두 시간이나 늦은 시간이었다. 잠깐 한눈을 팔았을 뿐인데 내 테트리스 조각들은 엉망으로 쌓여서 게임 오버가 되었다. 게임을 끄고 마크에게 달려갔다. 많이 늦은 것 같아 무슨 일이냐고 물으니 몸살감기가 왔다고 했다.

"환절기엔 늘 그래⋯⋯." 마크의 쉬고 갈라진 목소리에 기침이 더해졌다.

약은 먹었냐니까 마크가 간신히 고개를 끄덕였다. 나는 일단 그에게 다름이 편지를 건넸다.

마크가 미간을 찌푸리며 알록달록한 편지 봉투를 꼼꼼히 들여다봤다. "이게 그때 해진이 말한 그 편지야?"

"응." 나는 '79'번 우체통을 가리키고는 덧붙였다. "답장 쓰면 앞으로 저 우체통에 넣으면 돼. 다음번 편지는 직접 받을 수 있게 마크네 집 주소 적어서 보내는 거야, 알았지?"

"응. 근데 김다름? 혹시 이거 꼬맹이야?" 마크의 이맛살이 다시 찌푸려졌다.

미안해서 나는 살짝 고개만 끄덕였다.

마크의 얼굴이 시무룩해졌다. "펜팔 할 거면 난 여자가 좋은데⋯⋯." 그는 지금 꽤 진지했다.

나는 새어 나오려는 웃음을 간신히 참으며 인천공항에 가는 건 어떻게 됐냐고 물었다.

마크가 콜록거리면서 대답했다. "반은 성공 반은 실패. 출국장으로 들어가려는데 숨이 안 쉬어져서 금방 돌아왔어. 해진 잔소리 때문에라도 나 빨리 한국 떠야 하는데⋯⋯." 이만 가봐야 한다며 그가 바쁜 걸음을 재촉했다. 학원 원장한테서 계속 전화가 걸려오는 것 같았다. "다음에 봐, 해진. 더 늦으면 나 원장한테 혼나."

"그래, 가."

아파서 그런지 마크의 뒷모습이 오늘따라 애처로워 보였다. 하지만 조만간 나한테도 저런 심한 몸살감기가 찾아들 예정이다. 나는 이맘때 걸리는 감기에는 결코 약을 먹지 않았다. 왜냐하면 당연히 아파야 하기 때문이다. 몸이 아프고 나면 그 친구들의 고통을 내가 아직 잊지 않았다는 생각이 들어 조금은 안심이 됐다.

마크가 저 멀리 사라져갈 즈음이었다. 어디선가 만초 씨 목소리가 들려왔다. "길 한복판에 서서 무슨 생각을 그리 골똘히 해요?"

소리 나는 쪽으로 고개를 돌렸다. 하지만 목소리만 들릴 뿐 그의 모습은 어디에도 보이지 않았다.

그가 놀리기라도 하듯 계속 말했다. "여기 있다니까요, 여기 그늘이요!" 그러더니 우체통 너머에 있는 4층 높이의 빌라 그림자 속에서 그가 쓰윽, 하고 빠져나왔다. 당연하게도 그늘 속의 그는 감쪽같아서 잘 구분이 가지 않았다. 나는 응달에서 빠져나오는 그를 마냥 신기한 눈으로 쳐다봤다. 그런 나에게 어떤 설명이 필요하다고 느낀 걸까. 그가 내가 물어보지도 않은 말을 하기 시작했다. 그의 말에 따르면 그늘은 그에게 집이고 침대인 동시에 안식처 같은 곳이라고 했다. 자기 기원에 관한 기억은 없지만 그는 자기가 저 응달에서 태어난 게 아닌가 싶다고 했다. 왜냐하면 그늘에 들어가 있으면 사람들이 말하는 엄마의 품속이란 게 무엇인지 조금은 알 것 같다는 이유에서였다. 또 그는 당장 쉬고 싶은데 눈앞에 넉넉한 그늘이 보이지 않을 때면 종종 사람들의 그림자 안으로 들어가기도 한다고 했다.

"정말요?" 새로운 사실이 흥미로워서 눈이 커졌다.

"근데 사람들 그림자는 좁기도 하고 움직임이 잦아서 편하게 쉴 만한 곳은 못 돼요."

"그렇군요. 만초 씨는 알면 알수록 신기한 거 같아요." 내 기분은 낯선 호기심으로 부풀어 올랐다.

만초 씨가 자신의 손목시계를 들여다보며 출발을 재촉했다.

예전부터 궁금했던 터라 나는 그에게 물었다. "근데 그 손목에는 정말 시계가 있긴 한 거예요?"

"그럼요. 봐요." 그가 슈트 소매를 걷어 올려 자신의 손목을 내 쪽으로 내밀었다.

정말로 손목시계를 차고 있긴 한 건지 손목 밖으로 삐져나온 시계 실루엣이 언뜻 보였다. 내 눈엔 그저 까매 보이는 것들이 그의 눈엔 달리 보이는 모양이었다. 그의 시계는 무슨 브랜드일까? 하는 엉뚱한 상상을 하며 그와 나란히 걸었다.

우리는 혜화동까지 지하철로 움직였다. 인파가 부담스러웠는지 그가 나에게 내 그림자 좀 빌려달라고 했다. 나 역시 그를 보호하고 싶었기에 마다할 이유가 없었다.

그림자 안에 숨어든 만초 씨 때문인지 내 그림자는 다른 사람의 그림자에 비해 짙어 보였다. 하지만 누구도 내 그림자를 이상하게 쳐다보지 않았다. 남의 그림자를 신경 쓰는 사람은 없으니까.

그의 완벽한 숨바꼭질은 지하철에서 내려 극장을 찾아갈 때까지 계속 이어졌다. 그는 아직 이 세상이 조심스러운 모양 이었다. 바닷가에서 동전을 줍거나 가끔 콜라를 사 마시는 거 말고 그가 마음 놓고 해본 일은 없었다. 나는 그가 빨리 자유 로워졌으면 좋겠다고 생각했다.

소극장은 어두컴컴했다. 그가 편안함을 느낀다는 응달과 비 슷한 환경이라 그럴까. 만초 씨는 소극장 어둠이 꽤나 마음에 드는 눈치였다.

환한 조명과 함께 극작가 백수진의 연극이 올라왔다. 〈호텔 방에 코끼리가 산다〉라는 제목이 암시하듯 연극의 첫 장면은 호텔 방을 차지하고 있는 아프리카코끼리 한 마리로 시작했다. 그것도 중요한 손님이 오기로 한 VIP룸에. 하지만 연극은 저 거대한 몸집의 코끼리가 어떻게 호텔 방 하나를 차지하게 된 것인지 그 이유 따윈 설명해주지 않았다. 게다가 현재 무대 위 의 코끼리는 호텔 방 밖으로 쫓아낼 수도 없는 상황이었다. 왜 냐하면 호텔 방 방문은 너무 작고, 코끼리 몸집은 너무 거대하 기 때문이었다. 소동은 그 지점에서 일어났다. 다섯 시간 후면 VIP 고객이 호텔에 도착할 예정이고, 호텔 직원들은 어떻게든

코끼리를 방문 밖으로 내보내야 하며, 거대한 아프리카코끼리
는 그 방문을 통과할 수 없다는 딜레마가 극의 전반을 차지했
다. 그리고 코끼리를 끄집어내기 위한 호텔 직원들의 황당한
방법이 동원되면서부터 객석은 점점 웃음바다로 변했다.

그럼에도 연극을 보는 내내 내 머릿속에는 이런 의문이 들
었다. 호텔 방을 나올 수 없는 코끼리는 어떻게 그 호텔 방 안
으로 들어갈 수 있었던 걸까? 극작가 백수진은 이번 연극은
부조리극이 아니라 재미없진 않을 거라고 했지만 부조리함은
여전히 남아 있는 듯했다.

연극이 끝난 거리는 어느새 밤이 되었다. 만초 씨와 나는 저
녁을 먹기 위해 공원 벤치 하나를 차지하고 앉았다. 밤의 그는
눈에 잘 보이지 않았지만 내 옆에 있다는 건 느껴졌다.

만두와 초밥 도시락을 각각 봉지에서 꺼내 벤치 위에 펼쳐
놓았다. 만두는 식었지만 초밥은 엄마가 챙겨 넣어준 아이스
팩 덕분에 상태가 좋았다.

나는 나무젓가락을 양쪽으로 갈라 그에게 건네며 어서 먹어
보라고 했다. "종류별로 싸 와서 맛이 다 다르니까 하나하나 먹
어봐요."

"드디어 제 이름을 먹어보게 되네요?" 그의 목소리에서 기대
감이 묻어났다. 내가 건넨 나무젓가락을 왼손에 쥐고는 만두
와 초밥을 번갈아 집어 먹기 시작했다.

음식들이 어둠 너머로 야금야금 사라지는 걸 지켜보다 그를 향해 이렇게 말했다. "만초 씨, 왼손잡이네요?"

내 말에 그가 젓가락을 쥔 손으로 머리를 긁적였다. 그러더니 왼손잡이가 웃긴 거냐고, 이상한 거냐고 되물었다. 나는 고개를 가로저으며 전혀 아니라고 했다.

다시 젓가락질을 이어가던 그가 감탄을 쏟아냈다. "음, 만두랑 초밥이라는 거 정말 맛있네요. 햄버거보다 더 맛있는 거 같아요. 만두 중에는 이게 제일 맛있는데요?" 그가 가리킨 것은 해물잡채만두였다.

해물잡채만두를 사이에 두고 승리와 붙여놓으면 어떤 일이 벌어질지 상상을 하자 웃음부터 나왔다. 그가 그런 내 웃음을 의문스럽게 바라보며 왜 그러냐고 했다. 뭘 어떻게 설명해야 할지 몰라 나는 아무것도 아니라고 둘러대고는 고기만두와 광어초밥을 차례대로 집어 먹었다.

그는 승리 못지않게 만두를 허겁지겁 먹어치웠다. 그렇게 정신없이 먹다 보니 마실 것을 빠뜨렸다는 걸 알았다. 나는 젓가락을 내려놓고 벤치에서 일어났다. 콜라 좀 사 오겠다니까 그가 콜라가 어울리는 음식은 다 맛있는 모양이라며 입맛을 다셨다. 나는 서둘러 편의점으로 뛰어갔다.

선선한 밤공기도 좋고 투명하게 빛나는 밤하늘의 별빛도 좋았다. 나만이 느낄 수 있는 밤의 그는 비밀스러워 더 특별했다.

만두와 초밥으로 든든하게 배를 채운 우리는 가로수가 심어진 보도블록을 걸었다. 언뜻 보면 나 혼자 걷는 것처럼 보였지만 내 옆에는 분명 은밀하게 그가 있었다.

우리는 걸으면서 아까 본 소극장 연극에 관한 감상을 얘기했다. 황당한 이야기 설정과 배우들의 연기력과 실제처럼 잘 만들어진 거대한 아프리카코끼리가 우리 입에 번갈아 오르내렸다. 그러다 화제가 호텔 방을 나올 수 없는 코끼리는 어떻게 그 호텔 방 안으로 들어갈 수 있었던 걸까, 라는 부조리로 옮겨갔다.

듣고 보니 그렇다는 만초 씨의 호응에 내가 계속 말했다. "그죠? 코끼리가 어떻게 호텔 방 안으로 들어갔는지 알면 빼내는 방법은 그 반대로 하면 되잖아요? 근데 호텔 직원들 중 누구도 거기에 의문을 품지 않더라고요. 어쩌면 그게 극작가가 말하고자 한 주제인지도 모르지만요."

그가 어떤 주제냐고 묻기에 나는 이렇게 대답했다. "인간은 때때로 어리석고 바보 같다, 뭐 그런 거?"

그런데 그때 그가 갑자기 걸음을 멈추더니 알 것 같다고 했다. 문을 통과할 수 없는 아프리카코끼리를 호텔 방 안에 넣는 방법 말이다. 궁금해서 대답을 재촉하자 그가 말했다. "새끼 코끼리를 호텔 방에 넣고 키우는 거예요. 어른 코끼리로 자랄 때까지. 그럼 호텔 방 안으로 들어갈 수는 있어도 나오지 못하는 코끼리가 되잖아요?"

"오, 그럴듯해요." 나도 모르게 박수가 나왔다. "만초 씨 꽤 똑똑한데요?"

내 칭찬이 쑥스러웠는지 그가 자신의 목덜미를 만지작댔다. 연극과 코끼리에 관한 이야기는 자연스레 각자가 좋아하는 동물로 이어졌다. 그는 고양이를 좋아했다. 자기에게도 집이 생기면 러시안블루를 꼭 한번 키워보고 싶다고 했다.

하필이면 왜 러시안블루냐니까 그가 익살스레 웃으며 대답했다. "그냥 저랑 닮은 거 같아서…… 물론 닮은 걸로 치자면 검은 고양이가 더 닮았지만요." 그러고는 나에게 물었다. "해진 씨는 어떤 동물 좋아해요?"

나는 동물은 다 좋아한다고 했다. "아, 뱀이나 지렁이, 송충이 같은 건 빼고요. 저는 발 없이 꿈틀대는 거 딱 질색이거든요." 그러다 저번에 학교 운동장에서 만났던 여자아이가 생각났다. 그가 코끼리로 보인다던 아이가. 그래서 만초 씨에게 물었다. "저기, 혹시 다른 사람 눈에 만초 씨가 다르게 보이기도 하나요?"

"무슨 말이에요?"

"예를 들면 누군가에겐 만초 씨가 코끼리로 보인다든가……."

"하하, 제가 코끼리로 보인대요?"

내가 고개를 끄덕였다. "왜 그렇게 보였을까요?"

"글쎄요. 저를 보는 그 사람의 마음 때문이 아닐까요? 저는 결정된 존재가 아니니까요." 그가 대수롭지 않다는 듯 말했다.

그러자 이상하게 나도 대수롭지 않게 받아들여졌다. "좋은데요? 뭐든 될 수 있는 거잖아요. 아, 말 나온 김에 우리 언제 동물원 갈까요?"

"정말요? 좋아요, 좋아." 얼마나 좋은지 그가 어린애처럼 그 자리에서 폴짝 뛰기까지 했다. 그러잖아도 며칠 전에 얼핏 동물원 가는 꿈을 꾼 것 같다면서. "해진 씨랑 같이 갔었는데 그거 예지몽이었나 봐요, 그죠?"

"꿈이요? 잠잘 때 꾸는 그 꿈?" 나는 양손을 겹친 채 귓가에 가져가 베고 자는 시늉을 해 보였다.

그가 고개를 끄덕였다. 세상에, 그도 꿈을 꾼다니! 새로운 사실을 또 하나 알게 되는 순간이었다. 신기하게도 나를 만난 뒤부터 그의 꿈속에는 종종 내가 나온다고 했다. 어떤 내용의 꿈이냐고 물어봤지만 잠에서 깨어나면 금방 잊어버려서 뚜렷하게 기억나는 건 없다고 했다. 꿈은 언제나 모호하고, 희미하고, 말도 안 되게 어긋나 있어 꿈의 정체가 궁금하던 참이었다며 그가 나에게 물었다. "뭐죠? 그 꿈이란 건?"

뭐라고 설명해야 할지 몰라 예전에 책에서 읽었던 내용을 떠올려 대답했다. "일종의 경험과 기억의 찌꺼기 같은 거래요. 거기에 자기 무의식과 욕망과 상상이 결합된 덩어리가 꿈으로 나타나는 거라고 어떤 책에서 배웠어요."

"경험과 기억의 변형 같은 거네요?"

"어쩌면요. 가끔 저는 그 꿈속에서 영원히 살고 싶을 때가 있어요."

"어떤 꿈이 그런데요?"

"가령 만날 수 없는 사람들을 꿈에서 만날 때라든가……." 나도 모르게 말끝이 흐려졌다.

만날 수 없는 사람들이 누구란 걸 아는 그가 말했다. "사고로 잃었다는 그 친구들 말하는 거군요." 조심스러운 목소리였다.

친구들을 입에 올리면 또 울컥해질 것 같아 나는 일부러 말을 돌렸다. "아참, 만초 씨는 혹시 사고당한 적 있어요? 아니, 그 전에 다치면 어떻게 돼요?"

내가 뭘 걱정하는지 알겠다는 듯 나를 쳐다보는 그의 어렴풋한 실루엣에서 그 마음이 고스란히 전해졌다. 이런 느낌은 처음이었다. 나를 이해해주고 염려해주는 상대방의 감정을 내가 바로 읽어낸 것이다. 이런 게 말로만 듣던 교감이라고 하는 걸까? 말이 아닌 감정의 위로 방식에 내 가슴이 조금 뭉클해지려는 참이었다.

그의 대답이 돌아왔다. "예전에 횡단보도 건너다 버스에 치인 적이 있었어요. 근데 아프지 않고 아주 멀쩡했어요."

그러니까 그는 절대 사고로 죽을 일은 없을 거란 얘기였다. 그럼 병으로 아픈 적 있냐는 내 물음에 그의 대답은 이랬다. "저한테 질병 같은 건 없어요. 다만……."

"다만 뭐요?"

"아, 아니에요……." 그는 거기에서 말을 관두고 말았다.

나는 '다만' 뒤에 이어질 그의 말이 궁금했지만 일부러 묻지 않았다. 나와 다른 줄 알았던 그가 나와 비슷한 뭔가를 갖고 있을까 봐 두려워서였다. 어쨌거나 그는 다치지도 않고 병에 걸리지도 않았다. 최소한 그는 그러한 이유로 갑자기 사라질 일은 없을 것이다. 그거면 됐다.

나는 끝맺지 못한 그의 말이 다시 이어지지 않도록 얼른 화제를 돌렸다. 말하는 중간에 맨홀이 나타나면 그것을 피해 걸었다. 그와 나는 가로수 길이 끝날 때까지 걷고 또 걸으며 우리가 가진 비슷한 점과 다른 점들에 관해 얘기해나갔다.

그런데 가로수 길이 끝나는 지점에서 그가 나를 곤혹스럽게 했다. 맨홀과 나의 불행은 아무런 관계가 없다면서 갑자기 나에게 맨홀을 밟아보라는 거였다. 싫다는데도 그의 무리한 요구는 계속되었다. "해진 씨, 잘 들어요. 지금부터 우린 우리가 걸어왔던 길을 되돌아갈 거예요. 이 가로수 길에 몇 개의 맨홀이 있었는지 알아요?"

"모르죠." 나는 고개를 돌려 그의 시선을 피했다.

"서른다섯 개요. 별로 안 많죠?"

"그건 또 언제 세어봤대요?" 나는 새침하게 말했다.

"말 돌리지 말고요."

설마 서른다섯 개를 다 밟아보라는 건 아니겠지?

"이참에 서른다섯 개를 몽땅 밟아버리는 거예요. 어때요?"

아니나 다를까 그의 입에서 나온 말은 내 예상 그대로였다.

나는 싫다고 했다. "저번에 맨홀을 밟은 날 아빠가 다쳐서 들어왔어요. 제가 직접 밟은 게 아니었는데도 그랬다니까요? 근데 저 많은 걸 밟아버리면 저한테 무슨 일이 생길지 생각만 해도 끔찍해요." 불안으로 어깨가 떨렸다.

그가 강한 어조로 말했다. "절대 그런 일 안 생겨요! 맨홀은 그냥 맨홀일 뿐이에요. 자, 가봅시다!" 그가 내 등을 뒤에서 떠밀었다.

그에 의해 떠밀린 내 몸이 맨홀 가까이 내던져졌다. 동시에 온갖 불길한 생각이 머릿속을 어지럽혔다. 분명 응분의 대가가 따를 일이다. 서른다섯 개의 맨홀이라면 큰 지진이 일어날지 모르고, 집으로 돌아가는 지하철이 사고를 일으킬지 모른다. 아니면 일요일 아침, 가족과의 식사 도중에 가스관이 폭발한다면? 그래서 이번엔 식구들을 한꺼번에 잃어버린다면? 혹은 귀에 몹쓸 병이 생겨 소리와 음악을 듣지 못하게 된다면? 서른다섯 개의 맨홀은 나에게 그런 것이다. 하지만 그걸 알 리 없는 그는 계속해서 나를 재촉했다. 내가 한 발짝 뒤로 물러나려고 하면 그의 차가운 손이 내 등을 앞으로 떠밀고 또 떠밀었다. 그런데 그런 끔찍한 기분 속에서 갑자기 다른 생각이 들었다. 만약 이 많은 맨홀을 밟고도 아무 일도 일어나지 않는다면 그땐 어떻게 되는 걸까. 맨홀을 밟은 오늘과 내일이 맨홀을 밟지 않았던 어제와 별반 다르지 않다면 말이다. 그래, 그의 말이

옳은지도 몰랐다. 맨홀은 그냥 맨홀, 하수구 뚜껑일 뿐이다. 그러니 한 번만, 딱 이번 한 번만 내 의지로 밟아보는 거다. 언제까지 두려워할 수만은 없는 노릇이고, 나를 생각해주는 만초 씨를 위해서라도 한번 해볼까 싶었다.

나는 아무 일도 일어나지 않을 거야, 라는 말을 주문처럼 외며 오른발을 앞으로 내밀었다. 입술을 깨문 채 첫 번째 맨홀을 디뎠다. 맨홀을 밟을 때마다 불길한 생각이 끼어들었지만 되돌아가 다시 밟는 짓은 하지 않았다. 맨홀 개수를 세지도 않았다. 오로지 걷고 또 걸었다. 끼어든 나쁜 생각들은 들어오는 즉시 흘려버리며 맨홀 한가운데를 정확히 밟고 지나갔다. 그러다 의지가 흐트러질 때면 맨홀은 그저 맨홀일 뿐이다, 시멘트 바닥과 다를 바 없는 그냥 지면일 뿐이다, 라고 되뇌고 또 되뇌었다. 긴장 때문인지 이마에는 어느새 식은땀이 맺혔다.

그렇게 정신없이 걷다 보니 나는 가로수가 끝나는 지점에 와 있었다.

그때 등 뒤에서 그의 목소리가 들려왔다. "해진 씨, 제가 잘못 셌네요. 서른다섯 개가 아니라 서른일곱 개네요."

"네?" 나는 잠깐 머릿속이 멍해졌다. 하지만 서른다섯 개든 서른일곱 개든 그게 무슨 상관이겠는가.

나는 될 대로 되라는 심정으로 뒤돌아 내가 밟은 맨홀들을 바라봤다. 저지르고 나니 뭔가 홀가분한 기분이 들었다. 그럼 이제 지켜보는 일만 남은 건가? 무슨 일이 일어날지.

나는 오늘 서른다섯 개인 줄 알았던 서른일곱 개의 맨홀을 밟았다. 하지만 만초 씨와 집으로 돌아가는 지하철에서는 아무 일도 일어나지 않았다. 바닐라에게 뽀뽀를 해주고 침대에 누울 때까지도 내 하루는 맨홀을 밟지 않은 날들과 비슷했다. 무려 서른일곱 개였는데도 그랬다.

그날 꿈속에서 나는 셀 수 없이 많은 맨홀을 만나야 했다. 맨홀을 다 밟고 나면 또 다른 맨홀이 나타났고 그 맨홀 끝에는 만초 씨가 서 있었다. 그는 내 꿈에서도 검은 실루엣이었다. 하지만 그가 흐뭇하게 미소 짓고 있다는 걸 알 수 있었다.

*

나흘 뒤에 나는 심한 몸살감기를 앓았다. 짐작한 대로였다. 작년에도 그랬던 일이라 서른일곱 개의 맨홀과는 무관했다.

아침에 체온을 재보니 38.7도였다. 그런데 하필이면 오늘은 월요일이었다. 사장에게 편의점에 못 나간다고 미리 말해둔 게 아니어서 이래저래 곤란했다. 다섯 시간만 버티면 되니까 나가자 싶어 침대에서 일어나려는데 노크 소리가 났다. 머리에 베일까지 쓴 수녀복 차림의 승리가 방으로 들어오더니 나 대신 편의점 아르바이트를 해주겠다고 했다. 마음은 고마웠지만 그럴 수 없었다.

나는 침대에서 일어나며 괜찮다고 했다. "나 나갈 수 있어……."

승리가 내 양쪽 어깨를 짓눌러 나를 침대에 앉혔다. "감기 나을 때까지만 대신해줄게. 아니다. 이번 주는 아예 나한테 맡겨. 모레 그 친구들 기일이라며. 거기도 가봐야 할 거 아냐."

아무래도 안 될 것 같아 자리에서 다시 일어나려는데 승리는 기어코 나를 침대에 눕혔다. 당최 자기 말을 들어줄 것 같지 않았는지 승리가 나를 혼냈다. "그냥 쉬라니까. 너 좀 쉰다고 편의점 안 망해."

그래서 나는 승리에게 물었다. "근데 너 편의점 볼 줄 알아?"

승리가 가소로운 듯 웃음을 뱉어냈다. "내 첫 알바가 편의점이었다는 거 모르는구나?" 제일 오래 한 아르바이트도 편의점이라면서 승리가 물었다. "알바 끝나는 대로 난 백 선생님 댁에 들를까 해. 707호랬지?"

"응." 나는 힘없이 고개를 끄덕였다.

"나 오늘 앞집 언니 못 봤는데 그냥 가도 될까? 이것도 오디션이라면 오디션인데……." 승리는 지금 꽤 진지했다.

"괜찮아. 넌 내가 아니니까." 나만의 징크스가 승리에게 옮겨 간 현상이 우스워서 나는 아픈 와중에 조금 웃었다.

그런데 어쩐지 좀 걱정이었다. 저 복장으로 편의점 계산대 앞에 서 있는 것은, 저 복장으로 담배를 사는 것만큼이나 황당한 일이기 때문이다. 여기 편의점 맞냐, 실험카메라 아니냐, 하는 손님들의 질문 공세가 벌써부터 떠올랐다.

염려와 웃음을 뒤로한 나는 승리에게 자전거 자물쇠의 비밀번호를 알려줬다. 그리고 며칠 전에 인터넷으로 구매한 베개를 건넸다. "이건 우리 사장님 오면 전해줘. 네가 베고 자는 그 마법 같은 베개야. 그 베개에 관한 건 네가 알아서 잘 설명해주고. 아무튼 고맙다, 안승리!"

'안승리'라고 불렀는데도 승리는 내가 아파 그런지 오늘은 그냥 넘어가준다.

승리가 방문을 닫고 나간 뒤, 나는 사장에게 전화를 걸어 사정을 얘기했다. 친구를 대신 보냈는데, 편의점 일을 많이 해본 애니까 염려 말라 하고는 통화를 끝냈다. 잠에 방해될까 봐 나는 핸드폰 전원을 아예 꺼버린 다음 기다렸다는 듯 바닐라 품으로 들어갔다.

잠은 깊어졌다 옅어지기를 반복하다가 끝없는 소용돌이를 그려냈다. 열에 시달리며 잠깐잠깐 꾸는 꿈들은 모두 다 기괴스럽고 음침하기만 했다. 그러다 눈을 뜨면 몸은 땀에 흠뻑 젖은 상태로 부르르 떨고 있기 일쑤였다. 하지만 그날로부터 1년 더 멀어져서일까. 올해는 꿈에서 사고가 재연되지는 않았다. 잔혹 영화의 한 장면 같았던 지난날의 악몽이 조금씩 약해지는 것만으로도 다행이었다.

형태를 알 수 없는 꿈의 행렬이 계속 이어졌다. 꿈에 짓눌려 잠에서 깰 때마다 방바닥 햇빛 그림자가 조금씩 자리를 옮겼다. 그리고 햇빛 그림자가 마름모꼴로 변했을 때 초인종이 울렸다. 잡상인일 거라 생각하며 바닐라 품으로 더 깊이 파고드는데 다시 초인종이 울렸다. 하는 수 없이 침대에서 일어나 거실로 나갔다. 인터폰 화면으로 방문자를 확인했다. 그러나 아무도 보이지 않았다. 장난인가 싶어 그만 돌아서려는 순간 인터폰 스피커에서 낯익은 목소리가 들려왔다.

"해진 씨, 저예요. 김만초."

나는 얼른 대문을 열어주고는 목조계단 가장자리를 디뎌 아래층으로 내려갔다. 마음이 급해 맨발로 나가 현관문을 열었다.

그의 목소리에는 걱정이 가득했다. 이럴 때는 그의 표정이 보이면 좋으련만. "편의점에 갔다가 해진 씨가 안 보이길래 걱정돼서 와봤어요. 어디 아파요?"

"그냥 가벼운 몸살감기예요……." 말과 말 사이에 기침이 두어 번 터져 나왔다. 혹시 그때 밟은 맨홀 때문에 그런 거냐고 그가 묻기에 나는 손까지 내저으며 아니라고 했다. "몸살은 맨홀하고 상관없어요. 이맘때면 그래요." 그가 걱정할까 봐 애써 웃어 보이고는 말을 이었다. "그냥 신경성 같은 건데…… 어서 들어와요. 우리 집은 처음이네요."

그를 어디로 안내해야 할지 고민하다가 2층 내 방으로 데려갔다. 목조계단 가장자리를 밟는 내 행동을 그가 뒤에서 쳐다봤다. 그래서 나는 그의 입에서 나올 말을 내 입으로 미리 해버렸다. "네, 맞아요. 이것도 제 강박증 중 하나예요."

"제가 뭐라 그랬나요?" 그러더니 그가 내 방식대로 계단 가장자리를 밟아 2층으로 올라왔다. 그는 너무 가벼워서 계단 어디를 밟든 소리가 나지 않을 텐데도 그랬다.

사실 맨홀을 밟은 지 나흘이 지났지만 나와 내 주변에서 아직 이렇다 할 일은 없었다. 그래서 뭔가 좀 이상했다. 서른일곱 개나 밟았는데 왜 아무 일도 일어나지 않는지. 물론 그렇다고 무슨 일이 일어나기를 기다리는 건 아니었다.

공복 상태에서 계단을 오르내려서 그런가 금방 기진맥진해졌다. 나는 예의가 아닌 줄 알면서도 방으로 들어가자마자 침대에 누워버렸다. 그러고는 만초 씨에게 내 바닐라를 소개했다. "엄청 크죠?"

"아, 저 녀석이군요. 해진 씨 생명의 은인……." 칭찬을 해주고 싶었다는 듯 그가 바닐라 머리를 쓰다듬었다. 그러고는 양반다리를 하고 방바닥에 앉았다.

만초 씨 옆에 마름모 모양의 햇빛 그림자가 보이자 그것도 그에게 소개했다. "옆에 햇빛 그림자 보이죠? 저 녀석은 제 10년 된 친구예요. 만초 씨하고 색깔이 완전 반대죠?"

"그렇군요." 그가 손을 뻗어 햇빛 그림자를 만졌다. "봄처럼 따뜻하네요."

"맞아요. 봄 같은 거예요, 저 녀석은……." 잦아들 만하면 터져 나오는 기침 때문에 말이 자꾸 끊어졌다.

그런 내 기침을 달래주고 싶었던 걸까. 갑자기 그가 콧노래를 흥얼거리기 시작했다. 역시나 이번에도 멜로디는 좀 낯설었다. 나는 그의 선물 같은 노래에 가만히 귀를 기울였다. 고요한 호수를 닮은 선율이 귓가에 와 닿으니 정신이 아득해지고 눈꺼풀이 점점 무거워졌다.

그렇게 나도 모르게 깊은 잠 속으로 한없이 한없이 스며들어갔다.

눈을 떴다. 열과 식은땀으로 엉망이던 몸이 시원했다. 마치 누군가가 내 이마에 물수건이라도 얹어준 것 같았다. 아니나다를까 침대 가장자리에 상체를 기댄 채 엎드려 자고 있는 만초 씨가 보였다. 내 이마에 얹어진 건 그의 손이었다. 언제부터 이러고 있었던 걸까. 그의 온도 덕분에 열감이 사라진 몸은 아까 잠들기 전보다 가벼워진 느낌이었다.

나는 고마움을 뒤로하고 그의 손에서 가만히 빠져나왔다. 조용히 방문을 닫고 곧장 욕실로 향했다. 몸에서 나는 퀴퀴한 냄새가 신경이 쓰여 샤워를 했다. 허브 향 샴푸로 머리를 감은 다음에는 오래오래 양치질을 했다.

수건으로 젖은 머리를 말리며 욕실에서 나왔다. 내가 샤워하는 동안 잠에서 깬 그는 거실 베란다 창가에 서서 밖을 내다보고 있었다. 혹시 앞집 여자를 보는 건가 싶어 얼른 창가로 다가갔다. 까치발을 들어 그의 어깨 너머를 확인했다. 다행히 앞집 창가에 여자는 없었다.

내 인기척에 그가 고개를 돌렸다. 내심 걱정하고 있었는지 나를 보자마자 몸은 좀 어떠냐고 했다. 덕분에 열이 내렸다니까 그가 다행이라며 해맑게 웃었다. 빈손으로 온 게 미안해서 뭐라도 해줘야겠다 싶어 한 일이라고 했다. 겸연쩍어하면서도 그는 자기가 또 해줄 일은 없냐고 물었다. 배가 고파 뭘 좀 먹어야 할 것 같았다. 씻고 났더니 허기가 느껴졌다. 기분 좋은 공복감이었다.

나는 배를 쓸어내리며 그에게 말했다. "저랑 같이 밥 먹을래요?"

"좋죠."

우리는 곧장 아래층으로 내려갔다. 그는 내려갈 때도 나처럼 계단 가장자리를 밟았다. 동지가 생긴 기분에 웃음이 나왔다.

부엌에 먹을 만한 건 찬밥 한 그릇뿐이었다. 그래서 매운맛 라면 두 개를 꺼냈다. 감기엔 라면이 최고였다. 고춧가루를 풀고, 청양고추와 파를 썰어 넣으면 감기약이 따로 없었다. 그런데 라면은 자기가 끓이겠다며 그가 나를 식탁에 앉혔다. 만초씨 덕분에 괜찮아져서 라면 정도는 끓일 수 있다고 했지만 그는 막무가내였다.

"환자는 쉬어야 해요. 오늘은 제가 해주고 싶으니까 거기에 앉아 방법만 가르쳐줘요." 그는 끝내 내 손에 있던 라면을 뺏어 들었다.

나는 이 상황을 가벼운 한숨으로 갈무리하고는 식탁 위에 턱을 괴었다. 그리고 네 살 아이와 소꿉놀이하듯 그에게 라면 끓이는 방법과 순서를 쉼 없이 재잘댔다. 청양고추와 쪽파를 써는 도마 소리를 듣고 있으니 마음이 왠지 편안해졌다.

만초 씨가 끓인 라면은 아주 꼬들꼬들했다. 물 조절도 잘해서 국물은 맵고 짜기가 적당했다.

그는 라면이 꽤 마음에 드는 눈치였다. 건더기를 다 건져 먹고 난 그가 그릇째 국물을 들이켰다. "이건 콜라보다 물을 필요로 하는 음식인데도 엄청 맛있네요."

물을 달라는 말처럼 들려서 차가운 보리차를 따라 그에게 건넸다. 물을 마시고 난 뒤에도 입맛 다시는 걸 보니 라면이 더 먹고 싶은 모양이었다. 그래서 남은 라면 국물에 찬밥을 말아 그와 나눠 먹었다. 뜨겁고 매콤한 국물 덕분인지 코에서 맑은 콧물이 흘러나왔다.

티슈를 뽑아 정신없이 코를 풀고 있는데 엄마가 보였다. 언제 온 걸까. 만초 씨를 본 것인지 거실을 지나 부엌으로 오던 엄마의 발걸음이 잠깐 멈칫했다. 몇 번 눈을 깜빡거리던 엄마가 혼잣말로 "뭐가 지나갔나……" 하고는 한 차례 눈을 비벼댔다. 엄마의 등장에 놀란 그가 허둥대다 식탁 밑으로, 아니 식탁 밑 그림자 안으로 숨어들었다.

엄마가 들고 온 냄비를 식탁 위에 내려놓았다. 나는 당황한 표정을 엄마에게 들키지 않으려고 보리차를 들이켰다. 냄비에는 각종 해물을 넣어 만든 죽이 들어 있었다. 엄마는 '불면증'에 전화를 걸어봤다가 내가 편의점에 나가지 않은 알고는 죽을 만들어 온 거였다.

엄마가 손으로 내 이마를 짚었다. "열 많이 내렸네?"

"응…… 배고파서 라면 끓여 먹고 있었어."

엄마가 근데 라면 그릇이 왜 두 개냐고 했다. "누구 왔냐?"

"아, 아니." 나는 고개를 가로저으며 변명을 늘어놓았다. "계란 넣은 것도 먹고 싶고 김치 넣은 것도 먹고 싶어서 라면 두 개를 따로 끓였거든……."

만초 씨가 손에 수저를 들고 숨어준 게 그나마 다행이었다.

"그럼 죽은 못 먹겠다?" 엄마가 아쉬운 표정을 지으며 죽 냄비를 냉장고에 넣었다.

미안한 마음에 나는 죽은 이따 저녁으로 먹겠다고 했다.

다시 가게에 가봐야 하는 엄마가 현관으로 바삐 걸음을 옮겼다. 신발을 신으려다 말고 혼잣말을 했다. "으이그, 몸이 그날은 어찌도 잘 아는지……." 말은 그렇게 하면서도 나를 쳐다보는 엄마의 눈에는 여전히 안쓰러움이 묻어났다.

엄마가 나가자 식탁 아래에서 그가 쓰윽, 나타났다. 그는 수저를 내려놓으며 엄마가 가고 없는 현관 쪽을 멍하니 쳐다봤다. "엄마란 이런 존재군요……."

"맞아요. 아플 때 죽을 끓여주는 사람……." 시큰해진 코끝이 아려왔다.

그런데 이상했다. 시꺼멓던 그의 몸이 점점 엷어지는가 싶더니 희미해지기까지 했다. 저렇게 놔두면 투명해지다가 눈앞에서 영영 사라져버릴 것만 같았다.

나는 얼른 그에게 말했다. "만초 씨, 이상해요. 몸이 엷어지고 있어요!"

"알아요." 그가 담담하게 말했다.

내가 놀라 물었다. "왜 그러는데요? 네?"

"별거 아니에요. 그냥 가끔 이래요." 차분한 대답과 달리 그가 황급히 식탁에서 일어났다.

거실로 나간 그가 베란다 창밖을 내다봤다. 무언가를 찾는 듯한 그의 시선이 우리 집 담벼락에 머물렀다. 더 정확하게는 담장 아래에 드리운 새까만 그늘이었다.

아까와 달리 이번엔 그가 다급하게 말했다. "저 잠깐 나갔다 올게요." 그러고는 담벼락 그림자 안으로 쓰윽, 들어갔다. 그리고 한 시간이 지나도록 그곳에서 나오지 않았다.

그를 기다리는 시간이 길어질수록 나는 점점 초조해지기 시작했다. 불안한 마음을 달래기 위해 식탁을 치우고 설거지를 했다. 저번에 말하길 그는 다치지도 않고 병에 걸리지도 않는다고 했다. 그래서 최소한 그는 그런 이유로 사라질 일은 없을 거라고 내심 장담했었다. 그런데 어쩌면 그에게도 끝이란 게 있을지 모른다는 생각이 들었다. 하긴, 이 지구상에 시작이 있는데 끝이 없는 게 어떻게 있을 수 있겠는가. 시작과 끝은 동전의 양면과도 같았다. 끝은 시작에서 나오고 시작은 그 끝에서 나왔다. 존재하는 것은 언젠가 사라질 수밖에 없었다. 누구도 피해 갈 수 없는 이치를 나는 그를 통해 다시 깨닫고 있었다.

결국 나는 설거지를 하다가 라면 그릇 하나를 깨뜨리고 말았다. 그와 나의 그릇 중 어떤 그릇이었는지 잘 모르겠다. 기분이 영 엉망이었다.

다행히 그는 세 시간 만에 원래 몸으로 내 앞에 다시 나타났다. 정말로 괜찮냐니까 그가 재차 고개를 끄덕였다. "봐요. 다시 시꺼메졌잖아요."

궁금한 나머지 나는 온갖 질문을 퍼부었다. "왜 그러는 거예요? 자주 그래요? 아까처럼 계속 놔두면 결국 어떻게 되는데요? 그러다 영영 사라져버리는 건 아니죠? 혹시 만초 씨한테는 그게 죽음 같은 건가요?"

그가 별거 아니라는 말로 나를 안심시킨 뒤, 천천히 하나씩 물어봐달라며 웃어주기까지 했다.

그래서 나는 한 차례 숨을 고르고는 차분하게 다시 질문을 던졌다. "알았어요. 우선 왜 그러는 건데요?"

그가 조금 꾸물대다 대답했다. "아주 무거운 물건을 들거나 옮기고 나면 그래요. 아, 캔 콜라나 젓가락을 드는 정도는 아무렇지 않아요."

괜히 라면을 끓이게 한 것 같아 그에게 미안해졌다.

하지만 그는 그게 아니라고 했다. "아까 제 몸이 옅어진 건 라면을 끓여서 그런 게 아니에요. 과도하게 몸을 써도 그렇지만 어두운 감정이 과해져도 몸이 옅어져요. 가령 너무 슬픈 감정을 느낀다거나 너무 우울해지거나 외로워지면요. 분노, 좌절, 절망, 상실…… 뭐, 그런 부정적인 감정들 있잖아요."

그러고 보니 공원 벤치에서 그의 목소리를 처음 들었을 때가 생각났다. "심심하고 쓸쓸해서 그러는데, 저랑 놀아줄래요?" 그는 분명 나에게 그렇게 말했었다. 그는 슬퍼지면 안 된다. 우울해지거나 쓸쓸해져서도 안 되고, 어둡고 불쾌한 감정을 느껴서도 안 된다. 그러니까 놀아달라던, 그때 그가 한 장난스러운 말은 생존을 위한 구조 요청이나 마찬가지였던 셈이다.

"아마 해진 씨 어머니와 어머니가 끓여 온 그 죽을 보는 순간 저도 모르는 이상한 감정에 빠져들었던 거 같아요."

"그럴 때 그늘로 들어가면 괜찮나요?"

그가 고개를 끄덕였다. 그래도 방법이 있다니 다행이었다. 그런데 만약 때를 놓쳐 그늘로 들어가지 못하면 그땐 어떻게 되는 걸까. 설마 영영 사라져버리는 건 아닐까. 다시 걱정이 되어 물었더니 그도 거기까지는 모른다고 했다. 아직 사라져본 적이 없으니 모른다는 소리에 나는 또다시 불안해졌다. 그럼 그때 가로수 길에서 그가 했던 말, 자기한테 질병 같은 건 없다면서 '다만'이라고 흘렸던 말, 그 마무리되지 못한 말끝에는 그

애기가 숨어 있던 건 아닐까. 그렇다면 나는 그를 위해 뭘 해줄 수 있을까. 그가 슬퍼하지 않도록, 우울해하거나 쓸쓸해하지 않도록 하려면.

내 어두운 표정이 신경 쓰였는지 그가 말했다. "그래도 다행인 건 제가 웬만한 감정에 잘 흔들리지 않는다는 거예요."

고작 냄비 죽에 휩쓸려놓고선 지금 무슨 소리냐며 나는 그를 향해 타박 아닌 타박을 했다.

고집스럽게도 그는 주장을 굽히지 않았다. "왜, 엄마란 가장 원초적인 감정이잖아요. 그게 자극되는 순간 저도 어쩔 수 없었다니까요. 아무튼 걱정 마요."

하지만 그를 향한 미안한 마음은 쉽게 떨쳐지지 않았다. 나는 그가 다치지도 않고 병에 걸리지도 않는다며 기뻐했다. 최소한 그는 그러한 이유로 사라질 일은 없을 거라고 생각했었다. 그 생각은, 그가 사라진 뒤에 남겨질 내 입장에서 나온 이기적인 마음이었다. 왜 나는 그 반대 경우를 생각해보지 못한 걸까. 내가 먼저 사라진 뒤에 남겨질 그를, 그가 겪게 될 고독과 슬픔을 왜 생각해보지 않은 걸까.

혹시나 그가 옅어질까 봐 나는 두려움에 가슴 한켠이 서늘해졌다. 그러다 생각했다. 그에게 엄마가 생기는 건 불가능한 일일까? 엄마만이 줄 수 있는 평온하고 포근한 감정을 느끼게 해주는 건 어려운 일일까?

5장

검은색 치마 정장에 검은색 스타킹을 신었다. 그리고 검정 구두를 신었다. 전신 거울 앞에 서서 옷매무새를 확인했다. 검은 옷을 꺼내 입어야 하는 날은 꼭 이렇게 찾아오고야 만다. 작년에도 느낀 거지만 역시 지금 걸친 옷은 봄과 어울리지 않았다. 그들의 죽음이 그러했듯.

골목길을 나섰다. 잘 닦인 구두를 내려다보며 모퉁이를 도는데 어디서 휘파람 소리가 났다. 소리 나는 쪽으로 고개를 돌리자 담벼락에 기대 있는 만초 씨가 보였다.

오늘은 내가 먼저 그에게 말해보기로 했다. "심심하고 쓸쓸해서 그러는데, 저랑 놀아줄래요?"

그가 다가와 어디 가냐고 묻기에 친구들을 만나러 간다고 했다. 같이 가자고 권하자 그가 그래도 되냐고 되물었다. 온통 검은색인 그의 복장은 오늘 나와 함께하기에 손색없어 보였다.

"오늘 만초 씨 복장, 아주 완벽해요."

"어디 가는데요? 검은 슈트가 어울리는 곳이라면……."

나는 가보면 안다고 말하며 그의 팔을 잡아끌었다. 그리고 그와 함께 버스를 탔다.

왜 매번 이날의 세상은 이토록 푸르른 것일까. 눈에 보이는 곳곳마다 태어남이 넘쳐나는 이 계절에 죽음을 애도해야 하는 모순이 나는 늘 싫었다. 봄에는 아무도 죽지 않았으면 좋겠다. 봄은 그냥 봄이었으면 좋겠다.

납골당 근처 꽃가게에서 국화꽃 세 송이를 샀다. 납골당 입구로 들어선 나는 해진 선배와 소영과 승훈 오빠가 있는 4층까지 계단을 밟아 올라갔다. 납골당에는 단조(短調)로 된 가사 없는 음악이 끊임없이 흘러나오고 있었다.

409호실로 들어섰다. 그런데 친구들 앞에 사람들이 모여 있었다. 슬픈 표정을 한 그들은 떠나버린 친구들의 부모님과 형제자매였다. 나보다 더 푸른 봄날의 모순을 앓고 있을 사람들이었다. 차마 그들과 마주칠 용기가 나지 않아, 아니 나만 살아남은 게 미안해 408호실로 숨어버렸다. 그리고 그들이 떠날 때까지 408호실에 안치된 내가 모르는 죽음들을 바라봤다. 나보다 나중에 태어난 아주 어린 죽음을 보고 있노라면 삶과 죽음의 순서에 규칙이 없다는 것이 실감되었다.

내 뒤를 말없이 따라다니던 만초 씨가 그제야 입을 열었다. "이게 인간들의 죽음이라는 거군요……. 여긴 해진 씨와 놀아주기엔 너무 슬픈 장소 같네요."

나는 그에게 미안하다고 했다. "괜히 같이 오자고 했나 봐요……."

"그런 뜻이 아니에요."

"알아요……."

천천히 걸음을 옮긴 그가 누군가의 부모이고 자식이었을 죽음을 바라봤다. 그리고 형제자매이고 친척이었을, 동료이자 친구였을 죽음들을 바라봤다. 그 수많은 슬픔 앞에 그는 점점 말이 없어졌다.

409호실을 빠져나가는 친구 가족들의 발소리가 들려왔다. 슬픈 그들의 등을 몰래 배웅하고 나는 409호실로 들어갔다. 선배와 소영 커플의 봉안함은 나란히 안치돼 있었다. 나는 국화꽃 세 송이를 유리문 앞에 내려놓으며 가만히 두 눈을 감았다. 만초 씨는 그런 나를 옆에서 묵묵히 지켜볼 뿐이었다. 그런데 죽음을 얘기해야 하는 장소라 그럴까. 그는 아까보다 옅어져 있었다.

짧지 않은 나만의 추도를 끝내고 두 눈을 떴다. 그들의 생몰년이 적힌 봉안함을 하나하나 바라봤다. 그날 바닐라를 만나지 않았더라면 선배 옆에는 내 봉안함이 자리했을 것이다. 물론 그날 바닐라를 사지 않았더라면 그 차를 맞닥뜨리지 않았

199

을 테지만.

"너무 아까운 친구들이었어요." 깊어서 슬픈 숨이 내 심장을 아프게 찔러댔다. 꾸역꾸역 삼킨 눈물이 말과 말 사이를 채웠다. "그 사고가 난 다음 날 사람들이 뭐라 수군댄 줄 알아요. '모범생 여자애랑 명문대생 두 명은 죽고, 그냥 평범한 애 하나만 살아남았다며? 세상에, 웬일이야.' 그때 깨달았어요. 삶에도, 존재에도, 죽음에도 가치의 차이가 있다는 걸요……."

무슨 그런 말이 있냐면서 그가 나 대신 화를 냈다. 나는 씁쓸하게 웃어 보이며 "하지만 엄연히 있는걸요. 실제로 들었고요……"라고 힘없이 말했다.

그가 안타까운 한숨과 함께 봉안함을 들여다봤다. 그러고는 그들의 이름을 하나하나 부르기 시작했다. "은소영, 강승훈, 정해진…… 정해진? 저거 해진 씨 이름이잖아요."

"신기하죠? 사실 선배하고 저는 이름 때문에 만났어요. 내 이름이 정해진이 아니었다면 그래서 나와 선배가 만나지 않았더라면 아마 그 사고도 없었겠죠……."

"무슨 일이 일어날지 모르고 살 수밖에 없는 게 내일이고 미래예요. 살아남은 게 죄는 아니에요." 그가 내 한쪽 어깨를 토닥였다.

하지만 하나의 인연이 엄청난 일을 일으킨 것이다. 선배와 나를 떠올리면 문득 그런 생각에 사로잡히곤 했다. 그 뒤에 밀려드는 건 거미줄 같은 인간관계를 모두 치우고 싶은 충동이었다. 사실 세 사람의 죽음은 한때 나를 방에 가둬두었다. 그 당시 나는 모든 관계가 두렵기만 했다. 나와 맺어진 인연 하나하나가 나중에는 모두 슬픔이 되고 상실이 될 거라는 생각 때문이었다. 그리고 언젠가 나 역시 다른 누군가의 슬픔이 되고 상실이 될 거라는 절망에 이르자 모든 관계가 유예된 비극처럼 느껴졌다. 하지만 지금 나는 잘 알고 있다. 우리 모두는 애초에 서로가 서로에게 상실이 되기 위해 태어났다는 걸.

마지막으로 나는 손에 닿지 않은 유리문 너머의 봉안함들을 쓸어내렸다. 내년에 또 오겠다는 말을 남기고는 409호실을 조용히 걸어 나왔다.

그리고 옅어지는 걸 감수하면서까지 내 옆에 있어준 만초씨에게 고마움을 전했다. "오늘 같이 와준 것도 고맙고요. 작년엔 혼자 왔었거든요……."

"앞으로도 계속 저랑 같이 와요, 여기."

"네, 계속……." 하지만 나는 그의 말속에 들어 있는 그 '계속'이란 말이 의심스러웠다.

내가 모르는, 안타깝게 멈춰버린 수많은 삶을 지나 계단을 내려가는데 내내 억눌러둔 감정이 목구멍을 타고 새어 나왔다. 나는 그 순간을 이겨내지 못하고 계단 중간쯤에 주저앉고 말았다. 그의 계속이란 말이 내 가슴을 치고 들어왔다. 불가능하다는 걸 알기 때문에 슬프게 느껴지는 말 같았다. 정말로 이생 어딘가에 우리가 함께할 수 있는 그 계속이란 게 존재하긴

할까. '잠깐의 계속'만이 있을 뿐 이 세상에 계속은 없었다. 왜냐하면 영원이 허락되는 건 죽음 말고는 없으니까.

가슴이 먹먹해 눈물이 고이기 시작했다. 속도 모르는 봄바람이 따스하게 불어왔다.

늦은 밤. 만초 씨와 헤어진 나는 집으로 들어갔다. 부엌 식탁에 앉아 커피믹스를 마시고 있는 엄마가 내 옷차림을 보고는 "거기 갔다 오는 거냐?" 하고 대답이 필요 없는 물음을 건넸다. 내 기분을 풀어주고 싶었는지 엄마가 커피를 들고 2층으로 따라 올라왔다. 나는 삐거덕 소리가 나든 말든 목조계단 가운데를 밟아보기로 했다. 서른일곱 개의 맨홀을 밟았지만 아무 일도 일어나지 않은 것처럼 이것도 마찬가지일지 몰랐다.

엄마가 내 뒤를 졸졸 따라다니며 말했다. "앞집 검사 아들 있잖냐?"

"응."

"글쎄, 곧 결혼할 거라던 그 검사 아가씨랑 틀어졌단다. 아주 쌤통이지?"

"그래."

"사돈 될 집안이 온통 교수 천지라고 얼마나 자랑질을 해댔는지 아냐?"

"응."

"저놈의 여편네, 내 그럴 줄 알았다니까. 입방정을 그리 떨어대니 호사에 다마가 안 끼고 배겨? 시엄마 자리 보고는 내 뺀 게 분명해. 요즘 애들 좀 영악해? 아, 저녁은?" 엄마 목소리는 지나치게 경쾌했다.

"생각 없어."

"한동안 기죽어 살 여편네 생각하면 내가 요새 자다가도 웃음이 나온다니까. 말하는 거 보면 세상에 지 혼자만 자식 키우지. 쯧쯧."

"엄마, 나 피곤해."

"어, 그래. 쉬어라. 근데 너네 언니들은 요즘 왜 이리 늦는다니? 그렇게 밤낮 안 가리고 벌어댔으면 빌딩 몇 채는 올렸어야 정상 아니냐? 으이그, 다들 헛돈을 버는 거지." 엄마가 커피를 홀짝이며 아래층으로 내려갔다.

그 친구들한테 갔다 온 날이면 늘 엄마는 아무렇지 않은 척 행동했다. 엄마라고 그날의 슬픔에서 완전히 멀어지지는 않았을 테지만, 나는 오히려 엄마의 그런 행동이 더 슬퍼지곤 했다. 나는 아직인데 그만 잊어버리라고 재촉하는 것 같아서, 그들의 죽음을 외면하는 것이 싫을 뿐인데 엄마는 자꾸만 빨리 털어버리라고 강요하는 것 같아서.

나는 조심스레 승리 방으로 들어갔다. 아직 안 들어왔는지 붙박이장을 열어봐도 승리는 없었다. 안승리는 여전히 우리 가족에게 완벽한 투명 인간이었다.

승리 방에서 나와 내 방으로 들어갔다. 옷도 벗지 않은 채 그대로 침대에 웅크리고 누웠다. 팔을 뻗어 침대 구석에 앉아 있는 바닐라를 끌어당겼다. 솜구름 같은 품에 안기니 바닐라의 말 없는 위로가 온몸에 전해졌다. 그래도 지금 나한테 바닐라가 있어 다행이었다.

이렇게 또 한 번 나의 태풍이 지나간다. 그들과 1년 더 멀어진 만큼 나는 그들과 1년 더 가까워졌다. 그들과 멀어진 2년은 그들과 2년 더 가까워졌다는 의미이기도 했다. 산 자와 죽은 자와의 관계는 그렇다. 멀어질수록 가까워졌다. 그러니 괜찮았다.

*

오늘 내가 맞을 '불면증'의 첫 손님은 극작가 백수진이 될 것 같았다. 세상 귀찮은 걸음걸이로 극작가가 오는 중이었다. 그녀의 손에는 편지 한 통과 에코백이 들려 있었다. 드디어 다름이를 이용한 내 작전이 먹혀든 것이다.

예상대로 그녀가 다름이에게 쓴 편지를 우체통에 넣고는 편의점으로 어슬렁어슬렁 들어왔다. 극작가가 먼저 나에게 인사를 건넸다. "우리 되게 오랜만이다, 그지? 많이 아팠다며?"

그냥 몸살감기였다 하고는 인사 대신 그녀를 향해 가볍게 웃어 보였다.

"저번에 편지 부치러 나왔다가 봤어. 승리 씨가 대신 편의점 봐주는 거. 그 친구 참 재밌더라?" 그녀가 물건을 사기 위해 편의점 매대를 따라 천천히 움직였다. "사정은 들어서 아는데 어쩜 그런 복장으로 편의점 볼 생각을 한 건지 놀라워. 배우 기질이 다분해. 나 웃겨죽는 줄 알았잖아. 그건 그렇고 이제 몸은 다 나은 거지?"

나는 "네"라는 대답과 함께 시치미를 떼고 그녀에게 물었다. "아참, 꼬맹이랑 편지 주고받는 건 어때요?"

극작가는 지금까지 다름이와 다섯 번 정도 편지를 주고받은 모양이었다. 어찌나 꼬치꼬치 캐묻는지 그녀는 꼬맹이한테 자기 사생활을 몽땅 털린 기분이라며 투정 아닌 투정을 부렸다. 하지만 그녀는 다름이와 주고받은 편지가 꽤 마음에 드는 눈치였다. 편지 얘기를 하는 내내 입가에 번진 미소를 통해 알 수 있었다.

나는 그런 그녀에게 감사의 말을 건넸다. "아, 그리고 승리한테 들었어요. 승리 써주기로 하셨다고……."

그녀가 겸연쩍게 웃고는 승리를 칭찬했다. "그 친구 참 영리하더라. 대본 숙지 능력이 어찌나 빠르고 탁월하던지 한번 말하면 찰떡같이 알아먹고. 아까 말했잖아? 배우 기질이 다분하다고." 그런데 대사 몇 마디 되지 않는 단역이라 그게 좀 미안하다고 했다. 그래서 그런지 그녀는 내 감사 인사를 좀 부담스러워하는 듯했다.

극작가를 만나고 돌아온 날 저녁, 승리는 내가 듣고 싶어 하는 얘기는 제쳐둔 채, 그녀의 집에 걸린 수많은 벽시계에 관해 늘어놓았다. 귀울림이 얼마나 심하면 그런 방에서 사느냐면서. 나는 그런 승리에게 백 선생 눈엔 수녀복 입고 나타난 네가 더 이상해 보였을 거라고 했더니 승리는 아무 대꾸도 못 했다.

극작가가 멸균우유 두 개와 짜장라면 한 묶음과 즉석밥 다섯 개를 계산대 위에 내려놓았다. "난 멸균우유가 고소해서 맛있더라. 유통기한도 길고." 계산을 끝낸 물건들을 에코백에 넣고는 농담조로 덧붙였다. "해진 씨, 이제 어떡해? 내가 좀 부지런해지는 바람에 배달료 못 챙기게 생겼으니?" 하필 우체통이 이 편의점 앞에 있을 게 뭐냐면서 그녀는 부지런해진 자신을 설명했다. "편지 부치러는 나오면서 물건 사러는 안 나온다고 해진 씨가 욕할까 봐 나 요즘 이러고 다녔잖아. 에코백까지 챙겨 들고." 본인이 생각해봐도 좀 어이가 없는지 마지막엔 피식 웃기까지 했다.

그래서 나도 따라 웃었다. 그러나 극작가는 내 웃음의 의미가 다름이를 이용한 전략의 승리를 기념하는 웃음이란 건 꿈에도 모를 터였다.

극작가가 자못 진지한 표정으로 다시 말을 이었다. "근데 다름이란 녀석, 점점 얼굴이 궁금해지는 거 있지? 좀 귀찮긴 한데 이상하게 계속 답장을 쓰게 된단 말이야." 역시 그녀의 게으름을 바로잡을 방법은 그런 호기심일 줄 알았다.

그녀가 이만 가봐야겠다며 편의점 유리문을 밀쳤다. 질문을 놓칠세라 나는 연극 재밌게 봤다는 말로 그녀를 불러 세웠다. 그러고는 궁금했던 부분에 대해 얼른 물었다. "근데 호텔 방에 코끼리는 어떻게 들어간 거예요?"

지겹게 받아본 질문이라 그럴까. 그녀가 무덤덤하게 대답했다. "그런 것까지 알려고 들면 골치 아파. 그건 이야기를 시작하기 위한 설정일 뿐이니까 잊어." 그녀가 등 뒤로 손을 흔들어 보이고는 편의점을 나갔다. 결국, 호텔 방에 갇힌 코끼리에 대한 의문은 미스터리로 남고 말았다.

극작가가 열고 나간 유리문으로 꽃순이 할머니가 들어왔다. 할머니가 멀어져가는 그녀를 못마땅한 눈으로 흘겨보더니 "쯧쯧쯧, 게을러터진 관상이야"라고 했다. 놀랍고 신기해서 할머니에게 관상도 볼 줄 아시냐고 물었다.

꽃순이 할머니가 으스대듯 대답했다. "이 나이 되면 관상이 아니라 몸속 내장까지 훤히 보이는 법이여."

호기심에 나는 할머니에게 내 관상 좀 봐달라고 떼를 썼다. 하지만 할머니는 젊은 사람은 관상 같은 거 보는 거 아니라며 손을 내저었다. 좋은 관상이 아니라 말해주기 뭐해 그러시는 걸지도 몰랐다. 하긴, 내 못난 얼굴이 좋은 관상일 리가 없다.

할머니는 빨간색 말보루 하나와 카프리 맥주 세 병을 샀다. 봉지에 담아달라는 걸 보니 오늘은 파라솔 테이블에 앉지 않을 모양이었다.

나는 거스름돈을 할머니에게 건네며 말했다. "할머니, 술, 담배 좀 줄이세요. 건강에 해로워요."

내 염려를 잔소리처럼 받아들인 할머니가 투덜댔다. "염병, 죽을 날만 세고 사는 노인네한테 건강은 사치여. 이 나이에 건강해서 얻다 쓰게?" 그래도 내 걱정이 아주 듣기 싫지 않았는지 편의점을 나서는 꽃순이 할머니의 얼굴에 옅은 미소가 번졌다. 그것은 드러내지 않으려고 애썼지만 드러나고야 만 빙긋한 웃음이었다.

멀어져가는 꽃순이 할머니의 어깨 너머로 마크가 보였다. 그 역시 다름이에게 쓴 편지를 '79'번 우체통에 넣고는 편의점으로 들어왔다.

컵라면 두 개와 꼬마 열무김치를 계산대 위에 내려놓으며 마크가 투정을 부렸다. "해진, 나 골치 아파."

다름이에 관한 게 분명했다. 하지만 나는 모르는 척 "뭐가?" 하고 물어봤다.

마크가 투덜투덜 대답했다. "다름이라는 꼬맹이 녀석, 나한테 너무 많이 물어. 왜 하필 한국에 사냐고 묻고, 내 병 고쳐줄 것도 아니면서 어디가 어떻게 아프냐고 묻고. 오 마이 갓이야." 마크는 고개를 절레절레 흔들며 컵라면에 뜨거운 물을 부었다.

"걱정해주는 건데 왜?" 나는 괜스레 웃음이 나왔다.

그건 걱정이 아니라 간섭이라면서 마크가 못마땅한 얼굴을 해 보였다. 그건 그렇고 공항 가는 건 얼마나 진전돼가냐고 물었더니 그저께는 두 시간 동안 공항 곳곳을 누비고 다녔다고 자랑을 했다. 자낙스 두 알로 버텨냈지만 역시나 출국장 가까이 가면 숨이 가빠져 혼났단다. 특히 마크에게 공포로 다가오는 건 길게 늘어선 출국 라인이었다. 그 얘기를 하는 내내 그의 얼굴이 찌푸려져서 나는 더 묻는 걸 관둬야 했다.

마크의 핸드폰 타이머가 3분을 알렸다. 그는 컵라면을 먹는 내내 다름이와 주고받은 편지에 관해 털어놓았다. 말은 그렇게 해도 마크 또한 자신을 향한 다름이의 과도한 질문들이 싫지 않은 기색이었다.

여전히 툴툴대는 목소리로 마크가 말했다. "그 꼬맹이는 답장을 안 하면 안 되게 편지를 끝내서 미치겠어, 해진. 어떻게 생겼는지 너무 궁금해! 분명 엄마 말 안 듣게 생긴 얼굴일 거야. 혹시 해진은 알아?"

알면서도 나는 고개를 가로저었다. 어쩜 저렇게 극작가 백수진과 반응이 비슷한지 모르겠다. 그런데 어째 오늘은 사장이 보이지 않는다. 승리 편에 전달한 그 마법의 베개는 잘 받았는지 그리고 효과는 있었는지 궁금해죽겠는데 말이다.

아르바이트를 끝내고 집으로 돌아가는 길, 자전거를 끌고 나오지 않은 터라 오늘은 걸어서 가야 했다.

서른일곱 개의 맨홀을 밟았지만 여전히 나와 내 주변에는 아무 일도 일어나지 않았다. 해진 선배와 소영에게 다녀오던 날

삐거덕 소리가 나게 목조계단을 밟아버렸음에도 마찬가지였다. 그래서 나는 저번처럼 맨홀을 밟아보기로 했다.

맨홀을 의식하지 않고 그냥 걷기 시작했다. 그것을 피해 걷느라 그동안 잘 보지 못했던 하늘을 모처럼 올려다봤다. 집집의 담장 너머로 고개를 내민 나무들을 구경하기도 했다. 그러다 맨홀이 나타나면 나타나는 대로 개의치 않고 밟고 지나갔다. 밟을 맨홀이 너무 적은 것 같아 오늘은 다른 길로 가볼까 싶었다.

모퉁이를 돌아 오래된 주택가로 들어섰다. 긴 담장에 둘러싸인 이층 벽돌집 앞에 잠깐 멈춰 섰다. 그 집 담장 밖으로 뻗어 나온 모과나무가 보였다. 나무에는 목련을 닮은 분홍색 모과꽃이 탐스럽게 피어 있었다. 나는 눈치를 살피다 가지 끄트머리에 달린 꽃 한 송이를 꺾어 달아났다. 그러잖아도 꽃을 꺾는 행위와 사고의 연관성을 확인해보고 싶던 참이었다.

모과꽃 향기를 맡으며 다시 맨홀을 따라 걸었다. 그런데 열일곱 번째 맨홀을 지나칠 때였다. 작업복 차림의 아저씨들이 우체통 주변에서 뭔가를 하고 있었다. 궁금해서 그쪽으로 달려갔다. 작업자들은 우체통 고정 볼트를 제거하는 중이었다. 모서리 부분에 박힌 볼트가 모두 제거되자 우체통이 시멘트 바닥에서 떨어져 나왔다. 트럭에는 이미 철거된 우체통이 두 개나 실려 있었다. 나는 작업하는 아저씨들에게 왜 철거하는 거냐고 물었다.

한 아저씨가 이마에 맺힌 땀을 훔치며 대답했다. "왜긴 왜야. 영 쓰는 사람이 없으니 없애는 거지. 보행에 방해만 되고 미관상 좋지도 않고."

이용률이 낮은 것들은 철거 대상이 될 수밖에 없다고 다른 아저씨가 보충 설명을 했다. "쓰지도 않는 거 놔둬 뭐 해."

작업에 방해될까 봐 이만 뒤로 물러났다. 다시 집으로 걸어가면서도 내 고개는 자꾸 뒤를 향했다. 우체통은 결국 트럭으로 옮겨졌다. 하얀색 동그라미 안에 '85'라는 고유번호가 찍힌 우체통이었다. 그러고 보니 저번에 다름이한테 해줬던 호언장담이 생각났다. "우체통은 쉽게 사라지지 않아." 하지만 녀석의 말처럼 우체통은 정말로 없어지고 있었다. 만약 다름이가 저 우체통 근처에 살았더라면 어땠을까. 그러자 궁금해졌다. 다름이의 '111'번 우체통은 얼마나 오랫동안 그 자리를 지키게 될지. 그 우체통을 지켜내기 위한 녀석의 노력은 몇 살까지 이어질지. 다름이가 머리가 커지고 동심을 잃어갈 나이가 되면 녀석의 '111'번 우체통도 언젠가 저 트럭에 실려 가고 말 것이다. 모든 것은 변해가기 마련이니까.

나는 다시 맨홀을 밟으면서 사라지는 것들에 대해 생각했다. 아까 꺾은 모과꽃이 그새 시들해져 있었다. 사라지는 건 이렇게나 쉬웠다.

집까지 걸어오는 동안 마흔일곱 개의 맨홀을 밟았다. 골목

모퉁이를 돌자 마흔여덟 번째가 될 집 앞 맨홀이 보였다. 오늘은 2년 내내 피해만 다녔던 저 맨홀도 밟아볼 생각이었다.

맨홀 가까이 다가가 그 한가운데를 무심히 디뎠다. 그리고 한참 그 자리에 서서 하늘을 올려다봤다. 아무 일도 일어나지 않을 거라고 믿어버리자 맨홀은 그냥 맨홀로 여겨졌다. 괜스레 기분이 좋아진 나는 콧노래를 흥얼거리면서 그 안에서 제자리 걷기를 했다. 그러다 지겨워져서 발로 맨홀 테두리를 더듬어보기도 했다. 그렇게 맨홀과 한 몸이 되어갈 즈음, 앞집 2층 현관문이 열리더니 내 행운의 여신이 외출복 차림으로 계단을 내려오는 게 보였다. 여자가 대문을 열고 나왔다. 갑작스러운 맞닥뜨림에 당황한 나는 어떻게 해야 할지 몰라 발만 동동 굴렀다. 어떡하지? 입술을 깨물었다. 위기는 기회라는데 이참에 말을 걸어볼까? 그래, 이번에야말로 저 여자의 직업을 알아내자. 의심하고 오해하는 것보다 속 시원히 사실을 아는 게 나았다. 사실 자랑 대마왕 의심대로 술집에 나가면 또 어떤가. 먹고사는 방법이 누구나 다 똑같을 수는 없었다. 나는 우물쭈물하다 몸이 시키는 대로 맨홀 밖으로 나갔다. 다행히 여자와 눈이 마주쳤다.

용기 내 여자에게 다가갔다. 그리고 다짜고짜 인사부터 건넸다. "안, 안녕하세요. 오다가다 몇 번 뵌 거 같은데…… 저는 여기 앞집에 살아요." 손으로 우리 집을 가리켰다. 뜬금없어하는 여자의 표정에도 아랑곳하지 않고 나는 말을 꺼냈다. "저기,

언니 너무 예쁘세요. 빈말이 아니라 정말로요. TV에 나오는 연예인보다 더요." 나는 좀 민망해서 눈을 질끈 감았다 떴다.

여자가 난감해하는 목소리로 "아, 네……" 하고는 살짝 눈웃음을 지었다.

여자의 반응에 용기가 생긴 나는 진짜 궁금했던 부분을 파보기로 했다. 그 전에 나부터 소개하는 게 예의일 것 같아 운을 뗐다. "저는 스물이고 작곡가 지망생이에요. 아직 좀 엉망이긴 하지만요……." 괜히 쑥스러워서 목덜미를 긁적였다.

"아, 그럼 가끔 들리던 피아노 소리가……." 놀란 듯 여자의 눈이 커졌다.

"맞아요. 제가 치는 거예요." 나는 어색하게 웃어 보이고는 주저하듯 물었다. "저, 근데 실례가 안 된다면 언니는 하시는 일이……." 심장이 두근댔다.

여자의 대답이 돌아왔다. "동시통역사예요. 근데 프리랜서라 일이 있다 없다 해서 사실 저도 좀 엉망이긴 해요." 그 말끝에 여자가 멋쩍게 웃었다.

어떤 언어냐니까 영어라고 했다. 흥분한 나는 "그렇죠? 그럴 줄 알았어요. 멋진 커리어우먼일 줄 알았다니까요!"라고 소리치고 말았다.

흥분하는 내 모습이 귀여워 보였는지 여자의 미소가 환한 웃음으로 변해갔다. 여자가 나를 귀여운 동생 쳐다보듯 하며 내 이름을 물었다.

기회를 놓칠세라 나는 냉큼 대답했다. "정해진이요. 해바라기 할 때 '해'를 써요."

"아, 혜진이 아니라 해진? 예쁜 이름이네요. 저는 엄빨강이에요."

잘못 들었나 싶어 나는 여자에게 되물었다. "네? 빨강이요?"

여자가 난감해하는 표정으로 말했다. "이름이 좀 그렇죠? 태어나보니 부모님이 그렇게 지어놨더라고요. 태몽을 꾸고 지은 이름이래요."

도대체 어떤 태몽을 꾸면 이름을 빨강이라고 지을 수 있는 걸까? 여자가 핸드폰으로 시간을 확인하더니 자기는 이만 가봐야 한다고 했다. "그럼 다음에 또 봐요."

"네, 언니."

다음에 만나면 말 편하게 해달라니까 여자가 "그럴게요"라고 하고는 골목길을 잰걸음으로 빠져나갔다. 내 이상형이던 앞집 여자의 직업은 동시통역사였다. 자랑 대마왕의 예상이 보기 좋게 틀린 것이다.

이래저래 기분이 좋아진 나는 콧노래를 흥얼거리며 집으로 들어갔다. "근데 빨강이래, 엄빨강."

왠지 빨강이란 이름은 앞집 여자가 가진 유일한 흠결처럼 느껴졌다. 저렇게 예쁘고 잘난 사람한테도 본인이 어찌할 수 없는 부분이 있다는 생각에 괜히 키득키득 웃음이 나왔다.

*

'85'번 우체통이 사라지고, 앞집 여자의 이름과 직업을 알게
되던 날 엄마는 손목을 데어 들어왔다. 만두 찜통을 열다 훈김
이 훅 끼치는 바람에 그리된 거라고 했다. 기회는 이때다 싶었
는지 이번엔 아빠가 엄마를 나무랐다. "장사 하루 이틀 해! 만
두 하루 이틀 쪄봐! 칠칠찮게 뚜껑을 어떻게 열었길래 다쳐,
다치길!" 하지만 나는 엄마의 손목 화상을 이제 막 깨뜨리기
시작한 내 강박 규칙과 연관 짓지 않으려고 했다. 엄마는 예전
에도 종종 만두 찜통에 손을 데어 왔었다. 그러니까 엄마가 다
친 건 맨홀과도 모과꽃을 꺾은 오늘 내 행동과도 아무런 상관
이 없었다. 불을 가까이 하는 일이니 가벼운 화상쯤은 다반사
였다.

　나는 엄마의 사고를 애써 우연으로 치부해버리고는 바닐라
에게 뽀뽀를 했다. 그렇게 형광등을 끄고 침대에 누우려는데
핸드폰이 울렸다. 사장이었다. 그러잖아도 온종일 얼굴이 보
이지 않아 걱정이던 참이었다. 통화 버튼을 눌렀다.

　피곤에 찌든 사장의 목소리가 핸드폰 너머에서 들려왔다.
"해진 씨, 나 부탁 하나만 하자……."

　"네, 말씀하세요."

　"지금 4호점으로 나와줄 수 있을까?"

　"무슨 일 있으세요?" 갑자기 가슴이 철렁 내려앉았다.

사장이 머뭇대다 대답했다. "어, 그게…… 친구 아버님이 돌아가셔서…… 미안해서 어쩌지?"

"아니에요." 침대에서 일어나 나갈 채비를 했다. 자정까지는 15분밖에 남지 않았다.

자전거를 타고 서둘러 밤의 골목길을 빠져나갔다. '불면증 4호점'의 야간 타임은 처음이었다. 비를 뿌릴 예정인지 밤하늘에 낀 먹구름이 두꺼워지는 중이었다.

술 취한 손님들이 드문드문 숙취 해소제를 사러 들어왔다. 비 때문에 편의점 바닥은 계속 엉망이었다. 혹시나 미끄러져 다치는 손님이 생길까 봐 나는 수시로 마른걸레를 밀고 다녔다.

'불면증 4호점'에서 바라본 흐린 날씨는 을씨년스러웠다. 비가 내리지 않더라도 깊은 밤 편의점은 늘 조금 쓸쓸했다. 그런데 사장은 매일 이 시간 이곳에서 혼자 불면과 싸워온 것이다. 그런 사장을 생각하자 당연시했던 내 지난 잠들이 새삼 고마워졌다.

깨끗이 닦인 바닥에 발자국을 찍으며 손님 두 명이 또 들어왔다. 이십대 초반 남자와 삼십대 후반 여자가 동시에 콘돔을 집어 들었다. 눈이 서로 마주치자 민망해하며 그들은 빨리 바코드 찍어주기를 기다렸다. 콘돔을 사러 온 손님들은 대개 영수증을 챙겨 가지 않았다. 다급하거나 민망하거나 이유는 둘 중 하나일 테다. 비가 쏟아지는 이 밤늦은 시간, 어떤 이들에게 새벽은 가장 찬란하고 매우 열정적인 시간이었다.

콘돔 손님이 찍어놓고 간 발자국을 마른걸레로 다시 닦아냈다. 빗물이 두드리는지 편의점 통유리에서 몇 번 노크 소리 같은 게 났다. 소리 나는 곳으로 눈을 돌리자 검은 새벽에 비를 맞고 서 있는 만초 씨가 어렴풋하게 보였다. 반가움에 나는 얼른 유리문을 열었다. 혼자 있는 시간이 적적했던 터라 더 반가웠다.

여기 있는지 어떻게 알았냐니까 그가 장난스럽게 말했다. "이번에도 그냥 재채기처럼 에춰! 하고 나타난 거예요." 그의 몸에서 방울진 빗물이 뚝뚝 떨어졌다.

나는 화장실에서 수건을 가지고 나와 그에게 건넸다. 그가 수건으로 머리와 어깨를 닦아내며 말했다. "비를 맞아서 그런지 저 좀 짙어진 거 같지 않아요?"

나는 그를 뚫어져라 쳐다봤다. "음, 그렇네요. 비는 만초 씨한테 좋은 거군요?"

"네."

"그럼 우리 아이스크림 먹을래요? 더 짙어지게?"

"좋아요." 그가 고개를 끄덕이자 그의 몸에서 또 빗방울이 뚝뚝 떨어졌다.

우리는 편의점 테이블에 나란히 앉아 바닐라 아이스크림을 먹었다. 비는 잦아들었다가 굵어지기를 반복했다. 간간이 드나드는 손님들 때문에 그와 나의 대화는 깊어질 만하면 끊기기 일쑤였다.

테이블에 앉자마자 또 손님이 들어왔다. 나는 손님이 나타날 때마다 테이블 밑으로 숨으려는 그를 말렸다. 쳐다보든 말든 그냥 앉아 있어보라니까 그가 "버릇이 돼서⋯⋯"라고 소심하게 말하고는 머리를 긁적였다.

"괜찮을 테니까 이번엔 숨지 말아보기예요?"

고개를 끄덕이는 그를 뒤로하고 계산대로 뛰어갔다. 손님이 맥주 한 팩과 안줏거리를 집어 들었다. 매대를 따라 움직이다 테이블에 앉아 있는 만초 씨를 발견한 듯했지만 손님은 그냥 그를 스쳐보고 말 뿐이었다. 맥주 손님이 나간 자리에 또 다른 손님이 들어왔다. 술에 취한 사십대 남자였다. 쫄딱 비에 젖은 남자가 비틀거리는 걸음으로 소주 한 병을 샀다. 종이컵 하나만 달라는 걸 보니 여기서 마시고 갈 작정이었다. 아니나 다를까 남자가 젖은 몸으로 테이블에 가 앉았다. 편의점 안에서 술을 마시는 건 안 된다고 했지만 남자는 간섭하지 말라며 짜증을 부렸다.

나는 한 번 더 정중히 요구했다. "손님, 저기 파라솔 테이블에 앉아주시면⋯⋯."

"뭐? 지금 나보고 비 처맞으면서 먹으라는 거야!"

내 요구를 무시한 남자는 끝내 테이블에서 일어나지 않았다. 취한 사람을 억지로 끌어내는 건 긁어 부스럼이었다. 요란하게 자리를 잡은 남자가 옆에 앉은 만초 씨를 흘깃 쳐다보다 소주 뚜껑을 비틀어 땄다.

남자가 혀 꼬부라진 소리로 그에게 시비를 걸었다. "당신 뭐야? 왜 그렇게 시꺼메? 하수구에 빠졌다 왔나 보지?"

만초 씨가 응대하지 않자 남자가 다시 그에게 시비를 걸었다. "새끼, 왜 대답이 없어? 너도 나 무시하냐? 내가 우습지? 만만하지?"

그는 여전히 말을 섞지 않았다.

"씨발 새끼!" 욕을 하고 난 남자가 이번엔 나에게 이리 좀 와보라며 손짓했다.

취객을 상대해야 하는 야간 타임은 이래서 싫었다.

다가갔더니 남자가 종이컵을 내 쪽으로 디밀었다. 술을 따르라는 거였다. "아가씨, 한 잔 따라봐."

"네?" 나는 한 발짝 뒤로 물러났다.

남자가 음흉하게 웃어대며 나를 위아래로 훑어내렸다. "술 맛 좀 돌게 한 잔 잘 따라보라니까?"

"손님, 여긴 편의점인데요!" 나는 점점 오기가 생겼다.

"아, 글쎄, 편의점이고 나발이고 따라보라고!" 머뭇거리는 나에게 남자가 호통을 쳤다. "술을 팔 거면 따를 줄도 알아야지, 안 그래? 씨발, 얼른 따라 얼른!" 내 손목을 비틀어 쥔 남자가 나를 자기 쪽으로 세게 잡아당겼다.

이 손 놓으라며 반항하자 남자가 움켜쥐고 있던 종이컵을 구겨 내 얼굴을 향해 던졌다.

남자의 행동에 화가 난 만초 씨가 자리에서 일어났다. "그 손 안 놔!"

이에 질세라 남자가 계속 비아냥댔다. "어라? 시꺼먼 게! 씨발, 뭔 상관이야? 니놈이 저년 애인이라도 돼?"

참다못한 만초 씨가 남자의 멱살을 잡았다. 의자에서 들어 올려진 남자가 그의 손에 질질 끌려 나갔다. 그 와중에 남자는 계속 쌍욕을 해댔다.

더는 참지 못한 그가 주먹으로 남자의 면상을 쳤다. "당장 꺼져! 당장!"

싸움이 큰 사고로 번질까 봐 심장이 두근대기 시작했다. 누구라도 불러와야 하나? 아니면 빗자루라도 들고 와 같이 싸워야 하나?

그때 바닥에 쓰러진 남자가 자신의 한쪽 턱을 어루만진 채 그에게 또 욕을 했다. "씹새끼, 니가 뭔데 나한테 꺼지라 마라야!"

"꺼지라고! 꺼져!"

그런데 이상했다. 그의 몸이 점점 옅어지기 시작했다. 저대로 놔뒀다간 투명해져서 공기 속으로 영영 사라져버릴 것만 같았다. 본인의 상태를 아는지 모르는지 그가 또 남자의 멱살을 잡으려고 달려들었다. 하지만 움직이면 움직일수록 그는 점점 희미해지고 있었다. 일단 싸움부터 말려야 했다. 그런데 뭘 본 걸까. 갑자기 남자가 뒷걸음질 치기 시작하더니 "도, 도깨비다! 뿔난 도깨비!"라고 외치며 냅다 도망쳤다. 정확히는 몰라도 만초 씨 모습에 놀란 것 같았다. 제 발로 꺼져줘서 그나마 다행이었다.

나는 만초 씨 상태부터 확인했다. 그는 조금 전보다 더 희미해져 있었다. 그대로 두면 안 될 것 같아 얼른 편의점 밖으로 그를 쫓아냈다. 그늘이든 어디든 빨리 찾아가보라고 재촉했다. "만초 씨 몸, 희미해지고 있어요!"

그는 안다고 했다. 편의점 밖으로 나온 그가 고개를 떨구었다. "미안해요. 전 어쩔 수 없는 놈인가 봐요." 그의 시무룩한 목소리가 빗소리를 타고 바닥으로 떨어졌다.

나는 그렇지 않다며 그를 다독였다. "미안하긴요. 만초 씨가 아까 그 새끼 때려눕혔잖아요. 빨리 가요, 빨리!" 나는 다급한 마음에 손을 앞으로 내저었다.

"미안해요. 이것밖에 안 돼서……." 그는 그 말을 남긴 채 빗속으로 사라져갔다.

아주 옅어진 채로 떠난 그가 염려되었다. 그냥 테이블 밑에 숨어 있게 둘 걸 뒤늦은 후회가 들었다. 내 잘못이고 내 책임이었다. 저번에도 그렇고 오늘도, 그는 나 때문에 자꾸 옅어졌다. 어쩔 수 없는 사람은 그가 아니라 나인지도 몰랐다.

미처 다 먹지 못한 만초 씨 아이스크림이 테이블 위에서 흐물흐물 녹고 있었다.

집으로 돌아가는 길. 비는 그쳤지만 하늘은 여전히 찌뿌둥했고, 내 머릿속은 만초 씨 걱정으로 엉망이었다. 두 시간 정도 눈을 붙였다가 다시 '불면증 1호점'에 가봐야 해서 몸도 말이 아니었다. 그런데 이런 생활을 사장은 매일매일 해왔다는 거 아닌가. 정말 지독하고 짠한 사람이다.

골목길로 들어섰다. 자랑 대마왕이 이른 아침부터 바퀴 달린 장바구니를 끌고 집에서 나왔다. 검사 아들의 결혼이 틀어져서인지 요즘 아주머니는 풀이 죽은 얼굴로 돌아다녔다. 인사를 건네도 받는 둥 마는 둥이었다. 괜한 심통에 나는 엊그제 알게 된 앞집 여자에 관한 정보를 아주머니에게 털어놓았다. 내 행운의 여신을 술집 여자로 오해하고 있는 게 싫기도 했다. 그리고 자기 잘난 맛에 사는 사람은 한 번씩 뒤통수를 때려줄 필요가 있었다.

"그래?" 역시나 동시통역사라는 말에 놀란 아주머니의 눈이 커졌다. "어쩐지 지적으로 뵈더라. 이것도 인연이라면 인연인데 우리 검사 아들이랑 선 한번 보게 할까?"

사람이란 이렇게 간사하다. 재를 뿌리고 싶은 마음에 나는 알지도 못하면서 이렇게 되받아쳤다. "근데 사귀는 사람 있대요. 그 외모에 그 능력에 솔로일 리 없잖아요?"

아주머니의 표정이 못마땅하게 일그러졌다. "우리 검사 아들도 어디 가면 빠지는 인물은 아닌데……. 근데 솔직히 얼굴 반반하고 능력만 있으면 뭐 해. 심성이 고와야지. 안 그래? 아이고, 오늘은 또 뭘 해 먹나……." 정말 끝까지 배배 꼬인 소리만 했다.

자랑 대마왕이 입술을 실룩대며 모퉁이로 사라졌다. 밉상이라 그런지 저 아주머니가 끌고 다니는 장바구니는 바퀴 소리도 요란하고 시끄러웠다. 나는 속으로 내 행운의 여신은 당신 아들보다 백배는 잘난 사람이랑 만나고 있을걸! 이라고 쏴붙이고 집으로 들어갔다.

그나저나 만초 씨가 걱정이었다. 엎어진 채로 멀어져간 모습이 눈에서 떠나지 않았다. 그는 다시 일어섰을까? 혹시 엎어져서 영영 사라져버린 건 아닐까?

*

사장이 이틀째 편의점에 오지 않았다. 내 아르바이트 시간에만 보이지 않는 건지 다른 시간에도 그런 건지는 모르겠다. 핸드폰이 꺼진 상태라 사장에게 연락할 방법이 없어 더 답답했다. 그래서 어제 새벽에는 자전거를 타고 '불면증 4호점'에 가보았다. 사장 대신 웬 남자가 편의점을 보고 있었다. 장례식장을 끝까지 지키느라 그런 거라면 다행이지만 혹시 그게 아닐 수도 있다는 생각에 걱정이 앞섰다. 그런데 사장뿐만이 아니었다. 만초 씨도 요 며칠 모습이 보이지 않았다. 그날 새벽, 취객과 몸싸움을 벌인 뒤로 나타나지 않아 부쩍 신경이 쓰였다.

걱정스러워 일이 손에 잡히지 않았다. 그래서 나는 어제저녁부터 만초 씨가 있을 만한 곳을 찾아다녔다. 아르바이트 끝나는 대로 자전거를 타고 집 주변을 탐색한 지 이틀이 지났지만 그는 어디에도 없었다. 혹시 그때처럼 몰래 자전거 뒤에 타고 있나 싶어 수차례 고개를 돌려봐도 그는 보이지 않았다.

자전거에서 내렸다. 이번에는 자전거를 끌고 그늘진 곳곳을 찾아다녔다. 응달이 나타날 때마다 나는 그 응달을 향해 "만초씨, 거기 있어요?"라고 묻기를 반복했다. 지나가는 사람들이 나를 이상한 눈초리로 쳐다봤다. 그중에는 다름이도 있었다.

"누나, 누구 찾아요?" 책가방을 멘 녀석이 내 앞으로 뛰어와 물었다. "강아지 잃어버렸어요?"

나는 강아지 안 키운다니까 다름이가 "그럼 뭔데요? 말해봐요. 저도 도와줄게요" 하고는 내 시선이 향해 있는 곳을 두리번댔다.

나는 망설이다 말했다. "목소리를 찾고 있어. 차가운 그림자 같은 건데 그 사람을 찾고 있어."

"나 참, 저번에도 그러더니 또 그 소리예요?" 다름이가 난감해했다. 그러면서도 녀석은 계속 내 뒤를 졸졸 따라다녔다.

나는 그런 다름이에게 저번에 철거된 '85'번 우체통에 관해 얘기했다. 다름이 네 말대로 편지가 없는 우체통은 정말 사라져버리더라고 했더니 다름이가 "그죠?"라고 놀라움 반 걱정 반이 섞인 목소리로 말했다. 그래서 나는 다름이에게 편지는 잘 쓰고 있는지 물었다. 잘 쓰고 있다는 대답에, 그럼 백수진 아줌마랑 마크 아저씨는 어떠냐고 했다.

"둘 다 불쌍해요." 녀석이 긴 한숨을 뱉어냈다.

"왜?"

"백수진 아줌마는 이명이 있대요. 마크 아저씨는 공황장애가 있고요. 그게 뭔지 몰라 인터넷으로 찾아봤어요. 어른이 되면 다 어디가 아픈가 봐요. 우리 엄마도 맨날 소파에서 일어날 때마다 허리 아프다고 그러거든요. '아이고, 허리야' 그러면서요."

나는 어른들이 아픈 건 걱정이 많아서라고 했다. 그랬더니 녀석이 "맞아요" 하고 격하게 호응하며 말했다. "우리 외할머니는 엄마한테 맨날 걱정도 팔자라 그래요. 그래서 엄마 허리가 아픈가 봐요."

"엄마가 정말 걱정이 많으신가 보구나?" 웃음을 참아내느라 나는 어금니로 안쪽 볼살을 깨물었다.

"그런 거 같아요. 막장 드라마 보면서도 주인공 걱정하는 걸요."

다름이의 그 말에 나는 잘 참아낸 웃음을 뿜고 말았다. 다름이가 그런 나를 멀뚱히 쳐다봤다. 순간 녀석에게 미안한 마음이 들었다. 자기 딴에는 꽤나 걱정이었을 일에 웃어버렸으니 말이다.

미안함에 나는 얼른 이렇게 말했다. "아, 누나가 편지 쓸 사람 한 명 더 소개해줄까?"

녀석이 다시 밝아진 얼굴로 고개를 끄덕였다. 다름이는 역시 거절하는 법이 없었다. 사라진 '85'번 우체통 때문에 더 그러는 것 같았다. 녀석이 냉큼 책가방에서 키티 수첩을 꺼내어 내밀었다. 이제는 익숙하다는 듯이. 마치 조건반사처럼.

나는 키티 수첩에 우리 집 주소를 적었다. "이 주소는 누나네 집이야. 내가 대신 전해줄 테니까 그 편지는 여기로 보내면 돼."

다름이가 이번에도 어디 아픈 사람이냐고 묻기에 나는 그럴 수도 아닐 수도 있다고 애매하게 대답했다. "음, 이 사람은 김만초라고 하는데 동화 같은 사람이야. 집도 없고 가족도 없는 사람이라 네 편지 받으면 엄청 좋아할 거야. 지금 누나가 찾고 있는 차가운 그림자 같은 사람."

"하, 또 그 소리예요? 일단 알았어요. 써볼게요."

다름이는 분명 만초 씨에게 좋은 친구가 되어줄 것이다. 의심을 하면서도 결국 그를 받아들일 테니까. 그나저나 그는 어디로 숨어버린 걸까. 설마 때를 놓쳐 그날 새벽, 영영 옅어져버린 건 아닐까.

*

목요일 아침. 나는 바닐라에게 뽀뽀를 해주고 침대에서 일어났다. 혹시 한 번 더 해주면 만초 씨가 나타나주지 않을까 싶어 바닐라에게 또 뽀뽀를 했다. 어제 자정 넘을 때까지 만초

226

씨를 찾으러 다녔지만 결국 찾지 못했다. 이럴 땐 바닐라에게
라도 기대고 싶었다.

방문을 열고 거실로 나갔다. 승리가 베란다 커튼 뒤에 숨어
서 앞집 여자를 훔쳐보고 있었다. 나는 창가로 다가가 얼른 커
튼을 닫아버렸다. 승리가 의아해하며 왜 그러냐고 했다.

나 이제 앞집 언니 훔쳐보는 거 그만두려고 한다니까 승리
가 안 된다고 했다. "나 오늘 백 선생님 댁에 가기로 했단 말이
야." 승리가 닫힌 커튼 사이를 힐끔거리며 말을 이었다. "희곡
이 완성됐대. 나한테는 최종 오디션이나 마찬가지야."

나는 승리에게 저 언니 안 봐도 잘될 거니까 걱정 말라고 했
다. 서로 통성명까지 한 사이인데 이렇게 몰래 보는 건 예의가
아니란 생각에 관두기로 한 것이다. 나는 고집을 피우는 승리
를 납득시키기 위해, 며칠 전 집 앞 대화로 앞집 여자와 친분이
생겼음을 실토했다. "영어 동시통역사래, 저 언니. 이름은 빨강
이고. 엄빨강."

"이름이 왜 그래? 보라도 하늘도 아니고, 빨강?" 승리가 양쪽
눈썹을 치켜올리며 픕, 하고 웃었다. "그럼 술집이 아니었네?"

"응. 멋지지?"

내 뿌듯해하는 웃음이 못마땅해 보였는지 승리가 퉁명스레
대꾸했다. "칫, 재수 없어."

"왜?"

"몰라 묻니?"

그렇다. 몰라서 물은 게 아니었다. 승리와 나는 서로 말하지 않아도 하고 싶은 말이 무엇인지 대충 알았다. 앞집 여자는 완벽했다. 모르긴 몰라도 그 바탕에는 잘난 부모가 있을 것이고, 남 부러울 것 없는 성장 환경과 학벌이 있을 것이다. 우리는 아직 루저라 한 인간의 성공과 실패는 거기에서 비롯된다고 믿을 수밖에 없었다. 그러니 우리 앞에 있는 위너는 재수가 좀 없을 수밖에.

그래도 뭔가 아쉬운지 승리가 곁눈질로 커튼 사이를 내다보며 말했다. "근데 너 요즘 계단 오르내릴 때 가장자리 안 밟는 거 같더라?"

"응. 하나씩 고쳐보려고. 나 이제 맨홀도 막 밟고 다닌다?" 나는 자랑처럼 말하며 욕실로 향했다.

"진짜?" 승리가 휘둥그레진 눈으로 나를 쳐다봤다.

어쩌다 무슨 계기로 고치게 된 거냐고 승리가 쫓아오면서까지 물었지만 나는 그냥이라고 했다. 계기를 설명하려면 만초 씨에 대해 얘기해야 하기에 당분간은 그냥이어야 했다.

욕실로 들어가 양치질과 세수를 했다. 양치질을 먼저 하고 세수를 나중에 하던 규칙을 버리고 이번엔 세수를 먼저 해보기로 했다. 얼굴에 비누칠을 했다. 비누 거품을 씻어낼 때 물을 열아홉 번 끼얹던 강박을 버리고 마구 문질렀다. 습관적으로 자꾸 숫자를 세려고 하는 바람에 오기가 생겨 동요를 소리 내어 불러버렸다. 규칙이 사라진 일련의 내 행동들이 낯설어서 좀 불안했지만 꾹꾹 참아보려고 했다.

그래도 불안감이 가시지 않자 나는 고개를 도리도리 흔들며 내질렀다. "몰라, 몰라. 될 대로 되라지!"

그런데 그렇게 뱉어내고 난 순간 내 머릿속에 떠오른 건 며칠째 모습이 보이지 않는 만초 씨였다. 그에 의해 하나하나 고치게 된 강박인데 그가 나타나지 않고 있었다. 혹시 내가 강박행동을 하지 않아 그에게 무슨 일이 생긴 건 아닐까? 내 행동과 어떤 일을 연관 짓지 않으려 해도 그게 잘되지 않았다.

정신없이 북새통이던 편의점이 다시 한가해졌다. 나는 손님이 뜸해질 때마다 편의점 밖으로 나가 그늘진 곳곳을 찾아다녔다. 그리고 그늘을 향해 "혹시 여기 있나요, 만초 씨?"라고 묻기를 반복했다. 대체 무슨 일이 생겼기에 이리 오랫동안 나타나지 않는 걸까. 그러지 않으려 해도 자꾸만 나는 지켜내지 못한 강박 규칙과 나타나지 않는 만초 씨를 연결 지으려 하고 있었다.

손님이 와서 다시 편의점으로 들어갔다. 계산대 앞에 서서 바코드 스캐너를 잡아 쥐려는데 손님이 우물쭈물 나에게 다가와 물었다. 중년의 여자 손님이었다.

"혹시……." 여자가 초조하게 눈을 깜빡거렸다.

뭐 찾으시는 거라도 있냐니까 여자가 고개를 가로저었다. "아니요. 전 뭘 사러 온 게 아니라…… 혹시 아가씨가 음악 만드는 일 하시나요?"

"네, 그렇긴 한데……." 나는 의아한 눈으로 여자의 얼굴을 살폈다. 처음 보는 사람이었다.

"그럼 맞나 보네요." 자기를 유품 정리사라고 소개한 여자가 가방에서 주섬주섬 뭔가를 꺼내 계산대 위에 내려놓았다. 노랗게 색이 바랜 가제 손수건이었다.

어리둥절해하는 나를 향해 여자가 "꽃순이 할머니라고, 아시죠? 나꽃순"이라고 묻기에 가만히 고개를 끄덕였다.

말을 꺼내기도 전에 여자의 얼굴에는 착잡함이 묻어났다. 힘없이 뱉어져 나온 한숨이 신경을 곤두세웠다. "할머니가 남기셨더라고요."

"남기셨다니요?"

"그게, 며칠 전에 돌아가셨거든요……."

"네?" 손에 쥐고 있던 바코드 스캐너가 미끄러져 계산대 위로 떨어졌다.

얼마 전까지만 해도 정정하게 담배 한 갑과 카프리 맥주 세 병을 사 가셨는데……. 나는 떨리는 손으로 색이 바랜 손수건을 펼쳤다. 안에는 꽃순이 할머니가 담뱃불을 붙일 때 쓰던 은빛 듀퐁 라이터가 들어 있었다. 악취 신고가 들어와 발견하게 된 죽음이라고 했다. 당신의 죽음을 예견이라도 했는지 할머니 머리맡에는 편지 한 장이 놓여 있었다. 편지 내용은 간략했다. 오래전부터 준비해둔 듯 맨 윗줄에는 고독사를 처리해주는 유품 정리업체의 전화번호가 쓰여 있었고, 그 밑에는 나에게 당신의 라이터를 전해달라는 내용이 적혀 있었단다.

유품 정리사의 담담한 말이 이어졌다. "여기 편의점에서 일하는 처녀한테 전해달라고, 음악 만드는 아가씨라고 하면 아마 알 거라고 편지에 쓰여 있더라고요······."

그 편지는 현장에서 듀퐁 라이터를 감싼 가제 손수건 아래에 놓여 있었다. 그리고 편지 옆에는 빨간색 말보루 담배와 카프리 맥주가 있었다. 담뱃갑 안에는 담배 두 개비가 남아 있었고, 세 개의 카프리 병은 모두 비어 있었다고 했다. 결국 할머니의 죽음을 끝까지 지켜본 건 이 편의점에서 사 간 그때 그 술과 담배였던 것이다.

라이터를 멍한 눈으로 내려다보던 나는 여자에게 물었다. 입술이 떨려 말이 제대로 나오지 않았다. "그, 그럼 장례도 다 끝났겠네요······."

여자의 입에서 애잔한 한숨이 새어 나왔다. "편지 마지막 줄에 화장해 바다에 뿌려달래서 그렇게 해드렸어요. 가족이 없으시더라고요······. 하긴, 자식이 있어도 요즘 이렇게 가시는 분들 많아요." 내내 착잡해하던 유품 정리사는 그 말을 끝으로 편의점을 나갔다.

힘이 풀린 다리에서 경련이 일어났다. 나는 그대로 의자에 털썩 주저앉고 말았다. 손을 뻗어 내내 쳐다보고만 있던 은빛 라이터를 집어 들었다. 차갑고 묵직했다. 50년이란 세월을 증

231

명이라도 하듯 라이터 몸통에는 머리카락보다 가느다란 스크래치가 무수히 나 있었다. 라이터 뚜껑을 엄지손가락으로 밀어 올리자 '띠잉~' 하는 소리가 맑고 청아하게 울려 퍼지다 공기 중으로 은은하게 사라졌다. 그 소리가 좋아서 나는 뚜껑을 닫았다 밀어 올리기를 반복했다. 그러면서 생각했다. 시들어버린 장미꽃 세 송이가 재가 되던 날 나는 무엇을 하고 있었을까. 할머니가 유언장과도 같은 편지를 써 내려갈 때 나는 누구와 희희낙락거리고 있었을까. 꽃순이 할머니는 돌아가시기 전에 나를 생각했다. 가족도 아닌 나를, 당신의 라이터를 좋아했던 나를……. 그리고 그걸 나한테 남기고 떠났다.

고개를 돌려 꽃순이 할머니의 지정석이나 마찬가지였던 파라솔 테이블을 바라봤다. 가닿을 수 없다는 걸 알면서도 나는 할머니에게 말했다. "할머니, 이거 소중히 잘 간직할게요. 아주 오래오래요……." 그런 다음 라이터에 불을 댕겼다.

나는 파란 불꽃을 바라보며 할머니의 죽음을 애도했다. 무섭지 않은 편안한 죽음이었기를, 고통 없는 잠이자 끝이었기를 뒤늦게나마 바랐다.

눈가에 맺힌 눈물방울이 내 양쪽 볼을 타고 흘러내렸다.

그렇게 나 혼자 꽃순이 할머니의 죽음을 애도하고 있을 때였다. 사장이 전동 휠체어를 타고 편의점 앞에 나타났다. 나는 라이터를 손수건으로 꽁꽁 싸매 조끼 주머니에 넣어두고 자리에서 일어났다. 사장이 목발을 짚으며 휠체어에서 내렸다. 무슨 일인가 싶어 얼른 편의점 유리문을 밀치고 나갔다. 사장의 왼쪽 무릎 아래가 깁스로 모두 감긴 상태였다. 그의 그런 모습을 본 순간 내 뇌리를 스친 건 자책이었다. 내가 밟은 맨홀 때문인가. 어쩌면 꽃순이 할머니의 죽음도 내 책임인지 몰랐다.

놀란 나는 사장에게 무슨 일이냐고 물었고 사장은 그저 히죽히죽 웃을 뿐이었다. 목발에 몸을 맡긴 채 그가 일단 들어가자고 했다. 뒤따라 편의점 안으로 들어간 나는 냉큼 의자부터 빼 그 앞에 갖다 놨다. 엉거주춤 의자에 걸터앉은 사장이 대충 편의점을 둘러보고는 나에게 "별일 없었지?" 하고 물었다. 별일은 사장님한테 있었던 것 같다니까 그가 답답하게 또 히죽히죽 웃었다.

아파트 계단에서 굴렀다고 했다. 발목과 정강이뼈에 금이 간 사고였다. 아침에 집을 나서려고 2층 계단 앞에 섰는데 갑자기 눈앞이 휘청거리더니 몸이 끝 간 데 없이 밑으로 떨어져 내렸단다. 극심한 어지럼증으로 쓰러진 사장을 계단은 봐주지 않았고 그래서 일주일 만에 이런 꼴로 나타나게 된 거라고. 하지만 생각해보면 그리 놀랄 일도 아니었다. 잠이 오지 않는 시간을 일로 채워온 사장한테는 언제라도 일어날 일이었다.

내가 퉁명스레 물었다. "그럼 친구 아버님이 돌아가셨다는 건 거짓말이었네요?"

미안했는지 그가 변명을 늘어놓았다. "별로 다치지도 않았는데 괜히 찾아올까 봐 그런 거지, 뭐……."

그래도 예전에 비해 얼굴이 좋아 보인다는 말에 사장이 입
원해 있는 동안 잠을 좀 자서 그런 모양이라고 했다. "의사가
경고하데? 당신 그러다 곧 죽는다고. 근데 하릴없이 병원 침대
에 누워 있으니까 신기하게 잠이 오는 거 있지?"

그러면서 사장은 생각했다. 그동안 잠이 안 와서 일에 빠져
산 게 아니라 일에 빠져 사느라 잠을 못 잔 게 아닌가, 하고 말
이다. 그래서 이참에 사장은 일을 좀 줄여볼 계획이라고 했다.
그러기 위해서는 우선 '불면증 4호점'의 새벽일을 관둬야 했
다. 다행히 군 제대하고 복학 준비 중인 외조카가 있는데 '불면
증 4호점'은 당분간 그 애가 맡아주기로 했다며 모처럼 편안한
표정으로 말했다. 아마 그때 4호점에서 본 남자를 말하는 듯
했다.

나는 궁금해서 물었다. "그럼 그때 그 베개는요? 효과 없던
가요?"

사장이 말없이 고개를 가로저었다. 내 노력은 또 무용지물이
된 셈이다. 솔직히 처음에 나는 사장에게 잠을 찾아주려고 내
가 승리를 만난 건 아닐까 생각했었다. 그만큼 그 베개의 효과
를 믿었던, 아니 믿고 싶었던 것이다. 어떤 인연은 또 다른 인
연을 위해 존재하기도 하니까. 내가 만난 누군가는 내가 아닌
또 다른 누군가를 위한 것이기도 하니까. 그런데 아니었다. 그
래도 다행이란 생각이 들었다. 사장이 이만하길 다행이었고,

베개가 아닌 사고 덕분이라고 해도 어찌 됐든 조금이나마 잠을 다시 찾았으니 그 또한 다행이지 싶었다.

사장이 "매대가 많이 비었네?"라고 하면서 목발을 짚고 일어났다. 목에 걸린 휴대용 단말기를 들여다보며 물품 창고로 들어갔다. 그리고 그 불편한 다리로 매대를 따라 계속해서 움직였다. 절뚝대는 모습이 안쓰러워 관둘까 했지만 나는 사장에게 꽃순이 할머니의 부고를 전했다. 유품 정리사로부터 전해 들은 얘기를 빠짐없이 들려주려니 다시 목이 메었다.

나는 잠긴 목소리로 마지막 말을 꺼냈다. "화장해서 바다에 뿌려드렸대요……."

예기치 못한 소식에 사장이 좀 전의 나처럼 의자에 털썩 주저앉았다. "결국 외롭게 가셨구나……." 사장의 얼굴에 쓸쓸한 어둠이 내려앉았다. "하필이면 나 없을 때…… 어휴……." 그는 제대로 말을 잇지 못했다.

이내 목발을 짚고 자리에서 일어난 사장이 편의점 통유리 가까이 걸어갔다. 내가 그랬듯 그도 비어 있는 파라솔 테이블을 바라봤다. 사장이 말없이 할머니를 애도하는 동안 나는 조끼 주머니에 넣어둔 라이터를 만지작댔다. 그것을 꺼내어 사장에게 보여줄까 했지만 관뒀다. 그냥 나만이 알고 있어야 꽃순이 할머니의 유품이 더 특별해질 것 같아서였다.

또 한 번 내 옆에 생겨난, 어느 봄날의 죽음 하나였다.

신시사이저 앞에 앉아 듀퐁 라이터를 열었다 닫기를 반복했다. 이 '띠잉~' 소리를 베이스 삼아 작곡을 해볼 참이다. 작곡 작업이 끝나면 〈그녀의 듀퐁 라이터〉라는 제목으로 가사를 써 내려갈 생각이었다. 어떤 색채의 음악이 나올지는 나도 아직 모른다. 나는 이 작업을 마치기 전까지는 만초 씨를 생각하지 않기로 했다. 영감만 잘 떠올라준다면 하루 만에 끝낼 수도 있을 것 같았다.

꽃순이 할머니의 지난날을 떠올리며 건반 위에 양손을 올렸다. 뭔가가 꿈틀대기 시작했다. 할머니의 유품이 음악이 되려는 순간이었다.

6장

일요일 아침, 한 식구의 의미를 갖추기 위한 식사 시간이 돌아왔다. 이틀 연속 잠 한숨 못 자고 〈그녀의 듀퐁 라이터〉에 매달리느라 내 두 눈은 퀭한 상태였다.

식탁 가운데에는 감자가 들어간 닭볶음탕이 놓여 있었다. 닭볶음탕 주변에는 샐러드와 해물부침개가, 밥그릇 옆에는 맑은 계란국이 놓여 있었다. 언제나 그렇듯 우리 식구들은 말 없이 식탁에 둘러앉아 수저를 들었다. 엄마는 닭다리 하나를 골라 아빠에게, 나머지 하나는 큰언니에게 줬다. 작은언니가 닭날개를 좋아했기 망정이지 안 그랬다면 한바탕 큰소리가 오갈 뻔한 순간이었다. 다행히 나는 닭볶음탕에 들어간 감자를 좋아해서 서운하고 말고 할 것도 없었다.

다들 열심히 닭고기 살을 뜯어 먹었다. 새하얗던 쌀밥은 닭볶음탕의 붉은 양념으로 지저분해졌고, 밥그릇 옆에는 발라 먹은 닭 뼈들이 수북이 쌓였다. 그렇게 식사가 중간쯤에 다다를 무렵이었다. 맞은편에 앉은 작은언니가 아까부터 눈치를 살피는 게 영 수상했다. 무슨 할 얘기가 있는데 그 타이밍을 찾는 모양이었다.

아니나 다를까 작은언니가 헛기침을 한번 하고는 식구들을 향해 말했다. "저기, 나 사귀는 사람 생겼어."

밥을 먹던 식구들의 눈이 일제히 작은언니에게 쏠렸다. 승리의 예감이 맞았다. 당연하게도 엄마의 물음은 "뭐 하는 놈인데?"가 우선이었다. 하지만 엄마한테는 딱히 기대감이라곤 찾아볼 수 없었다. 왜냐하면 작은언니는 큰언니가 아니기 때문이다. 이빨을 뽑는 게 아니라 털을 뽑기 때문이기도 했다.

작은언니가 으스대듯 대답했다. "피부과 의사." 사귄 지는 1년쯤 돼간다고 했다.

흥분한 엄마가 수저를 내려놓았다. 잘하면 의사 사위 두 명을 보게 될지 모른다는 엄마의 머릿속 계산이 훤히 들여다보였다. "세상에, 이게 뭔 일이래? 어떻게 만났다니?"

"일 관련해 몇 번 만났다가…… 어쩌다 보니 그냥 그렇게 됐어." 작은언니의 턱 끝이 올라갔다. "내가 내숭이 없어서 좋다나? 어릴 때 어머니가 돌아가셔서 아버지 밑에서 자랐나 봐. 시엄마 자리 없으면 나야 좋지, 뭐."

"어머머, 벌써 결혼 얘기까지 오간 거야?" 엄마의 눈이 휘둥그레졌다. 웬 횡재냐는 표정은 볼수록 가관이었다.

작은언니가 애매한 어투로 "아니, 그냥 그렇다고……"라고 얼버무렸다. 그때 내 옆에 앉은 큰언니가 슬그머니 수저를 내려놓더니 자기도 할 얘기가 있다고 했다.

큰언니가 유독 엄마 눈치를 살피며 입을 뗐다. "있지, 나도 사귀는 사람 있어. 나도 만난 지 1년쯤 돼가……."

작은언니에게 쏠려 있던 식구들의 눈이 이번엔 큰언니 쪽으로 옮겨갔다. 이번에도 엄마의 물음은 "그놈은 또 뭐 하는 놈인데?"가 우선이었다. 하지만 먼젓번 작은언니 때와 달리 엄마는 기대감에 한껏 부풀어 있었다.

큰언니의 대답이 돌아왔다. "도예가야……."

잘못 들었나 싶었는지 엄마가 "뭐?" 하고 되물었다.

큰언니가 기어들어가는 목소리로 다시 말했다. "도예가라고. 왜 흙으로 그릇 빚는 사람 있잖아……."

"지금 몰라 물어!" 엄마의 언성이 높아졌다.

아마 이 사실을 식사 전에 알았더라면 아까 큰언니에게 돌아간 통통한 닭다리는 작은언니에게 갔을 것이다.

엄마의 화살은 애먼 아빠에게로 향했다. "당신은 왜 아무 말도 안 해요?"

"당장 결혼한다는 것도 아니고 그냥 사귄다잖아." 아빠가 헛기침을 두어 번 뱉어냈다.

이를 놓칠세라 큰언니가 끼어들었다. "그냥 가볍게 사귀는 거 아니야. 착하고 좋은 사람⋯⋯."

큰언니 말이 채 끝나기도 전에 엄마가 어이없다는 듯 쏴붙였다. "삼수해서 치과의사 만들어놨더니 겨우 잡은 놈이 가난뱅이 예술쟁이야!"

무턱대고 무시하고 보는 엄마 때문에 큰언니는 화가 난 것 같았다. 하지만 참고 억지로 수저를 들었다.

도예가를 향한 엄마의 일방적이고 성급한 폄하 발언을 끝으로 일요일 아침 식사 자리는 일단 조용해졌다. 말을 하면 할수록 분위기만 더 망칠 거라는 걸 서로가 잘 알기 때문이었다.

엄마는 참 나쁘다. 두 언니들의 연애 고백이 이어진 뒤에 엄마는 작은언니를 보면 "너 그놈이랑 꼭 결혼할 거지?"라고 물었다. 하지만 큰언니를 보면 "너 그놈이랑 절대 결혼은 안 할 거지?"라고 물었다. 엄마는 작은언니도 포기할 수 없고 큰언니는 더더욱 포기할 수 없었다. 어차피 의사 사위를 보는 꿈은 이룰 텐데 엄마에게는 아직 욕심이 남았다. 작은언니의 뜻밖의 수확은 눈에 들어오지 않고 큰언니의 의외의 손실만이 신경 쓰이는 것이다. 자식의 미래 앞에 엄마는 모두 속물이었다. 앞집 자랑 대마왕과 우리 엄마도 별반 다르지 않았다.

일요일 아침 식탁을 치우자마자 두 언니는 엄마한테서 달아나다시피 외출을 했다. 문제의 그 남자친구들을 만나러 간 것 같았다. 언니들이 눈앞에서 사라져서 그런지 엄마는 아까부터 별거 아닌 일에 계속 짜증을 부렸다.

부엌일을 끝낸 엄마가 집 안 곳곳 쓰레기를 수거하러 다녔다. 엄마는 머릿속이 복잡해지면 쓰레기통을 비우는 버릇이 있었다. 그러면 머릿속 쓰레기 같은 생각들까지 몽땅 정리된다고 믿는 모양이었다. 모든 방의 쓰레기통이 다 비워지자 엄마가 신발장 서랍을 열었다.

1년간 쌓여 있던, 버려도 될 온갖 고지서들을 끄집어내며 엄마가 큰 소리로 혼잣말을 했다. "내 맘 같은 자식이 하나나 있어야지."

엄마의 한숨과 함께 그것들이 잘게 찢겨나갔다. 그런데 우편물 사이에 낯익은 편지 봉투 하나가 보였다. 봉투가 알록달록한 게 다름이가 만초 씨한테 보낸 편지가 분명했다. 2층에 올라가기 전에 엄마의 동태를 살피던 나는 손에 들린 쟁반을 몰래 내려놓고 슬쩍 엄마 옆으로 갔다. 엄마 손에 들어가기 전에 얼른 다름이 편지를 집어 들었다. 소인을 보니 편지는 금요일에 도착한 것이었다. 받는 사람 난에는 역시 '김만초 님께'라고 적혀 있었다.

나는 다시 쟁반을 들고 2층 승리 방으로 향했다. 만두와 초밥을 담은 쟁반 내려놓는 소리가 나자 승리가 붙박이장에서 어슬렁어슬렁 기어 나왔다.

승리도 소란스러운 소리를 들었는지 만두와 초밥을 집어 먹으며 물었다. "오늘 너네 집 좀 시끄럽던데, 무슨 일 생겼어?"

243

나는 음침한 목소리로 대답했다. "승리 네 촉이 맞았어. 우리 작은언니, 연애 중이었어."

승리의 눈이 커졌다. "그지!"

"근데 우리 큰언니도."

"뭐?" 일벌레인 줄로만 알았던 큰언니의 연애는 눈치 백단인 승리에게도 상상하지 못한 일이었나 보다. 뒤통수를 얻어맞은 표정으로 승리가 말했다. "그럼 이빨만 뽑으러 다닌 게 아니었네?"

"아니, 결국 이빨만 뽑으러 다녔다가 그 사달이 난 거래."

"아, 남친이 환자였구나. 너네 엄마, 큰언니 때문에 완전 빡쳤겠다." 승리가 손바닥으로 자신의 이마를 짚었다.

"당연하지." 나는 한숨을 푹 내쉬며 자리에서 그만 일어났다. 뭐 좀 살 게 있어 나가봐야 했다.

오늘은 언니들 없으니까 마음 편하게 돌아다녀도 된다는 말에 승리는 한결 편안해진 기분으로 만두와 초밥을 먹어치웠다. "그래, 갔다 와. 난 여유롭게 샤워나 해야겠다."

승리는 이제 우리 집의 비밀인 듯 비밀 아닌 사람이 되어가는 것 같았다. 다른 식구들 눈에 보이지 않는 칼로리 청소부.

시내 대형 문구점에 왔다. 나는 꼬맹이들이 좋아할 만한 귀여운 캐릭터 편지지와 편지 봉투를 종류별로 집어 들었다. 그리고 연필 두 자루와 지우개, 휴대용 연필깎이와 모나미 볼펜

한 자루를 담았다. 이 볼펜은 편지 봉투에 주소를 쓸 때 사용할 것이다. 주소를 연필로 썼다가는 자칫 흐릿해질 수 있기 때문이다. 필기구를 고른 다음에는 풀을 사고 마지막으로 자그마한 크로스백을 골랐다. 필요한 문구를 모두 사고 나니 아직까지 나타나지 않는 만초 씨가 걱정이었다. 그를 못 본 지 열흘하고도 하루가 지났다. 그러다 이대로 영영 나타나지 않으면 어떡하지? 그래서 내가 준비한 선물을 그에게 전할 수 없으면 어떡하지? 하지만 이내 고개를 가로저었다. 그에게는 그늘이란 대처법이 있었다. 응달은 태양이 사라져도 없어지지 않았다. 그러므로 그도 사라지지 않을 것이다. 어쩌면 미리 사둔 선물에 내 바람이 담겨 그를 돌아오게 할지도 몰랐다.

문구점에서 산 것들을 크로스백에 담아 어깨에 멨다. 다행히 별로 무겁지는 않았다. 집으로 가는 버스에 올라탔다. 차가 출발하자 먼젓번 승객이 열어두고 간 차창으로 여름에 물든 바람이 불어왔다. 바람에 흩날리는 머리카락이 내 얼굴과 목을 간지럽혔다.

버스 창틀에 팔꿈치를 올려 턱을 괴었다. 버스는 이래서 좋았다. 지나가는 바깥 풍경을 불어오는 바람과 함께 바라볼 수 있어서 말이다. 버스가 신호에 걸리지 않고 계속 달려주면 좋으련만 운이 없는 버스는 매번 빨강 신호등을 만나고 만다. 버스가 멈추면 바람도 같이 멈췄다. 그리고 매연만 올라왔다. 버스는 이래서 별로다.

신호등이 바뀌길 기다리며 핸드폰을 꺼내 들었다. 그런데 버스 창밖으로 낯익은 얼굴 하나가 보였다. 극작가 백수진이었다. 한쪽 손에 무언가를 들고 세월아 네월아 걸어가는 중이었다. 저 게을러빠진 여자가 여기까지 웬일이지 싶어 내 시선은 그녀를 따라 움직였다. 그런 그녀의 걸음이 멈춰 선 곳은 '모나코'란 이름의 카페 앞이었다. 모나코? 모나코! 나는 반사적으로 하차 벨을 눌렀다.

그녀를 놓칠세라 버스에서 내리자마자 극작가를 향해 달렸다. 어깨에 멘 크로스백 안에서 문구류가 달그락댔다. 나는 카페 모나코로 들어가려는 극작가를 불러 세웠다. "안녕하세요?"

그녀가 내 쪽으로 고개를 돌렸다. "어머, 해진 씨!" 반가웠는지 극작가가 내 손을 덥석 움켜잡았다. "이런 데서 보니 반갑다. 일이 있어 시내에 나왔다가. 나 커피 마실 건데 같이 마실래?"

나는 "네"라는 대답과 함께 카페 모나코의 간판을 올려다봤다.

그녀가 미묘한 웃음을 지으며 말했다. "저번에 내가 말했지? 모나코 좋더라고. 지금까지 내가 다녀본 커피숍 중에 커피 맛이 제일 좋은 곳이야. 솔직히 난 프랜차이즈 커피 별로더라. 들어갈까?"

뭐지? 그렇다면 그녀가 갔다 왔다는 모나코가 그 모나코가 아니라 저 모나코였단 말인가? 나는 극작가를 따라 카페 모나코로 들어갔다.

주문한 커피를 기다리는 동안 나는 생각했다. 아니, 정확하게는 극작가가 가봤다는 여행지에 대해 생각했다. 이름도 낯선 수많은 국가들을. 퍼즐을 맞춰보니 그 나라들은 간판에 들어갈 상호로 나쁘지 않아 보였다. 솔직히 그때 나는, 왜 저 여자는 남들이 별로 가지 않는 나라만 찾아다닐까? 하고 이상하게 여겼다.

나는 극작가에게 물었다. "그럼 그때 말한 모나코가 이 카페였어요?"

그녀가 고개를 끄덕였다. 그렇다면 혹시 지금까지 극작가가 가봤다는 여행지는 모두 커피숍 이름이었던 건가? 도대체 뭐지, 이 사람?

나는 계속해서 물었다. "그럼 벨라루스는요? 아이티와 시에라리온은요? 생바르텔르미는요?"

"대부분 커피숍인데, 빵집도 있고 옷집도 있고 파스타집도 있고 그래." 그녀가 장난스럽게 웃었다.

생각할수록 좀 이상하기만 했던, 계절이 바뀔 때마다 외국으로 나가는 게으른 여자의 비밀이 이제야 풀리는 순간이었다.

극작가가 말했다. "나 사실, 해외여행 한 번도 못 해봤어. 가까운 일본도 못 가봤는걸? 극작가 형편이야 뻔하잖아. 누가 그러더라? 여권 만들어놓으면 쓸 일이 생긴다고. 그래서 만들어났는데 아직 스탬프 하나 못 찍은 거 있지." 그녀는 깨끗한 여권을 들춰 볼 때마다 괜히 울적해졌다고 했다. 그러다 나만의 여행 놀이를 해보면 어떨까, 하는 생각에 이르렀고 그 순간 그녀의 눈에 들어온 게 파리바게트 간판이었단다. "그때부터 외국 이름을 한 가게들을 찾아다니기 시작했지. 뭐 '아일랜드'에서 파스타 먹고 왔으니까 아일랜드에 갔다 온 건 맞는 말이잖아?"

"그렇네요."

"해진 씨는 가본 나라 있어?"

3년 전 일본에 간 적이 있었다. 아빠 환갑을 맞아 가족끼리 간 온천 여행이었다. 하지만 나는 없다고 말하고는 이렇게 덧붙이기까지 했다. "저는 여권도 없는걸요."

"그렇구나." 같은 처지의 동지를 만난 것처럼 그녀가 내심 반가워했다.

속았다는 생각은 잠시뿐 왠지 그녀가 짠하게 느껴졌다. 새삼 그녀를 향한 내 지난날의 불만이 미안하기도 했다. 사실 나는 그녀의 게으름을, 해외여행에 온 에너지를 쏟아붓기 위한 행동쯤으로 이해했다. 나중에 쓸 에너지를 충전해두는, 뭐 그런 방식의 느긋한 삶 말이다. 하지만 그녀는 기운도 돈도 없는, 그냥 극작가 백수진이자 가난한 예술가일 뿐이었다.

주문한 커피가 나왔다. 머그컵의 뜨거운 몸통을 양손으로 감싸 쥐며 그녀에게 물었다. "그럼 엘살바도르에서 샀다는 벽시계는요? 모나코, 아일랜드, 키프로스에서 샀다는 그 벽시계들은요?"

"당연히 한국에서 샀지. 이것처럼." 커피를 한 모금 마시고 난 그녀가 아까 손에 들고 있던 것을 꺼내어 나에게 보여줬다. 그건 벽시계였다. 초침 소리가 우렁차게 나는 동그란 모양의 벽시계. "요즘 시계는 거의 무소음이라 이런 요란한 초침 시계 찾는 거 되게 어렵다?"

나는 어이없는 웃음을 뱉어내며 그건 어느 나라에서 샀냐고 농담조로 물었다.

그녀가 아주 진지한 표정으로 대답했다. "이마트."

내가 맞장구를 쳤다. "아주 신세계죠, 거기."

내 농담을 이해한 그녀가 호탕하게 웃었다.

따라 웃다 보니 또 궁금한 게 생겼다. 그녀의 여행용 트렁크들 말이다. "그럼 네 개나 되는 그 트렁크는요?"

"아, 그거? 작은 옷장." 그녀가 커피 한 모금을 삼키며 말을 이었다. "주로 집에서 입는 옷을 담아둬. 봄옷은 분홍색 트렁크에 넣어두고, 여름옷은 파란색 트렁크에 넣어두는 식이지, 뭐. 꽤 큰 트렁크라 의외로 옷 많이 들어간다? 구분하기도 편하고. 아, 커피 식겠다. 얼른 마셔."

감쪽같이 속았다는 생각에 허탈한 웃음만 나왔다. 그녀의 재촉에 나는 커피를 한 모금 마셨다. 진한 풍미가 느껴졌다. 그녀 말대로 프랜차이즈 커피와는 다른, 품격을 갖춘 맛이었다. 만사 귀찮아하는 그녀가 왜 여기 모나코까지 와서 커피를 마시는지 알 것도 같았다.

그녀가 보충 설명을 했다. "스웨덴에서 온 중년 부부가 운영하는 커피숍인데 왜 카페 이름을 모나코라고 지었는지 모르겠어. 스웨덴도 나쁘지 않은데, 그지?"

내가 또 맞장구를 쳤다. "그러게요. 그럼 스웨덴도 가봤을 텐데."

"맞아, 그러네?" 극작가가 웃었다.

그러자 테이블 위에 놓인 초침 시계도 째깍째깍 그녀를 따라 웃는 것 같았다.

극작가 말대로 모나코는 참 좋았다. 그래서 조금 슬펐다. 이상하게도 그랬다.

*

모나코에서 돌아오자마자 만초 씨를 찾기 위해 다시 집을 나섰다. 자전거로 거리 곳곳을 누비는 내내 나는 맨홀을 피해 다녔다. 경찰에 실종 신고라도 할 수 있으면 좋으련만 그게 안 되다 보니 답답하고 초조했다. 어두워지면 더 찾기 어려워질 것 같아 자전거 속도를 높였다. 그와 같이 갔던 초등학교 운동장에도 가보고 '불면증 3호점'과 '불면증 4호점'에도 가봤다. 그리고 눈에 보이는 모든 그늘과 그림자에게 말을 걸었다. 하지만 그 어디에서도 그의 목소리는 들려오지 않았다.

이번에는 동네 공원으로 자전거를 몰았다. 공원 입구에 자전거를 세워놓고 나무 그늘로 들어갔다. 그늘 아래에 쪼그려 앉아 그의 목소리가 들려오기만을 기다렸다. 한참이 지나도록 아무런 반응이 없자 나는 "심심하고 쓸쓸해서 그러는데, 저랑 놀아줄래요?"라고 허공에다 대고 크게 소리쳤다. 그래도 역시 대답은 없었다.

종일 돌아다녔더니 이마와 목덜미에서 땀이 흘러내렸다. 봄은 벌써 초여름 날씨로 옮겨가는 중이었다. 나는 나무 그늘에서 일어나 수돗가로 가 수도꼭지를 비틀었다. 콸콸 쏟아지는 물을 받아 얼굴을 씻었다.

혹시 물을 열아홉 번 끼얹으면 그가 나타나려나 싶어 나도 모르게 숫자를 세기 시작했다. "하나, 둘, 셋…… 열셋, 열넷…… 열여덟, 열아홉……."

그런데 등 뒤에서 정말 목소리 하나가 들려왔다. "저 찾아요?"

물을 틀어놓은 채 고개를 돌렸다. 눈 쪽으로 흘러내리는 물을 훔쳐내자 내 앞에 우두커니 서 있는 검은 실루엣이 보였다. 그였다. 틀림없는 그!

하지만 반가움도 잠시, 화가 난 나머지 나는 그를 향해 소리쳤다. "뭐예요! 대체 어디 갔다 이제 나타난 거예요! 온다 간다 말은 해줘야죠!"

그가 일부러 "에취!" 하고 재채기를 했다. 나는 그런 그에게 지금 농담 받아줄 기분이 아니라고 했다. 그가 미안해하는 목소리로 화났냐면서 내 앞으로 한 발짝 다가왔다.

나는 씩씩거리며 대답했다. "그럼 화 안 나게 생겼어요? 내가 밟은 맨홀 때문에 그러나 싶어 다시 맨홀 피해 다닌다고요!"

"미안해요. 사정이 좀 있었어요." 그의 목소리에 미안함이 묻어 있었다.

내가 다그쳤다. "뭔데요, 그 사정이란 게?"

"물 아까우니까 일단 그 수도꼭지부터 잠그는 건 어때요?" 그가 콸콸 쏟아지는 물줄기를 가리켰다.

분풀이가 필요해진 나는 손에 물을 받아 그를 향해 뿌렸다. 맘껏 끼얹으라는 듯 그가 양팔을 벌렸다. 그래서 나는 수도꼭지 한쪽을 틀어막아 물줄기 방향을 만초 씨 쪽으로 가게 했다. 물줄기가 그를 관통하지 않고 튕겨 나가는 모습을 보자 걱정했던 마음이 조금 가라앉는 것 같았다.

일방적인 싸움을 끝낸 우리는 공원 벤치에 나란히 앉았다. 괜히 투정 부리는 것 같아 관두려고 했지만 궁금한 건 어쩔 수 없어서 물었다. "열흘하고도 하루예요. 그동안 어디서 뭐 했어요?"

그가 차분한 목소리로 바닷가에 있었다고 했다.

"동전 주우러요?"

"동기는 그거였는데, 열흘하고도 하루를 거기 있게 한 건 동전이 아니었어요. 생각이었지."

무슨 생각이었냐고 물으니 자기 자신에 대한 생각이었다고
했다. "그날 새벽, 그 미친놈하고 몸싸움을 벌인 후에 여러 가
지 생각이 들었어요."

"희미해진 거 때문에요?"

"아니요. 옅어지는 건 원래 그런데요, 뭘⋯⋯."

"그럼 왜요? 무슨 생각을⋯⋯."

"그냥 저란 존재요. 남에게 아무런 도움도 안 되는 저란 존
재⋯⋯ 아무리 생각해봐도 그날 참 한심했거든요."

"만초 씨가 이겼는데 한심하긴요."

"그러다 생각하게 됐어요. 나는 대체 어디서 온 걸까. 내 시
작은 어디였을까⋯⋯." 스스로에게 그 질문을 던지고 보니 그
는 자기에게도 죽음이란 게 있다면 그건 어떤 형태이고 어떤
느낌일지 궁금해졌다고 했다. 옅어지고 희미해지는 것을 내
버려두면 그게 자기한테는 정말 죽음이 되긴 하는 건지, 그리
고 자기와 같은 물성을 가진 존재는 이 세상에 자기 하나뿐인
건지, 혹시 자기가 사는 세상이 따로 있는 건 아닌지⋯⋯. 그
런 의문은 또 다른 의문으로 번져갔다고 했다.

"어떤 의문이요?"

"내 세상이 따로 있다면 그걸 찾아봐야 하는 건 아닐까⋯⋯
왜냐하면 여긴 나와 다른 존재들만 있으니까⋯⋯ 뭐 그런 의
문들이요."

"그러니까 떠날 생각을 했다는 거네요?" 나는 못마땅한 눈

으로 그를 흘겨보았다.

"그런 뜻으로 받아들이면 곤란해요. 하지만 제가 있어야 할 세상을 찾고 싶은 건 사실이에요. 그러기 위해서는 먼저 제 최초의 기억이 필요했어요. 그래서 기억들을 거슬러 올라가고 또 올라가다 보니 방금 말한 그 생각과 의문에 다다른 거고요. 근데 제 최초의 기억은 결국 떠오르지 않았어요."

"그래서 내린 결론은 뭐예요? 오래 생각했으니 무슨 결론이 났을 거잖아요."

그가 잠깐 숨을 고른 뒤에 말했다. "음, 내가 있던 세상을 기억해낼 수 없다면 그래서 거기로 돌아갈 수 없다면 나는 여기 있을 수밖에 없겠구나…… 그러다 저번에 해진 씨하고 나눴던 그 꿈이라는 걸 생각해봤어요."

"맞다, 나중에 꿈 생기면 얘기해주기로 했었죠? 만초 씨 꿈이 생겼나요?"

"음, 네. 그냥 여기서 있는 듯 없는 듯 살아가는 거요. 누구에게도 배척당하지 않고 말썽 없이 살아가는 거요. 달라도 이상하지는 않게……."

나는 별로 어렵지 않아 보이는 꿈이라고 했다. 그리고 절반 정도는 이뤄낸 꿈 같다고도 했다. "왜냐하면 지금 저랑 이렇게 대화하고 있잖아요. 같이 연극도 보고 라면도 먹었잖아요. 미친놈이랑 싸움도 하고."

"그런 의미가 아니에요……."

"그게 그거예요." 나는 그렇게 말하며 그에게 잠깐 여기 있어보라고 했다. "그 꿈을 이룰 방법을 가지고 올 테니까."

그가 고개를 갸웃거렸다. "방법이요?"

나는 곧장 벤치에서 일어나 자전거에 올라탔다. 집으로 가서 다름이의 알록달록한 편지와 아까 문구점에서 산 것들을 가지고 공원으로 돌아왔다.

땅거미가 깔리자 벤치 옆 가로등에 불이 들어왔다. 나는 만초 씨 무릎 위에 다름이의 알록달록한 편지와 크로스백을 안겨주고는, 앞으로 그 김다름이라는 꼬맹이가 만초 씨한테 편지라는 걸 써줄 거라고 했다. "그리고 이건 그 첫 번째 편지고요. 그쪽은 편지 받으면 답장을 써주면 돼요. 아마 이게 당신의 꿈을 이루게 해줄 시작이 될 거예요."

"저 뭔지 알아요, 편지……." 그의 끝맺지 못한 말에서 흥분과 설렘이 느껴졌다.

나는 우선 그에게 휴대용 연필깎이로 연필 깎는 방법을 가르쳐줬다. 봉투에 주소를 적을 때는 꼭 이 볼펜을 사용하라고 알려준 다음, 다 쓴 편지는 우표를 붙여 길가에 서 있는 빨간 우체통에 넣으면 된다고 설명했다. 이렇게 편지를 주고받은 사람과는 나중에 친구가 된다고 하자 그가 정말이냐고 했다.

"네, 진짜로요." 그런데 몸을 쓰면 옅어지는 그의 문제가 떠올랐다. "설마 연필로 글자 쓰는 정도로 옅어지진 않겠죠? 이

크로스백 메고 다닌다고 해서 희미해지진 않겠죠?"

내 말에 발끈한 그가 자기를 지금 뭐로 보냐면서 자리에서 일어났다. 그러고는 당장 크로스백을 어깨에 멨다. 아무렇지 않다는 걸 몸소 보여주고 나서 그가 알록달록한 편지 봉투를 뜯었다. 나는 슬쩍 그의 곁으로 다가가 편지를 엿보았다. 뭐가 그렇게 궁금한 게 많은지 다름이 편지는 온통 물음표투성이였다. 녀석의 편지는 이렇게 끝맺고 있었다.

근데 정말로 김만초 님은 차가운 그림자 같은 사람인가요? 해진이 누나가 자꾸 그러던데 그거 정말인가요? 그럼 제 앞에도 나타나주세요. 저는 제 눈으로 보지 않으면 안 믿거든요. 어디 가면 김만초 님을 만날 수 있나요? 그리고 미리 말씀드리는데요, 산타 할아버지처럼 착한 일 하면 온다는 말은 하지 말아주세요. 저 산타 안 믿어요.

빨리 답장을 쓰고 싶어졌는지 그가 크로스백에서 휴대용 연필깎이와 연필을 꺼냈다. 아까 가르쳐준 대로 연필깎이로 연필을 돌려 깎더니 그가 편지지에 고개를 파묻고 이내 첫 문장을 써 내려갔다. 그러자 사각사각 연필 닳는 소리가 들려왔다. 그 소리가 좋아 나는 가만히 두 눈을 감았다. 편지를 쓰는 밤의 순간, 그 모든 풍경이 소리가 되어 온전히 내 귀로 들어왔다.

만초 씨가 돌아왔음에도 나는 다시 맨홀을 피해 다녔다. 세수를 할 때는 예전처럼 물을 열아홉 번 끼얹었고, 아침저녁으로 꼬박꼬박 바닐라에게 뽀뽀를 해줬다. 앞집 언니를 훔쳐보는 것만 관두었을 뿐 내 강박 행동들은 다시 내 주변을 기웃거렸다. 모두의 안위를 위해서라면 나는 세수할 때 물을 백번도 끼얹을 수 있었다. 그래서 오늘도 나는 다시 목조계단 가장자리를 밟고 내 방으로 올라갔다. 비로소 마음이 편안해진 걸 보면 강박 행동은 역시 나에게 위안일지 모른다는 생각이 들었다.

*

전동 휠체어에서 내린 사장이 목발을 짚고 편의점으로 들어왔다. 그는 이제 자정이 되면 억지로 눈을 붙인다고 했다. 잠이 오지 않아도 그냥 침대에 눕는다고.

그 바람에 어젠 좀 주무셨냐는 사장을 향한 내 인사말도 근래에는 이렇게 바뀌었다. "침대랑 많이 친해지셨어요?"

"어제는 한 다섯 시간만큼 친해졌나?" 억지로 늘려가는 잠이라도 효과가 있는 모양인지 이제 사장의 눈 밑은 더 이상 시꺼멓지 않았다.

그는 7호점까지 내기로 한 편의점 확장 계획을 관두기로 했다. 게으름을 배워가는 중인 사장에게는 편의점 네 개도 버거웠다. 매일 잠을 연습하는 일만으로도 힘들다고 했다.

사장이 절뚝대는 걸음으로 재고 정리를 했다. 그런데 어째 컵
라면 먹으러 올 시간이 지났는데도 마크가 나타나지 않았다.
요즘에는 늘 보이던 사람들이 보이지 않으면 신경이 날카로
워졌다. 또 몸살감기라도 걸린 건가……. 나는 수시로 편의점
밖을 내다보며 담배 진열대에 담배를 채워 넣었다. 그사이 물
품 창고에서 나온 사장이 유통기한이 막 지난 삼각김밥 세 개
를 골라 먹었다. 몸에 좋은 거 챙겨 드시라고 해도 사장은 잠
이 보약이라는 말로 여전히 먹는 걸 소홀히 했다. 그는 피로회
복제를 끊게 된 것만으로도 족하다고 했다.

담배 진열을 끝낸 나는 유리세정제로 통유리를 닦았다. 분
사된 세정제가 유리에 빗물처럼 맺혔다. 안쪽 통유리를 다 닦
은 다음 밖으로 나가려는데 가방 속 핸드폰에서 문자 수신음
이 울렸다. 가방을 열어 메시지를 확인했다. 마크한테서 온 장
문의 메시지였다. 서로 핸드폰 번호를 알고는 있었지만 마크
와 나는 최소 일주일에 두 번 얼굴을 보며 지내온 사이라 딱히
메시지를 주고받은 적은 없었다. 한 번도 안 하던 행동을 한다
는 건 무슨 일이 생겼다는 뜻이었다. 긴장된 손으로 마크의 메
시지를 열었다.

해진, 나 방금 런던행 비행기에 탔어. 심장이 조금 두근두근
하는데 아직은 참을 만해. 얼떨결에 벌어진 일이라 나도 이상

해. 티켓을 끊고 출국 라인에 서보는 게 오늘 목표였는데 탑승구를 지나 비행기 안으로 들어가는데도 몸이 괜찮은 거야. 지금 내 앞에는 자낙스 세 알과 생수가 있어. 응급 상황이 벌어지면 바로 삼키려고. 비행기 타는 게 무서워서 영국으로 돌아가지 못한다고 했더니 다름이란 녀석, 나 엄청 겁쟁이 취급했었어. 놀리듯이 다음엔 영국에서 보내온 편지 받아보고 싶다고 나한테 그러더라? 아마 그 말에 내 심장이 반응했나 봐. 그런데 참 이상하지? 7년 전에 한국에 갑작스레 남겨졌던 내가 또 이렇게 갑작스레 떠나게 됐다는 게……. 기쁘면서도 눈물이 나려고 해. 마치 한국을 알게 해준 그 7년을 버려두고 가는 느낌이야. 7년 동안의 한국 생활이 그저 고통스럽고 외로웠던 것만은 아니었나 봐. 맞아. 생각해보면 나 한국에서 꽤 많이 웃었던 것 같아. 어쩌면 그 웃음이 나를 견디게 해줬고, 결국은 그 웃음 덕분에 런던행 비행기에 오를 수 있었던 게 아닌가 싶어. 다시는 한국에 못 오겠지? 영국에도 한국 컵라면은 팔 거야, 그지? 이제 비행기 출발하려나 봐. 여기까지밖에 못 써. 해진, 영국으로 돌아가면 많이 그리울 거야. 그래도 이제 해진 잔소리 안 들어서 좋아. (이건 농담인 거 알지?) 도착하는 대로 다시 연락할게. 행운을 빌어줘. 내 심장이 말썽부리지 않도록.

아, 가버렸구나……. 예고 없는 갑작스러운 이별 앞에 목이 메고 말았다. 붉어진 눈시울이 따가워졌다.

삼각김밥을 먹고 있던 사장이 그런 나를 보고는 놀라 물었다. "왜 그래, 해진 씨? 무슨 일 생겼어?"

"마크가, 마크가요……." 울먹대느라 말이 제대로 나오지 않았다.

사장이 목발을 짚고 앉은 자리에서 일어났다. "마크가 왜?"

"런던, 런던행 비행기에 탔대요……."

"정말?"

나는 울먹인 채 연거푸 고개를 끄덕였다. 마크 소식이 너무 뜻밖이었는지 사장이 의자에 털썩 주저앉았다. 입으로는 비행기를 탔다니 축하할 일이라고 하면서도 그의 표정에는 금세 헛헛함이 묻어났다. 이제 저 테이블에 앉아 컵라면 두 개를 먹는 마크를 볼 수 없게 된 것이다. 말끝마다 "해진, 해진" 하던 그를, 내 잔소리를 귀찮아하던 그를 말이다. 당장 확인할 수 없을 거라는 걸 알면서도 나는 마크에게 답장을 보냈다.

너무 갑작스러워서 무슨 말부터 해야 할지 모르겠어. 사장님도 많이 놀란 눈치야. 비어 있는 마크 자리 보고 있는데 나 벌써부터 울컥하려고 해. 먹고 싶으면 언제든 말만 해. 한국 컵라면 종류별로 보내줄 테니까. 다름이는 소원대로 영국에서 보내온 편지 받아볼 수 있겠네? 이제 내 잔소리 들어줄 사람 없어서 어쩌지? 아주 많이 그리울 거야. 건강해야 해, 마크 로한! 7년 동안 한국에서 고생 많았어. 그래도 언젠가 또 만날 수 있겠지? 아무쪼록 행운을 빌게…….

메시지 전송 버튼을 눌렀다. 말이 사라진 사장과 나는 한동안 멍하니 허공을 응시할 뿐이었다. 몇 번을 겪어도 이놈의 이별은 익숙해지지 않았다. 결코 학습되지도 연습되지도 않을 이별이란 감정은 늘 버겁고 새롭기만 했다.

마크가 떠난 날 나는 그가 앉았던 편의점 테이블에 앉아 컵라면을 먹었다. 마크의 방식대로 컵라면 두 개를 먹는데 자꾸 헛헛함이 느껴졌다.

꽃순이 할머니도 그렇고 마크도 이제는 빈자리로만 존재했다. 떠나간 사람들의 자리에는 내 시선만 남아 그들을 기억했다.

7장

평소처럼 만두와 초밥을 들고 2층으로 올라갔다. 하지만 오늘은 특별히 우리 편의점에서 사 온 와인도 함께 가져갔다. 사랑에 빠진 두 언니들은 요즘 12시를 훌쩍 넘겨 들어오기 일쑤였다. 덕분에 안승리의 아슬아슬하던 생활에는 자유와 여유가 넘쳐났다.

나는 편안하게 승리를 내 방으로 불렀다. 웬 와인이냐고 묻는 승리의 얼굴에는 이미 들뜬 기색이 가득했다.

"우리도 이제 성인인데 와인 정도는 뭐. 보리차도 지겹고 콜라도 지겨우니까."

만두와 초밥을 사이에 두고 승리와 마주 앉은 나는 와인부터 따랐다. 그리고 노트북에 저장된 음악 파일 하나를 클릭했다. 이틀 만에 완성시킨 〈그녀의 듀퐁 라이터〉라는 곡이었다.

이번엔 가사와 목소리까지 들어간 데모를 만들어내고 싶어서 아는 선배 언니의 녹음실과 노래 좀 한다는 친구의 목소리를 빌렸다. 편곡까지 마친 상태라 누군가의 감상평이 필요했다.

〈그녀의 듀퐁 라이터〉는 잔잔한 도입부를 시작으로 점점 템포가 빨라지다가 '띠잉~' 하는 라이터 소리가 더해지면서 격정으로 치닫는 구조의 음악이었다. 승리가 열심히 만두를 집어 먹으며 귀를 기울였다. 박자에 맞춰 까닥대는 고개가 차츰 빨라졌다. 승리의 표정은 일단 나빠 보이지 않았다.

긴장되는 4분 57초가 지나고 승리가 입을 뗐다. "이걸 정말 네가 만들었다고? 요즘 네 작곡 약간 단조로운 편이었는데 이건 확실한 기승전결이 느껴져. 영화로 치자면 분위기 쩌는 스릴러 같달까?"

"보내면 연락 올까?"

승리가 그건 몰라도 일단 어디든 보내보라고 했다. 그래야 무슨 결과든 생기지 않겠냐면서. 한 번 더 들어보고 싶다는 요청에 다시 재생 버튼을 눌렀다. 느낌이 좋다는 승리의 말은 다행히 빈말 같지 않았다. 모처럼 자신감이 생겼다. 다시 4분 57초가 지나자 승리가 잊고 있었다는 듯 "아참" 그러더니 모레쯤 자취방으로 돌아갈까 싶다고 했다. 맞은편에 사는 언니의 전언에 의하면 그 사채 새끼들이 열흘째 안 보인다는 것이다.

"너도니?"

"너도냐니?"

"얼마 전에 마크도 영국으로 떠났거든……." 내 목소리가 시무룩해졌다. "너무 갑작스러워서 아직도 좀 허전한 거 있지……."

"아, 컵라면 먹던 그 외국 남자?" 몸살감기에 걸렸을 때 나 대신 편의점을 봐준 적이 있어서 승리도 마크를 알고 있었다. "코앞에 사는데 떠난다는 표현은 좀 오버다. 아무튼 그 새끼들 또 쳐들어오면 이번엔 경찰에 확 신고해버릴까 해. 이참에 집으로 들어갈까도 생각해봤는데, 솔직히 엄마 아빠 잔소리 듣는 건 사채 새끼들한테 시달리는 것보다 더 싫어. 그놈의 공무원 소리도 듣기 싫고. 그리고 나 눈 커지고 코 높아진 거 알면 사채 쓴 거 들통나고 말 거야."

그래도 용케 들키지 않고 잘 버텼다는 생각이 들었다. 다른 식구들은 몰라도 작은언니한테는 들킬 줄 알았는데 말이다.

나는 아쉬움이 밴 목소리로 말했다. "그럼 내기에서 내가 진 건가?"

"아직 이틀 남았어."

"어쨌든 네가 이겼으니까 소원이나 생각해봐."

"소원이라……." 그런데 막상 자취방으로 돌아가려니 승리도 뭔가 좀 아쉬운 모양이었다. 승리가 헛헛한 표정을 지었다. "하아, 그럼 이제 만초는 못 먹는 건가?"

나는 좀 전에 승리가 했던 말을 따라 했다. "코앞에 사는데 못 먹는다는 표현은 좀 오버다."

"그런가?" 승리가 내 말에 낄낄거렸다.

나는 그런 승리에게 만두랑 초밥 먹고 싶으면 언제든 집에 오라고 했다. "만초 귀신인 거 알면 우리 엄마 아빠도 너 좋아할 거야."

승리가 알았다며 고개를 끄덕이고는 단숨에 와인을 비웠다. 나는 승리의 빈 잔에 바로 와인을 따랐다.

기회는 이때다 싶어 만초 씨 얘기를 하려는데 승리가 나에게 자못 진지한 물음을 던져왔다. "야, 근데 넌 어렸을 때 몇 살쯤이면 어른이 된다고 생각했어?"

"어, 어른?" 나는 코끝을 매만지며 대답했다. "글쎄, 한 스물넷? 대학 졸업하면?"

"나는 스물. 진짜 한심하게도 난 그 나이가 되면 자동으로 어른이 되는 줄 알았다?" 승리가 콧방귀를 뀌고는 말을 이었다. "그때가 되면 완벽하게 독립해서 엄마 아빠 잔소리도 안 듣고 멋있게 살고 있을 줄 알았다니까? 완전 미쳤지."

나도 그랬다면서 굽혀 세운 무릎 위에 턱을 괴었다.

승리가 나를 따라 무릎을 세웠다. "지금이 자동으로 어른이 되는 줄 알았던 그 나이인데 아무리 생각해봐도 당장 뭔가 확 변할 거 같지는 않아. 앞으로도 그렇고. 그지?" 승리의 짧은 한숨이 와인의 쓴맛만큼이나 쓰게 느껴졌다.

"그래도 우리만 그런 건 아니니까……."

나는 생각했다. 쉽게 돈을 벌고, 아무런 성장통도 겪지 않고 성장을 하고, 시행착오와 반성, 후회 없이 어른이 된다면 우리는 어른의 세계를 너무 만만하게 보게 될지 모른다고. 사람은 죽을 때까지 성장하고 좌절하다가 고통과 고독 속에서, 혹은 상처와 슬픔 속에서 삶의 본질을 깨달아갈 것이다. 그러니 벌써부터 어른 흉내를 낼 필요는 없었다. 미성숙한 지금의 나를 불안하게 바라볼 이유도 없었다. 아직까지 나에게 어른이란 상대적인 개념이었다. 그러기에 우리 모두는 어른이기도 하고 어른이 아니기도 했다. 중요한 것은 '언제 어른이 되느냐'가 아니라 '어떠한 과정을 통해 어른이 되느냐'인 것 같았다.

와인 한 병을 다 비운 우리는 그래도 어제보다 오늘이 좀 더 나아졌다는 생각에 실실 웃음을 쪼겠다. 어쩌면 내일은 오늘보다 개미 걸음만큼이라도 더 나아질지 모르고, 그 개미 걸음만큼 달라진 내일이 모이고 또 모이면 어떤 변화든 찾아올 것이다.

"그지?"

"그래, 그렇겠지."

나와 함께해온 승리의 비밀스러운 날들이 지나간 봄날처럼 그렇게 지나가고 있었다.

그리고 예고한 날, 승리는 수녀복을 입은 채 우리 집 대문 앞에 섰다. 손에는 사장을 외면한 그 마법의 베개를 들고서.

나는 승리에게 아쉬운 작별 인사를 건넸다. "잘 가라, 안승리! 재밌었다."

"또 또 안승리래. 까짓 것, 오늘은 봐준다. 그동안 고마웠으
니까. 우리 생각보다 금방 친해졌어, 그지?" 처음 만났을 때가
떠올랐는지 승리가 키득거렸다.

"맞아. 너 내 자전거 뺏어 탔을 때 엄청 뻔뻔했잖아." 나도
그때가 떠올라 웃음이 나왔다. "아, 그날 우리 집에 꼭 오는 거
다?" 나는 그날의 약속을 승리에게 다시 한번 상기시켰다.

근데 정말 와도 되는지 모르겠다며 승리가 망설이기에 나는
이렇게 유혹했다. "엄마한테 부탁해서 만두는 특별히 해물잡
채만두로 준비해놓을게. 팔다 남은 거 말고."

"오, 꼭 와야겠는걸?" 역시 승리에게는 엄마 만두가 만능키
였다. 승리가 빈손으로 오기 뭣해 그런다며 엄마는 뭐 좋아하
냐고 물었다.

"커피믹스."

"알았어. 나 진짜 간다." 승리가 나에게 아쉬운 손인사를 건
넸다.

그런데 빠뜨린 게 생각나서 멀어져가는 승리를 다시 붙잡
아야 했다. "야, 야! 안승리!"

"으이그, 또 또 그놈의 안승리." 승리가 내 쪽으로 고개를 돌
렸다.

"내기에서 이겼으니까 소원 말해야지!"

"아, 소원! 음, 내 소원은……." 잠깐 고민을 거친 뒤에 나온

승리의 소원은 이것이었다. "다음에 만났을 때 우리 서로 한 발짝 나아가 있기!"

잘하면 들어줄 수 있을 것도 같아 나는 모퉁이로 사라지는 승리를 향해 양팔을 크게 흔들었다. 그리고 내 손에 덩그러니 남겨진, 승리가 쓰던 우리 집 대문 열쇠를 허전한 눈으로 한참 내려다봤다.

대문을 닫고 집으로 들어갔다. 소리 나지 않게 목조계단 가장자리를 밟아 2층으로 올랐다. 승리가 쓰던 방으로 들어가 붙박이장을 열었다. 비어 있는 붙박이장 안을 들여다보는데 괜스레 웃음이 나왔다가 침울해졌다가 다시 웃음이 나왔다.

오래오래 기억에 남을, 승리와 함께했던 스무 살의 내 지나간 봄날이 붙박이장 안에서 남몰래 웃어주는 것만 같았다.

*

생리대를 사 오는 길에 '111'번 우체통 앞에서 다름이를 만났다. 꼭 만나고 싶었던 듯 나를 보자마자 다름이가 내 앞으로 냉큼 달려왔다. 마크 아저씨한테서 답장이 올 때가 됐는데 오지 않는다면서 녀석이 걱정스러운 얼굴로 물었다. "무슨 일 생긴 거 아니에요?"

"몰랐구나? 마크, 영국으로 돌아갔는데."

도착하는 대로 다시 연락하겠다던 마크한테서는 아직 별다

른 소식이 없었다. 7년 만에 돌아간 고국이라 이런저런 일로
바빠 연락할 틈을 내지 못하는지도 몰랐다. 마크 소식에 다름
이는 적잖이 놀란 눈치였다.

재차 정말이냐고 물어오는 다름이에게 나는 장난스럽게 말
했다. "비행기 못 탄다니까 네가 겁쟁이 취급했다며? 영국에
서 보내온 편지 받아보고 싶다고도 했다던데?"

다름이가 풀이 죽은 목소리로 "그래서 가버린 거래요?"라
고 하더니 고개를 바닥으로 떨구었다.

나는 터져 나오려는 웃음을 간신히 참으며 녀석을 더 몰아
세웠다. "응. 겁쟁이 취급당하는 게 많이 화났나 보더라?"

내 말이 마크를 영국으로 쫓아낸 건 다름이 너야! 라는 뜻처
럼 들렸는지 녀석의 표정이 시무룩해졌다. 바라던 대로 영국
에서 보내온 편지를 받게 생겼는데 기분이 왜 그러냐니까 그냥
모르겠단다. 저 녀석도 마음 한구석이 뻥 뚫려버린 것이다.

나는 다름이 머리를 쓰다듬으며 말했다. "누군가와 헤어진
다는 건 원래 그런 거야."

"아끼던 장난감을 잃어버린 느낌이에요. 내 컵이 깨졌을 때
같고요." 녀석의 입술이 불만스레 튀어나왔다.

나는 그런 녀석을 위로했다. "맞아. 그런 거야."

한순간에 상실과 이별을 알아버린 듯한 눈빛으로 녀석이 물
었다. "마크 아저씨가 저한테 편지 보내주겠죠?"

나는 조금만 기다려보라고 했다. "분명 보내줄 거야."

근데 외국으로 편지 보내려면 어떻게 해야 하냐고 녀석이 또 물어왔다. "저 우체통에 넣어도 돼요?" 그러고는 자신의 '111' 번 우체통을 가리켰다.

우편 요금이 나라마다 다르기 때문에 우체국으로 가야 할 거라니까 녀석이 힘없이 고개를 끄덕였다. 나는 그런 녀석에게 마크 아저씨 말고 만초 씨도 있다는 걸 환기시키기 위해 이렇게 물었다. "그건 그렇고 김만초 씨는 어때?"

그 사람도 이상한 것 같다면서 다름이가 한쪽 눈가를 찡긋거렸다.

"뭐가 어떻게 이상한데?" 나는 다름이를 향해 궁금하다는 표정을 지어 보였다.

"저한테 장난만 쳐요. 내 앞에 나타나주지도 않으면서." 녀석이 뾰로통해진 입으로 계속 말을 이었다. "자기 몸이 옅어졌다 짙어졌다 한대요. 확인해보고 싶으니까 내 앞에 나타나달래도 안 나타나는 거 있죠? 어리다고 저한테 거짓말하는 게 분명해요."

뭐라고 말해줘야 할지 몰라 난감해진 나는 고민하다 입을 뗐다. "다름이 네가 믿어주기만 하면 언젠가 짠, 하고 나타나주지 않을까?"

"뭘 믿어주면 되는데요?"

"음, 이 세상엔 나와 다른 것도 존재한다는 거?"

"저 할 수 있어요. 저랑 아무리 달라도 괜찮아요." 그 말을 할 때의 녀석은 부쩍 어른스러워 보였다.

나는 흐뭇한 손짓으로 녀석의 머리를 쓰다듬었다. "그래, 네 이름은 김다름이니까. 우리 그만 집에 갈까?"

"네."

다름이와 나는 여름으로 달구어진 아스팔트 길을 같은 보폭으로 걸었다. 다름이가 마크로부터 빨리 편지를 받게 됐으면 좋겠다. 그리고 만초 씨도 얼른 만나게 됐으면 좋겠다. 그래서 다름이가 지금 이상하다고 말하는 것들이 하나도 이상하지 않게 됐으면 좋겠다. 세상에는 때로 설명되지 않는 것들이 존재할 수도 있다는 걸 녀석이 알아준다면 나만의 것이던 그는 모두의 것이 되어갈 터였다.

*

가로등이 비추는 벤치에 만초 씨와 나란히 앉았다. 핸드폰에 넣은 〈그녀의 듀퐁 라이터〉를 들려주기 위해 그에게 이어폰을 건넸다. 가르쳐준 대로 그가 자신의 양쪽 귀에 이어폰을 끼웠다. 재생 버튼을 누르자 그가 박자에 맞춰 고개를 까닥였다. 어떠냐고 물어보기도 전에 그가 나를 바라보며 "좋은데요?"라고 했다. 밤이라 표정을 확인할 수 없어서 좀 미심쩍긴 했지만 그의 말과 목소리는 진심처럼 들렸다.

그의 감상평이 더 이어졌다. "비트에서 생동감이 느껴져요. 특히 끊임없이 들리는 이 '띠잉~' 소리가 재밌네요."

그는 내 음악을 듣는 내내, 손으로 만질 수도 눈으로 볼 수도 없는 걸 어떻게 만들어내는지 모르겠다며 신기해했다. 그 말이 음악을 향한 어떤 욕구처럼 들려서 나는 그에게 악기 한번 배워보지 않겠냐고 했다. 그때 그가 부른 콧노래도 그렇고 휘파람도 잘 다듬으면 음악이 될 수 있겠다는 생각은 예전부터 해오던 참이었다. 원한다면 피아노든 기타든 가르쳐주겠다니까 그가 기다렸다는 듯 고개를 끄덕였다. 그런데 악기를 다루려면 힘을 좀 써야 하는데 괜찮을지 모르겠다고 말하자, 그는 그 정도로는 옅어지지 않는다고 호기롭게 말했다.

나는 염려를 담아 말했다. "기타 치려면 손가락 힘 장난 아니게 필요해요."

"저 콜라 캔 따는 거 못 봤어요? 그 미친놈 때려눕힌 것도 봤을 텐데?" 그가 호탕하게 웃었다.

일단 그의 의사와 의지를 확인했으니 다음 주부터 피아노 레슨을 시작하면 좋을 듯했다.

그건 그렇고 다름이랑 편지 주고받는 건 어떠냐니까 그가 양쪽 어깨를 기분 좋게 들썩였다. "그 꼬맹이, 저를 많이 궁금해하는 거 같아 좋아요. 관심받고 있어서인지 제 몸이 짙어진다는 느낌도 들고요. 질문은 관심의 표현이잖아요?"

"맞아요. 근데 다름이 녀석, 자기 앞에 왜 빨리 안 나타나주냐고 불만이 많아 보이던데요?"

"녀석, 보채기는." 그는 아닌 척하지만 자기를 만나고 싶어 하는 누군가가 있다는 사실이 몹시 흥분되는 모양이었다.

그런 그에게 나는 확인차 물었다. "아, 내일 아침, 저희 집 앞에서 만나기로 한 거 안 잊었죠?"

"네. 근데 어디 가려고요?"

나는 가보면 안다고 말을 아꼈다. 그러자 그가 혹시 연극 보러 가는 거냐고 했다. 나는 고개를 가로저었다.

답답했는지 그가 포기하지 않고 캐물었다. "그럼 동물원? 우리 저번에 동물원 가기로 했었잖아요."

"동물원이라…… 뭐, 약간 비슷해요." 나는 거기까지만 말하고 입을 다물었다.

그가 더 묻기를 관두고 밤하늘을 올려다봤다. 기분이 좋은지 리듬을 타듯 상체를 좌우로 흔들었다. 그러고는 악기라는 거 빨리 배워보고 싶다며 설레는 목소리로 말했다. 자기는 꼭 피아노랑 기타랑 다 배울 거라고.

그가 욕심이 많아 다행이었다. 욕심은 삶에 대한 애착이니까.

*

초인종 소리에 인터폰 모니터를 확인했다. 승리가 수녀복이 아닌 평범한 옷차림으로 대문 앞에 서 있었다. 열림 버튼을 눌러 대문을 열어주자 승리는 마치 우리 집에 처음 와본 사람처럼 낯설어하며 마당과 현관을 지나 거실로 들어왔다. 역시 배우 지망생다운 몸짓이었다. 승리 양손에는 커피믹스 두 박스가 들려 있었다. 한 통에 2백 개의 스틱이 들어 있는 어마어마한 용량의 커피였다. 부엌에서 식탁을 차리고 있던 엄마가 가장 먼저 승리를 맞이하러 나왔다.

승리가 엄마에게 깍듯이 인사를 하고는 커피믹스를 건넸다. "안녕하세요. 해진이 친구 안승리라고 합니다."

워낙에 좋아하는 거라 커피를 받아 든 엄마의 얼굴에는 화색이 돌았다. "세상에, 내가 좋아하는 걸 어떻게 알고? 고마워서 어째. 해진이한테 들었는데 만두랑 초밥 엄청 좋아한다고?"

"네." 승리가 야무지게 고개를 끄덕였다.

"오늘 실컷 먹고 가." 커피믹스 때문인지 엄마 목소리는 모처럼 날아갈 듯했다.

식탁 다 차려질 때까지 위층에 올라가 있으라며 엄마가 손짓으로 말했다. 승리는 아래층의 아빠와 큰언니하고도 가볍게 인사를 나눈 뒤 나와 함께 2층으로 올라갔다. 막 샤워를 끝낸 작은언니가 수건으로 젖은 머리를 말리며 맞은편에서 내려왔다.

작은언니가 먼저 승리에게 인사를 건넸다. "안녕?" 털 뽑으러 오는 민망한 손님들을 많이 대해봐서 그런지 승리를 맞이하는 작은언니의 태도에는 평소 보기 힘든 친절함이 묻어 있었다.

"네, 안녕하세요." 승리가 작은언니를 향해 꾸벅, 인사를 했다.

"배우 지망생이라며?" 작은언니가 승리의 얼굴을 빤히 뜯어봤다. "이번에 연극 무대에도 오른다고? 멋있다."

"아직은 단역인데요, 뭘……." 쑥스러운지 승리가 멋쩍게 웃어 보였다.

작은언니의 말이 계속 이어졌다. "뭐 누구나 다 단역으로 시작하잖아. 그럼 이제 지망생이란 말은 빼도 되겠네. 앞으로 자주 보자? 방도 하나 남으니까 놀다 늦어지면 자고 가도 돼."

"아, 네."

승리와 나는 서로 눈을 마주치고는 소리 없이 키득댔다. 우리 식구들은 하나같이 승리를 반기고 있었다. 그 사고 이후 친구를 집에 데려온 게 처음이기도 했고, 나와 비슷한 처지에 놓인 승리가 가족에게는 또 다른 나처럼 느껴진 모양이었다. 처음 승리 얘기를 꺼냈을 때, 승리를 가장 궁금해한 사람은 우리 엄마였다. 밥 한 끼 해 먹이고 싶다며 승리를 집에 데려오라 한 것도 엄마가 먼저였다.

작은언니가 내려가자 우리는 며칠 전까지 승리의 비밀로 가득했던 그 방으로 들어갔다.

승리가 방을 한번 둘러보더니 나에게 물었다. "근데 방금 너 여기 올라올 때 보니까 계단 가장자리 밟더라? 강박증 없어진 거 아니었어?"

"맨홀은 다시 피해 다니고 계단도 소리 안 나게 밟고 다니는 중."

"왜?" 승리가 걱정스러운 눈으로 나를 쳐다봤다.

"그게, 설명하자면 길어." 나는 한숨 섞인 웃음으로 대답을 대신하고는 승리에게 물었다. "넌? 그때 본다던 영화 오디션은 어떻게 됐어?"

"당연히 두 군데 다 떨어졌지. 그런 넌?"

"나 역시 이번에도 안 된 모양……." 〈그녀의 듀퐁 라이터〉를 보낸 레이블에서는 아직 아무런 연락이 없었다. "뭐야. 그럼, 결국 내기 소원 못 들어준 거네?"

"실패도 한 발짝 나아간 거라고 치면 되지, 뭐."

"그런가?"

승리와 나는 점점 실패에 무뎌지는 서로를 한심하게 쳐다보며 바보처럼 웃었다. 그런 우리를 달래주는 것은 아래층에서 올라오는 음식 냄새였다. 마침 내려와 식사들 하라는 엄마 목소리가 들려왔다.

승리와 함께하는 일요일 아침 식사가 시작되었다. 오늘은 손님이 와서 그런지 그 어느 때보다 진수성찬이었다. 식탁 한가운데에는 해물탕이 자리했고, 코다리찜, 낙지볶음, 애호박전, 두부조림, 고등어구이, 계란말이도 있었다. 그 밖에 각종 밑반찬이 총출동했고, 승리 앞에는 방금 막 쪄낸 해물잡채만두와

279

여러 종류의 초밥이 정갈하게 놓여 있었다.

아빠가 수저를 들자 모두 따라 들었다. 승리는 엄마의 만두를 처음 먹어본 사람처럼 "와, 만두 진짜 맛있네요"라고 능청스레 말했다. 먹느라 바쁜 와중에 식구들은 돌아가며 승리에게 질문을 퍼부었다. 그것은 낯선 자리에서 승리가 느낄 불편을 덜어주기 위한 우리 식구들만의 배려였다.

엄마가 가장 먼저 승리에게 물었다. "자취한다고?"

"네." 승리의 젓가락질이 잠깐 멈췄다.

아빠가 애호박전 하나를 집어 먹으며 물었다. "형제는 어떻게 되는가?"

"밑으로 남동생 하나 여동생 하나 있어요."

이번엔 작은언니가 끼어들었다. "맏이구나? 맏이는 어디 가도 맏이 같더라. 우리 집 못난이는 막내라 얘기하다 보면 막내티 팍팍 나지 않아?"

"아니에요. 해진이 어른스러워요." 승리가 내 편을 들었다.

작은언니가 계속 물었다. "남자친구는 있니?"

"아니요. 언니분들은 남자친구 있으신 거 같은데…… 맞죠?" 승리가 큰언니와 작은언니를 번갈아 쳐다봤다. "이상하게 연애하면 얼굴에 다 티가 나더라고요."

"어머, 그게 보이니?" 놀란 작은언니가 자신의 한쪽 뺨을 어루만졌다.

그때 엄마가 못마땅한 말투로 다시 끼어들었다. "하나는 곧

관둘 연애야!"

"엄마!" 큰언니가 엄마 발을 툭 쳤다. 그리고 화제를 돌리고 싶었는지 만두와 초밥을 번갈아 집어 먹는 승리를 흐뭇하게 쳐다보며 말했다. "만두랑 초밥 귀신이라더니 진짜 잘 먹네?"

"저는 1년 내내 이거만 먹으라면 먹을 수 있어요." 보란 듯 승리가 만두 두 개를 입에 밀어 넣었다.

작은언니가 염려스레 말했다. "그거 칼로리 장난 아닌데 괜찮겠어? 연기자 되려면 체중 관리해야 하는 거 아니야?"

내가 끼어들었다. "승리 쟤는 먹어도 안 찌는 체질이라 걱정 안 해도 돼."

두 언니가 부러운 표정으로 동시에 승리를 향해 말했다. "좋겠다."

엄마가 슬쩍 말을 던졌다. "팔다 남은 거라도 괜찮으면 언제든 와서 먹어도 좋은데……."

"그래도 돼요?" 승리가 엄마의 제안을 냉큼 받아 챙겼다.

엄마가 반색하며 덧붙였다. "그래주면 우리야 고맙지."

이때 작은언니가 끼어들었다. "왁싱받고 싶으면 말만 해. 파격 할인 해줄 테니까."

"정말요?" 승리가 웬 떡이냐는 듯한 표정을 지었다.

이에 질세라 큰언니가 합세했다. "이빨에 문제 생기면 나한테 얘기하고. 요즘 배우들 치아 미백은 기본으로 하지?"

"맞아요." 아무래도 오늘은 승리의 날인 것 같았다.

그때 초인종이 울렸다. 엄마가 고개를 옆으로 길게 빼고 인터폰 모니터를 쳐다보며 우물우물 말했다. "누구지? 올 사람 없는데?"

나는 수저를 내려놓고 자리에서 일어났다. "내가 나갈게. 내 손님이야."

누구 또 오기로 했냐는 엄마의 물음에 나는 "응"이라고 대답하고는 거실을 지나 현관으로 나갔다. 대문을 열자 어깨에 크로스백을 메고 서 있는 만초 씨가 보였다. 나는 대문을 활짝 열어젖히며 그에게 들어오라고 했다.

그가 고개를 갸우뚱거리더니 물었다. "동물원 가는 거 아니었어요?"

"그러니까요."

그가 미적거리다 발을 들였다. 나는 자꾸 쭈뼛대는 그와 함께 집으로 들어갔다. 현관과 거실을 지나 부엌 가까이 다가갔다. 예상했던 대로 식탁에 둘러앉은 식구들의 눈이 일제히 나를 향했다. 아니, 내가 아닌 내 옆에 서 있는 그를 향했다. 그들의 표정은 하나같이 '저건 뭐지?'였다. 엄마와 아빠의 찌푸려진 미간이 보였고, 계속해서 눈을 비벼대는 승리가 보였다. 작은언니는 커다래진 눈으로 나와 만초 씨를 번갈아 쳐다봤다. 그런데 반응은 모두 다 제각각이었다.

이번에도 가장 먼저 엄마가 물었다. "저 희멀건 놈은 누구냐?"

이번엔 아빠가 말했다. "희멀겋긴? 내 눈엔 뭔가 환해졌다

어두워졌다 하는구만."

큰언니 눈에는 아예 안 보이는 모양이었다. 어리둥절한 표
정의 큰언니가 고개를 사방으로 돌리더니 "뭐가 있어?" 하고
묻기를 반복했다.

그러자 작은언니가 왜 그러냐는 투로 끼어들었다. "못난이
옆에 먹구름 같은 사람이 서 있는데?"

이번엔 승리 차례였다. "네, 제 눈에도 보여요. 잘생긴 남자
그림자 같아요. 아주 까만."

이쯤 되자 나는 불면증에 시달리던 사장의 눈에는 만초 씨가
어떻게 보일지 궁금해졌다. 극작가 백수진과 다름이 눈에는
또 어떻게 보이고, 그를 볼 수 있는 사람과 볼 수 없는 사람은 누
구일지도 궁금해졌다.

나는 일단 두근거리는 목소리로 말했다. "소개할게. 내 친구
김만초 씨야."

그가 식탁에 모인 식구들과 승리를 향해 꾸벅, 인사를 했다.
"처음 뵙겠습니다. 김만초라고 합니다." 그러고는 그가 곁눈질
로 나를 힐끔 쳐다보며 귓속말을 했다. "아주 맘에 드는 동물
원인걸요?"

"그죠?" 내가 웃었다.

아주 마음에 드는 동물원 때문인지 오늘 그의 몸은 유난히
짙어 보였다. 그런 그를 위해 우리는 그의 이름을 불러줄 사람
들을 향해 한 발짝 다가갔다.

그는 더 이상 의문이 아니었다. 김만초였다. 몸이 짙어졌다 옅어지기도 하는, 아니 어쩌면 지구인의 수만큼 다양한 모습을 가졌을지도 모르는, 그래서 아직 궁금한 것도 알아가야 할 것도 많은 김만초였다. 재채기처럼 불쑥불쑥 나타나 자기와 놀아달라는 그는, 기원을 알 수 없어서 하루하루가 심심한 사람이었다. 나와 조금 다른 온도를 가졌지만 콜라와 라면을 좋아하고, 가끔 바닷가에서 동전을 줍고, 왼손잡이에다 이제는 꿈도 갖게 된 사람. 그러니 혹시 길을 가다 그와 닮은 사람을 만나게 된다면 도망가지 말고 이렇게 물어봐주면 좋겠다. 얼마나 이상하든.

"저도 심심하고 쓸쓸해서 그러는데, 저랑 놀아줄래요?"

깊은 밤,

작가의 말을 쓰는 시간, 창밖에서 우는 소리가 들려온다.

젊은 여자 같다.

외면하려 해도 자꾸만 신경이 쓰인다.

자리에서 일어나 가만히 창밖을 내려다본다.

아파트 화단에 쪼그려 앉아 흐느껴 우는 울음이 가로등 불빛 아래에 어렴풋이 비친다.

왜 우는 걸까.

궁금한 나머지 여러 가지 짐작을 해본다. 웃고 있었다면 궁금해하지 않았을 일이다.

이별 통보를 받았나? 취직 시험에 떨어진 건가? 그게 아니면 친구한테 괴롭힘을 당했나? 아니, 어쩌면 가까운 사람이 멀리 떠나버렸는지도 모른다.

무슨 일로 우는 거냐고, 들어줄 테니 말해보라고 하고 싶어진다. 하지만 입 밖으로는 끝내 그 말이 나오지 못한다. 모르는 사람이기 때문이다.

가끔 누군가의 슬픔과 상실을 들어주고 싶을 때가 있다. 고통과 고독을, 실패와 불안을 알고 싶어질 때가 있다.

그들의 고통과 슬픔을 내 위안으로 삼으려는 게 아니다.

나 역시 울 수밖에 없었을 때, 우는 거 말고는 방법이 없었을 때, 누군가가 내 옆으로 다가와 물어봐주길 바란 적이 많아서였다.

말하고 들어주는 힘, 그 힘은 때로 누군가를 살리기도 한다.

웃게 하기도 하고, 변화와 용기와 의지를 끌어내기도 하며, 지치지 않게 다독여주기도 한다.

웃는 이유가 아닌, 우는 이유를 궁금해하는 사람이 많아졌으면 좋겠다.

사람이 사람에게 닿는 일이 사라지지 않았으면 좋겠고, 생의 이치가 그러함에도 모두 다 그 자리에 있어주면 좋겠다.

어떤 이는 당신이 있기에 살아간다.

당신은 또 다른 누군가가 있기에 살아가고, 어쩌면 그 또 다른 누군가는 내가 있기에 살아가는지도 모르겠다.

그러니 모두 다 그 자리에 오래오래 있어주시길. 나를 위해, 그리고 당신과 당신의 누군가를 위해 그래주시길.

그래서 아무도 외롭지 않게 되기를.

오늘도 내 얘기를 들어주신 분들께 고마움을 전한다. 덕분에 지치지 않고 또 한 번 모퉁이를 돈다.

2021년 색채가 바뀌는 계절에

김희진

얼마나 이상하든

ⓒ 김희진, 2021

초판 1쇄 인쇄일 2021년 11월 8일
초판 1쇄 발행일 2021년 11월 25일

지은이   김희진
펴낸이   정은영
편집   김보성 김정은 정사라
마케팅   최금순 오세미 김하은
제작   홍동근

펴낸곳   (주)자음과모음
출판등록   2001년 11월 28일 제2001-000259호
주소   10881 경기도 파주시 회동길 325-20
전화   편집부 (02)324-2347, 경영지원부 (02)325-6047
팩스   편집부 (02)324-2348, 경영지원부 (02)2648-1311
이메일   munhak@jamobook.com

ISBN 978-89-544-4773-7 (03810)